大橋崇行──著
Ohashi Takayuki

Discourse on languages and thoughts : Research on Yamada Bimyou and his surroundings when Japanese literature was established

言語と思想の言説《ディスクール》

✣ 近代文学成立期における山田美妙とその周辺 ✣

笠間書院

言語と思想の言説《ディスクール》——近代文学成立期における山田美妙とその周辺

【目次】

第5節　言文一致論と「思想」の表現

序章

明治期の多様な「知」と日本の〈近代〉

1　文化・学術領域の近代化——文化の翻訳の諸問題

文化や学術の領域における近代日本の成立は、大政奉還と明治政府の発足、あるいは大日本帝国憲法の公布、施行や帝国議会の設立といったような、ある特定の出来事によって明確に区切られるわけではない。一八五五（安政二）年に開設された洋学所の焼失を受け、江戸幕府は翌一八五六（安政三）年に蕃書調所を設立した。これは後に洋書調所、開成所となり、それまでの蘭学におけるオランダ語によるものを中心とした知識だけでなく、英語やフランス語、ドイツ語によってより多様な文化、学術が学ばれるようになったのである。

こうしたヨーロッパやアメリカからの「知」の移入が日本の「近代化」における重要な要素だったとすれば、自然科学や技術、医学といった領域では、たしかに非常に急激な速度で「近代化」が行われたといえるかもしれない。しかし一方で、文化的な領域は、一九世紀から二〇世紀初頭にかけての長いスパンで、非常に緩やかに進んでいくこととなった。

この領域の「近代化」が難しかった要因のひとつは、そもそも英語やフランス語、ドイツ語といった言語を日本で理解することが、非常に困難を伴ったためである。

たとえば、中江兆民訳『維氏《ゆうし》美学』（明治一六〜一七）の下冊からは、特に絵画や彫刻、音楽、舞踏といった芸術領域で翻訳語の整備が遅れており、この領域を日本で受容することが非常に困難だったことが窺《うかが》われる。また、鈴木貞美による一連の研究などに示されるように、▼注[1]「文学」という用語の概念ひとつを見ても、このことは見て取られる。

『維氏美学』下冊（国立国会図書館蔵）請求記号：特 276-429

「literature」は『和英語林集成』（慶應三）の「英和の部」において「Gakumon; bun; bundō」とだけ翻訳され、「BUNGAKU」は「和英の部」で「Learning to read, pursuing literary studies, especially the Chinese classics.」と説明されている。西周による育英社での講義録である『百学連環』（明治三）で「literature」が「文章学」の意味で「文学」と翻訳され、文部省の行政用語や柴田昌吉《しょうきち》・子安峻《たかし》『附音挿図／英和字彙』（明治六）で「literature」に対して「文学、学問《モン》、文字」という翻訳語が宛てられるようになるわけだが、このときの「文学」はあくまで『論語』などに由来する経書《けいしょ》を学ぶ学問としての意味、宋代以降の学問一般を表す用語としての漢文脈で理解されていたのであり、芸術作品としての詩や小説を示す今日的な意味での〈文学〉ではなかった。

近年、木村秀次や大森達也が分析しているように、▼注[2]「文学」に小説を含めて論じるようになる言説は、福地桜痴「日本文学の不振を嘆ず」（明治八・四・二六）などに見られる。しかしこうした言説の登場は、「文学」が現代における〈文学〉の意味にただちに変容するような、単純なネオロジズムではありえない。明治期において「文学」という語はその後も、漢文脈に由来する学問一般を示す概念と、新体詩や小説などの文芸を芸術として捉えていこうとする新しい枠組みとが、混在した状態で用いられていくことになる。

また、たとえ外国語の語彙を翻訳語に置き換えたとしても、文、文章を翻訳し、その中で用いることはさらに困難を伴っていた。翻訳のために作り出された新しい漢語は、表意文字である漢字一字一字がもともと持っている意味に引きずられるために、原語と翻訳語とが必ずしも同じ概念で対応しない。さらに、高橋修が明らかにしたように、▼注[3] 明治期の翻訳においては常に意味の変容が起こり、原文と翻訳文とのあいだで差異を生じていた。新しい「知」を取り入れるためにはまず既存の枠組みの中で理解しなくてはならず、また、たとえ原文に比較的近い形で理解したとしても、そこから得られた「知」を言説として編成する場合には、原文とは異なる多様な文脈が入り込んでしまうのである。

2　明治期における〈近代〉の実態と文学

こうした明治期における「知」の受容のあり方を如実に示したもののひとつが、坪内逍遥『小説神髄』（明治一八〜一九）だった。

坪内逍遥は「小説《せうせつ》の主眼《しゆがん》」において「小説《せうせつ》の主脳《しゆなう》ハ人情《にんじやう》なり」と位置づけ、また「文体論」で「俗文体《ぞくぶんたい》」こそが「心底《しんてい》の感情《かんじやう》をバ表《へう》しいだすに妙《めう》なる」ものだとした。たとえば小田切秀雄は、この「人情」論を受けて書かれた二葉亭四迷『浮雲』（明治二〇〜二二）の主人公内海文三に、二葉亭四迷による「明治社会の性質と、それに対立した近代的な自我の存在の内がわからの確かな把握」の表現を見いだした。▼注[4] こうした評価は前田愛によって、「自我の展開を基軸とする近代文学史の構想」と指摘され、むしろ観察者と観察される〈風景〉との分裂、作者と観察される対象としての作中人物との関係の問題として捉えられるべきだと批判されることになる。▼注[5] いわゆる近代文学における「近代的自我」の位置づけをめぐる議論である。

このような近代の「自我」についての議論は、「近代文学」をめぐって昭和期に繰り返されている。その帰着点のひとつとなったのが、柄谷行人『日本近代文学の起源』（昭和五五）であろう。柄谷は言文一致の問題を「音声」と自己の「「内面」の表現」の問題として位置づけた上で、「言文一致」文体の成立をひとつの「制度の確立」として捉える見方に立っている。その上で、「「言文一致」の意識すらなくなるほどにそれが定着したとき、「内面」が典型的にあらわれた」とし、「国木田独歩においてはじめて書くことの自在さを獲得した」という評価を作り出すことになる。

しかし柄谷の見方は、鈴木貞美が、江藤淳や飛鳥井雅道、柄谷行人が論じた「近代文学」について「リアリズム史観の枠内で、その書き換えを要求するもの」にすぎないと指摘しているように、▼注[6]結局は『小説神髄』における「人情《にんじやう》」論を近代文学の端緒として素朴に信じ、「文学史」が示してきた作品群を、その前提を崩さないまま読み替えていっただけのものにすぎない。

たしかに柄谷が指摘した、言文一致は「「言」でも「文」でもない「文」を形成する」運動であり、それは社会的に制度として定着することで初めて可能になるという視点は重要なものだと考えられる。しかし、それが「内面」や「自己」の問題と本当に接続しうるのか、そこで語られた「内面」とはどのような概念だったのかという問いはほとんど行われないまま、あたかも「内面」を語ろうとした歴史が近代の文学史であるかのような枠組みを作り出してきた。

一九八〇年代以降の近代文学研究は、こうした「近代文学」の成立と言文一致との関係をめぐる「文学史」の前提について、さまざまな角度から再検証を行ってきた。

たとえば滝藤満義は、「作者に「理想」も「想像」も許さないという傍観主義的模写論は、形の上では後年の自然主義の議論に酷似するが、逍遙の意図は無論自然主義的描写論を先取りするところにはない」と断じている。これは、坪内逍遙、二葉亭四迷らによる「写実主義」と明治四〇年前後の島崎藤村や田山花袋をはじめとするいわゆる「後期自然主義」、さらにはその後の「私小説」とのあいだに連続性を見いだそうとする枠組みを否定し、「写実主義」は後に「内面」の問題として意味づけられたような内実を必ずしも伴ってはいなかったとしたものだといえる。▼注[7]

また亀井秀雄は、早くから二葉亭四迷の『浮雲』第二篇について、それまで指摘されてきたような「近代的な個我意識」の表出は、作者による作中人物に対する「自己仮託、あるいは感情移入という印象」や「『私』感性の展開」を読者が読み解いてきたものにすぎないと指摘し、それを引き起こした「無人称の語り手」が消去されていく過程について論じている。▼注[8]さらに、一連の『小説神髄』についての研究において、そもそも逍遙が論じた「人情」が、ジョン・モーレイのエリオット評（John Morley, *George Eliot's Novels*, 1866）において、読者の情愛や情熱を拡張するという小説の有用性を論じた「their own scope affection and intensity of passion」という部分を「人情の何たるを悟らしむるもまた情欲の千万無量なるをしらしむるも」ときわめて強引に意訳し、それを小説のメカニズムに持ち込んだものだと指摘した。▼注[9]

そもそも逍遙が『小説神髄』を書くに当たって参照していた英語圏の修辞学に見られる文章ジャンルの編成において、小説が「人情《にんじやう》」を描くものだという枠組みは見られない。ここで論じられた「人情《にんじやう》」は、逍遙が曲亭馬琴の読本を模倣した同時代の小説を批判するために持ち出した世話物の小説としての「人情本」、あるいは馬琴が論じた「人情《にんじやう》」や、宋代の性理学、前掲の亀井秀雄の論によれば特に荻生徂徠『弁明』（享保二）に結び付くものである。

たしかに逍遙は、『小説神髄』で英語圏の「知」を取り込んでいく中で、そのひとつとしてベインの心理学（Alexander Bain, *Mental and Moral Science: a Compendium of Psychology and Ethics*, 1868）を小説に援用する方向を探ることになった。▼注[10] しかし、その結果として生み出された『一読三歎／当世書生気質』（明治一八〜一九）における表現は、たとえば三遊亭圓朝が『真景累ヶ淵』（明治二二）で「真景」と「神経」とを掛け、三遊派の人情噺と怪談とを融合していく中で「神経」という当時の心理学の用語を意識したのと同じように、▼注[11] 人情本の枠組みで書かれた世話物の小説におけるひとつの要素として心理学を取り込み、戯作を改良していこうとする方向性を持つものとなった。

一方、本書の第1章でも扱っているように、同時代に英語圏から入ってきた芸術をめぐる「知」の言説にしたがうのであれば、むしろ、山田美妙や巌本善治、内田魯庵、夏目漱石が論じているように、哲学で行われているような議論をどのように物語言説に持ち込むかという位相で考えることのほうが普通だった。もしヨーロッパやアメリカからの「知」の移入を日本の「近代化」と位置づけるのであれば、こうした枠組みこそが「近代」になるはずであり、坪内逍遙の「人情《にんじやう》」論とそこから展開した「内面」や「自我」をめぐる議論は、むしろそうした「近代」から乖離《かいり》していくことになる。その意味で物語言説において「内面」を描くことが「近代」の文学の成立だとする見方は、明治期に書かれていた無数の小説の実態とは少なからず異なるものである。むしろ、大正期から昭和期にかけて編成された「文学」と「文学史」とをめぐるイデオロギーの問題として、検証が行われるべきものであろう。

もちろん、ここではそうした「近代」という見地から、坪内逍遙の試みを批判的に記述することが目的ではない。むしろ、江戸期以前から漢文脈、和文脈で語られてきた「知」の枠組みによって、どのようにヨーロッパやアメリカから入ってきた「知」が解釈されたのか、その解釈が次の言説を生み出すときにどのように受け継がれ、変容していったのか。そうした視点こそが、明治期の言語、文学、文化についてもう一度考えていくための契機となるはずである。

なぜなら、明治期にとって新しい「知」とは、必ずしもヨーロッパ、アメリカから入ってくるものばかりではなかった。江戸期以前にはなかなか手に取ることができなかった書籍が、活字の輸入によって次々と再刊され、容易に手に入るようになった。坪内逍遥が『小説神髄』で曲亭馬琴の『南総里見八犬伝』にこだわった明治一〇年代には、この作品が和装活版本として再刊され、流行していたことにその契機があったように、『史籍集覧』（明治一四〜一八）や『群書類従』（寛政五〜文政二）の活字版（明治二六）などの歴史データベースが刊行されるようになる。また、大槻文彦『言海』（明治二四）、山田美妙『日本大辞書』（明治二五〜二六）に代表される辞書の編纂、新聞の創刊をはじめとし、海外からの「知」が流入してくる一方で、江戸期以前の書物や知識、さらには同時代の日本で編成されている言説も、次々に当時の人々の手元に届くようになった。そうした活字メディアによる情報革命の中で、多様な「知」がさまざまに錯綜《さくそう》しながら新たな言説が生み出されていく過程の総体、それこそが明治期における〈近代〉の実態だったのである。

3　本書の問題設定——山田美妙をケーススタディーとして

本書は、以上のような日本の〈近代〉をめぐる問題意識のもとで、明治二〇年前後、ちょうど坪内逍遥が『小説神髄』を世に出した時期の山田美妙（一八六八〜一九一〇）を中心に、分析、考察を行うものである。

これまで積み重ねられてきた明治期についての研究において、山田美妙は決して中心的な位置を占めてきた人物ではない。昭和初期に本間久雄、▼注[12]塩田良平▼注[13]による資料の収集と作家論的研究が行われ、その後、山田有策、[注14]宇佐美毅[注15]などがまとまった形で論じているのみである。一方で近年、美妙が書いた小説、評論といった文章については、菊池真一が時代小説を中心にまとめたほか、[注16]没後一〇〇年を記念して行われた一連の展示と研究、[注17]岩波文庫版の『いちご姫・蝴蝶　他二篇』の出版、[注18]『山田美妙集』の刊行開始によって、[注19]ようやく本文が容易に手に入るようになった状況である。

このほか、岩波書店の刊行する雑誌『文学』（平成二三・一一）において、「小特集 山田美妙没後100年　草創期のメディアに生きて」が組まれたことは記憶に新しい。[注20]個別の論としては、山田俊治による論考のほか、[注21]青木稔弥による資料紹介、[注22]畑実による美妙が晩年に書いた時代小説についての論考、[注23]石橋紀俊による論考、[注24]永井聖剛による論考が出されている。[注25]国語学・日本語学の側からのいわゆる言文一致をめぐる論考については第2章第3節で触れているが、いずれもまとまった形では行われていない。

しかし、これまで述べてきたような〈近代〉のあり方について考えるとき、山田美妙が書いた作品、文章と、関連資料は、きわめて多様な問題を示している。

まず、山田美妙関連資料については、本間久雄の収集による早稲田大学図書館（中央図書館）本間久雄文庫の資料群、塩田良平の収集による日本近代文学館塩田良平文庫の資料群のほか、立命館大学にも多くの資料が保存されている。おそらく美妙は明治期の人物の中で、もっとも多くの草稿、原稿、雑稿、書簡、日記が残っている一人に挙げられるだろう。

これらの資料群は『山田美妙集』にはほとんど収められていないものの、美妙の小説、文学、言語についての考え方がどのように作り出されたのか、そのときに美妙がどのような本を読み、それらをどのように理解したのかを、さまざまな形で読み取ることができる。すなわち、多様な「知」が錯綜しながら新たな言説が生み出されていく日本の〈近代〉のあり方に関するケーススタディーとして、その具体的な様相を分析、考察できるのが、山田美妙関連資料なのである。

次に、美妙が持っていた基礎教養の問題が挙げられる。

旧南部藩士で警察官僚だった山田吉雄の長男として生まれた美妙の祖父である山田吉風《よしかぜ》（桜本吉風）は、神社の祠官を勤める歌人であり、国学者だった。美妙はその教養を受け継いでいたらしく、早稲田大学図書館（中央図書館）本間久雄文庫の資料には、和歌に関わるものも多く含まれている。もちろん石川鴻斎《こうさい》に学んだ漢文の素養があったことも、同じ資料群から窺われる。一方で、大学予備門の同級生だった正岡子規が記しているように、▼注[26] 美妙は非常に英語が堪能《たんのう》だった。英語圏から入ってきたさまざまな書籍を読みこなしており、英文のノート類を見ても正確な文章で記している。いわば、江戸時代以前の「知」と、〈近代〉以降新たに入ってきたヨーロッパ、アメリカの「知」とのちょうど交錯するところに、山田美妙はいたのである。

そして美妙は、「武蔵野」（明治二〇・一一・二〇〜二一・六）、「蝴蝶」（明治二二・一・二）で一世を風靡《ふうび》した作家である一方、和歌や新体詩、言文一致論、文法論、文体論、辞書の編纂など、文章による創作と言葉に関わるあらゆる領域に手を出していた。嵐山光三郎は、美妙の辞書編纂について、石井とめや田沢稲舟《いなぶね》とのスキャンダルを黒岩涙香の『万朝報』で暴露され、小説家として失脚したことから糊口《ここう》をしのぐために携わったものだと繰り返し述べている。▼注[27] しかし、美妙の辞書編纂は、作家として成功を収める以前の明治一九年から企図されていたものである。また、美妙が明治二〇年代から四〇年代まで長期にわたって小説を書き続けた、当時としてはむしろ稀有《けう》な作家であったことを考えれば、美妙の「失脚」をめぐる言説は、文学史において登場するかどうか、人気作家として見られていたかどうかによる判断にすぎず、美妙の活動の実態とは乖離した幻像にすぎない。むしろこうした「失脚」の物語が、山田美妙が行っていた多様な試みと、そこにある問題点を見えにくくしてきたのではないだろうか。

以上のような研究状況、言説状況と、山田美妙関連資料の状況、美妙が実際に行っていた営為を踏まえ、本書ではまず、山田美妙のテクストをもう一度読み直す基礎的な作業から出発している。その際、草稿類も含めたそれぞれのテクストの中に見られる具体的な表現や、思考の形跡について、それらが同時代に編成されていた言説や、西欧から入ってきた言説から見た場合にどのように位置づけられるのか、諸言説との差異と共通性とがどのように生じ、その差異と共通性とに日本の〈近代〉についてを考える上でどのような意味があるのか、分析、考察を進めていきたい。これは言い換えれば、日本の〈近代〉が生み出されていく中で、一人の人間が言葉とどのように格闘し、そこで何が起きていたのかを明らかにすることによって、日本の〈近代〉がどのような様相を呈していたのかを、より広い視座で考えていこうとする試みである。

4　本書の構成

以下、各章の概要について述べる。

本書は全2章で構成しており、第1章「美妙にとっての「詩」と「小説」――「知」と「情」との関わり」の第1節から第5節では、美妙が「小説」をどのように位置づけていたのか、そこに、同時代に編成されていた「知」がどのように関わっていたのかという問題を考えていく。

第1章第1節「明治期の「詩」と「小説」――山田美妙の初期草稿」では、坪内逍遙が『小説神髄』において「小説の主眼」を「人情《にんじやう》」「世態風俗《せたいふうぞく》」と位置づけていたのに対し、美妙が『小説神髄』刊行直後の明治一九年に書かれたと考えられる草稿において、「詩と小説」を「哲学の変体」だと論じていたという問題を扱っている。こうした差異がどのように生み出されたのかを確認をした上で、これらの発想が、同時代の「知」をめぐる言説の中でどのように位置づけられるのかについて考察を行っている。

第2節「美妙にとっての「小説」――「蝴蝶」」では、美妙の小説「蝴蝶」（明治二二・一・二）について考えることを通じて、美妙が同時代に編成されていた「知」を、小説にどのように反映させていたのかを具体的に扱っている。その上で、そこで示された「小説」のあり方と、「蝴蝶」の掲載紙である雑誌『国民之友』の持っていた方向性との関わりについて論じている。

第3節「『女学雑誌』の小説観――清水紫琴《しきん》「こわれ指環」」では、明治二〇年前後の時期に『国民之友』とともに文学をめぐる言説が編成された主要な場だった『女学雑誌』における「小説」の扱いを、同誌における代表的な書き手の一人だった清水紫琴の「こわれ指環」（明治二四・一・一）から考えている。このことで、美妙が持っていた小説についての考え方を、より多角的な視点から捉えていくことを目指す。

第4節「「知」としてのゾライズム――「いちご姫」」は、以上のような「小説」をめぐる言説の中で、美妙がヨーロッパから入ってきた小説をどのように受け取り、そこからどのように自分の作品を書いていたのかを、「いちご姫」とエミール・ゾラの「ルーゴン・マッカール叢書」（Émile François Zola, *Les Rougon-Macquart*, 1870-93）との関係から考える。特に、ヴィクトリア朝の時期に出版されたVizetelly版の日本への移入についても、新しい見方を示した。

第5節「江戸の「知」と西欧の「知」との融合――「武蔵野」」は、第4節とは逆に、江戸期以前の「知」

が明治期においてどのように引き継がれていたのかを、小説「武蔵野」を通して考えていく。その際、活字による資料データベースとしての『史籍集覧』が出版され、それまで稀覯だった史料が容易に見られるようになったことで生じた、江戸期以前の「知」の変容ということも視野に収めている。以上のような視点から、美妙が小説において取り込もうとした同時代的な「知」の様相について考察を行っている。

第2章「言文一致再考――「文体」「文法」と「思想」の表現」では、第1章での議論を受け、美妙が論じていた「文法」「文体」の問題について考える。美妙は言文一致で文章を書くための「文法」を整備することが、日本語でより的確に「思想」を表現することにつながると論じている。そのため言文一致論においては常に「文法」の問題を扱うわけだが、この問題にかかわる文章を具体的に分析していくことで、言文一致の問題について再考する可能性を探っていく。

第1節「「翻訳文」という文体――初期草稿から」は、「文体」のひとつとしての「翻訳文」、さらには「和文」について美妙がどのように論じているかについて考える。そして、それらの「文体」についての見方を同時代言説の中で位置づけることを通して、この時期の「文体」にどのような問題があったのかを明らかにしている。

第2節「美妙の〈翻訳〉――「骨は独逸肉は美妙／花の茨、茨の花」」では、美妙の小品「骨は独逸肉は美妙／花の茨、茨の花」が、どのように書かれていたのかを分析する。このことを通して、美妙にとって〈翻訳〉が、実際にどのような営為として行われたのかについて検討している。

第3節「美妙の「文法」」では、第1節、第2節で扱ってきた「文体」の問題に対し、美妙が論じていた「文法」の問題を扱う。美妙の言文一致論においては必ず「文法」の問題が取り上げられており、むしろ、明治二〇年代以降に論じられるようになる「です」を基調とした文末の問題は、ほとんど語られていなかった。そこでこの節では、美妙の「文法」が実際にはどのようなものだったのかについて確認することを目的としている。

第4節「歴史と想像力――「笹りんだう」」では、美妙が明治二四年に発表した小説「笹りんだう」について考える。これは、源頼朝の一人称によって源平合戦を終えたあとの心境が語られるという内容で、「解剖的小説」と呼ばれ、同時代において言文一致小説のひとつの達成された形として評価されていた。ここでは、特に歴史と想像力との関係という視点からこの小説を読み解くことを通じて、美妙の言文一致について考えるためにはどのような視点が有効なのかについて考察している。

第5節「言文一致論と「思想」の表現」では、本書のまとめとして、美妙の言文一致において具体的にどのような点が問題だったのかを明らかにしている。従来の研究で指摘されてきたような「です」を基調とした文末表現ではなく、「文法」「文体」という視点から見た場合にどのように考えられるのか、また、美妙の言文一致について論じる過程で浮上した「思想」の問題と「文法」の問題の接続、近代日本語における言葉の概念の編成に関わる問題について検討を行っている。

5　おわりに

これまで述べてきたように、本書は、明治二〇年前後の時期に山田美妙が書いたさまざまな文章をケーススタディーとして扱うことを通じて、この時期の「知」のあり方と「文学」「小説」との関わりについて考えるものであり、特にそこで問題視された「文体」や「文法」の問題、そのときに用いられる言葉が持つ概念、言葉が文章として構造化されたときに表現される「思想」がどのように捉えられていたのかついて分析しようとする試みである。

文学研究をどのように考えるのかについては、論者によって多様な立場があると思われる。その中で本書では、人間が扱う言葉とはどのようなものであるのか、特に言葉がある時代の文化とどのように接続し、どのように運用され、社会に共有され、新たな文化として編成されていくのかについて考えるのが文学研究であるという視点に立って、明治期の諸言説にアプローチをしていきたい。こうした試みを通じ、文学の問題や小説表現の問題だけでなく、同時代に広がる人文科学、まさに当時の用語でいう「文学」の一端を明らかにし、文学以外の研究領域ともそれらを共有していくことができれば幸いである。

【注】

［1］鈴木貞美『日本の「文学」概念』、作品社、平成一〇年。

［2］大本達也「「文学」と「文学批評・研究」（2）明治期における「文学」の形成過程をめぐる国民国家論（9）」、『鈴鹿国際大学紀要』第一八集、平成二四年三月。木村秀次「「文学」の意味内容　明治期を中心として」、『国際経営・文化研究』第一四巻一号、平成二一年一一月。木村の論は『近代文明と漢語』（おうふう、平成二五年）にまとめられている。

［3］高橋修『明治の翻訳ディスクール』、ひつじ書房、平成二七年。

［4］小田切秀雄『現代文学史』、集英社、昭和五〇年。

［5］前田愛『近代日本の文学空間　歴史・ことば・状況』、新曜社、昭和五八年。

［6］注［1］に同じ。

［7］滝藤満義『小説の近代―「私」の行方』、おうふう、平成一六年。

〔8〕 亀井秀雄『感性の変革』、講談社、昭和五八年。
〔9〕 亀井秀雄『「小説」論　『小説神髄』と近代』、岩波書店、平成一一年。
〔10〕 富塚昌輝『近代小説という問い　日本近代文学の成立をめぐって』、翰林書房、平成二七年。
〔11〕 三遊亭圓朝の怪談が三遊派の人情噺と接続するという問題は、拙稿「牡丹灯籠」(『別冊歴史読本』第五三集、平成二三年七月)で扱っている。
〔12〕 本間久雄『明治文学史』上下巻、東京堂、昭和一〇、一二年。
〔13〕 塩田良平『山田美妙研究』、人文書院、昭和一三年。
〔14〕 山田有策『幻想の近代　逍遙・美妙・柳浪』、おうふう、平成一三年。
〔15〕 宇佐美毅『小説表現としての近代』、おうふう、平成一六年。
〔16〕 菊池真一編『山田美妙尾歴史小説復刻選』、本の友社、平成一二年。また菊池は山根賢吉とともに『美妙文学選』(和泉書院、平成六年)も編纂している。
〔17〕 立命館大学図書館開設百周年記念として「立命館と立命館をめぐる文人たち　与謝野鉄幹・晶子、山田美妙を中心に」が開催され、平成一九年一〇月二三日から一一月三〇日にかけて展示が行われたほか、一一月一六日には小林幸夫、青木稔弥、青田寿美、谷川惠一、中丸宣明、中川成美をパネリストとしたシンポジウムが開催された。
〔18〕 十川信介校訂『いちご姫・蝴蝶　他二篇』、平成二三年一一月。
〔19〕 山田美妙集編集委員会編『山田美妙集』(全一二巻)、平成二四年〜。
〔20〕『文学』第一二巻第六号、岩波書店、平成二三年一一月。十川信介「手紙の中の美妙　明治二十年代」、谷川惠一「動物画工の言い分　スキャンダルの中の山田美妙」、宗像和重「「日本語学者」山田美妙　宿痾としての辞書編纂」、中川成美「革命への夢　『比律賓独立戦話：あぎるなど』の世界」、山田俊治「美術小説の定位と裸蝴蝶論争」、青木稔弥「「明治元年」生まれの山田美妙」が掲載された。
〔21〕 山田俊治「捕物・時代　時代小説としての山田美妙『平清盛』」、『国文学　解釈と教材の研究』第四七巻一三号、平成一四年一一月。また、「声を超越する言文一致」『文学』第七巻第二号、平成一八年三月「明治初年の「言」と「文」――言文一致論前史」『文学』第八巻第六号、平成一九年一二月と、言文一致をめぐる論考もある。

［22］青木稔弥「「山田美妙関係手稿」のことなど」、『日本近代文学』第七八集、平成二〇年五月。

［23］畑実「山田美妙『平重衡』について」、『駒澤國文』第三三集、平成八年二月。

［24］石橋紀俊「初期・山田美妙の文彩『武蔵野』再読の可能性」、『人文学報』第二八二集、平成九年三月。「山田美妙『この子』論　美妙再読の試み」『学大国文』第五三集、平成二二年。「山田美妙『武蔵野』再読　内面を書くことをめぐって」、『芸術至上主義文芸』第三〇集、平成一六年一一月。

［25］永井聖剛「「別名」の由来　山田美妙「白玉蘭」における「壮士」の位置」、『愛知淑徳大学論集　メディアプロデュース学部篇』第三集、平成二五年。「異種混交体としての「です」調」、『日本近代文学』第九三集、平成二七年。

［26］正岡子規「墨汁一滴」、『日本』、明治三四年六月一四日。

［27］嵐山光三郎「解説」、『山田美妙』（明治の文学第一〇巻）、筑摩書房、平成一三年。ほかに、『美妙、消えた。』、朝日新聞社、平成一三年。（後、『書斎は戦場なり　小説・山田美妙』（中公文庫、平成二六年）と改題）。

第1章

美妙にとっての「詩」と「小説」

――「知」と「情」との関わり

第1節
明治期の「詩」と「小説」――山田美妙の初期草稿

明治二〇年前後の時期に山田美妙が書いたさまざまな文章、小説には、美妙という作家についてだけでなく、同時代に書かれたさまざまなテクスト、さらにはこれ以降の日本近代文学について考えるときに手がかりとなる数多くの問題点が張り巡らされている。

たとえば坪内逍遙は『小説神髄』（明治一八〜一九）において、小説の主眼を「人情《にんじやう》」を描くことだとした。しかしこの問題は、後のいわゆる〈文学史〉で想定されていたほど、同時代においては浸透していかなかった。逍遙が志向した戯作改良のほかにも、日本の新しい「小説」をどのように作りあげていくかという問題については多様な方向性が模索されており、美妙もその例外ではなかったのである。

そこで本節ではまず、美妙が『小説神髄』の直後に書いたと考えられる草稿を取り上げてみたい。ここに記された「小説」についての思考が同時代の言説の中でどのように位置づけられるのか、そこにどのような問題があるのかについて考え、この時期における「小説」の捉え方について再考していく。

1　美妙の初期草稿

明治二〇年前後の時期に山田美妙が書いたさまざまな文章ついて考えるとき、看過することのできない二点の草稿がある。

これらの草稿は本間久雄が戦前に山田家から発見したもので、現在は早稲田大学図書館（中央図書館）本間久雄文庫に収められている（請求記号・文庫一四―A九〇）。他の雑稿とともに巻子に貼り付ける形で装幀してあるが、この二点はその巻頭に位置しており、これは発見者の手によるものだと考えられる。

この草稿について本間久雄は、最初にこれらの草稿を紹介して梗概を載せた『明治文学史』において、その大きさを「四六判のやや横に広いやうな形」と記している。▼注[1] この記述は実測の数値とそれほど差が認められず、したがって大きな加工はせずにそのまま貼り付けられた。ここでは仮に、最初に貼り付けられているほうを草稿A、次にあるものを草稿Bと称して、これらの草稿を扱うことにする。

まず草稿Aは、和紙に細い筆で墨書された、対話形式による文学論の草稿である。弟子が師匠に向かい、詩や小説と哲学との関係、西洋における小説の扱われ方、小説の功利性、坪内逍遙への批判、和歌批判と新体詩の必要性などを次々に論じ、最終的には詩や小説の改良だけでなく、「日本文法」を編むことによって「日本文」を改良することや、日本の歴史を編むこと、また、「日本語の大辞彙」を作ることを自らの事業として完成させたいという旨を述べている。それに対して師は、フランスの美術学校が美術の衰退を促したということを例に挙げて、それらは官立の学校で学ぶべきものではなく、自らの力によって切り開くべきだとしている。こうした対話形式の文章は、同時代において特に初学者向けの教科書類にしばしば見られるものであるため、その様式を援用したと考えてよいと思われる。

この草稿の成立について本間久雄は、後半部分における師の返答から大学予備門を中退した美妙の内面を読み解き、明治一九年初め頃に書かれたものと推測している。

後述するように、草稿Bはある程度書かれた時期が推測できるのだが、草稿Aには年代特定のためのはっ

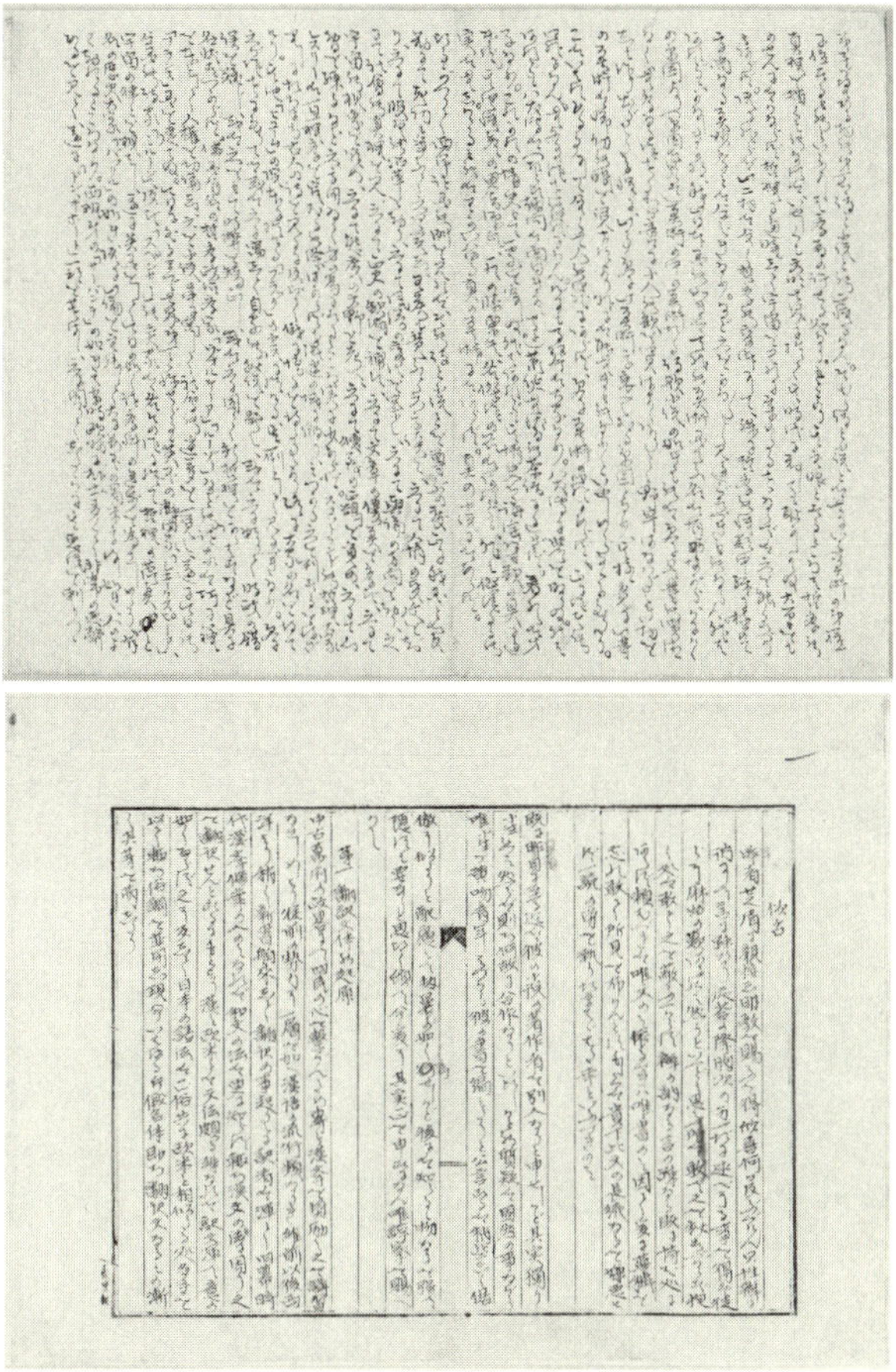

山田美妙初期雑稿／美妙斎主人（早稲田大学図書館蔵）
請求記号 : 文庫 14 A90。上が草稿 A、下が草稿 B。

きりとした根拠となるべき記述が認められない。しかしこの草稿Ａには、いわゆる言文一致の問題について論じている部分が見られない。一方で、明治三九年一一月の『中学世界』に掲載された「明治文学の揺籃時代」や、翌年一〇月の『文章世界』に掲載の「言文一致の犠牲」といった後年の回想において、美妙は、言文一致に関心を持ったのは物集高見《もずめたかみ》『言文一致』（明治一九）に触発されたためだとしている。この場合、もし草稿Ａがこれ以降に書かれた文章だとすれば、言文一致の問題に触れていないというのは不自然なように思われる。また、本文中の「近頃文学士坪内雄蔵是世に立ちて、専ら小説の真理を説き、其大要を悉くかく」のような記述は、『小説神髄』を指していると考えられる。したがって、明治一八年半ばから明治一九年の初め頃に書かれたものと推察できる。

一方の草稿Ｂは、三栄堂が作って販売していた縦二四行の罫紙五枚にわたって墨書されたものである。内容は書簡体の文章となっており、美妙がこの草稿を書く前にある人物のもとを訪れ、その場で口頭では充分に述べられなかったことを補うために書いたという形式を持っている。

その訪問の目的は、『竪琴草紙』の出版依頼である。この作品は、アルフレッド大王がイングランドを平定するまでの海賊ガスラムとの戦いを描いた小説であり、すでに山田俊治、十重田裕一、笹原宏之が全文の翻刻作業を行っている。▼注[2] 全一五回のうち第一回と第二回とが手写本『我楽多文庫』の第一集（明治一八・五）、第二集（明治一八・六）に載せられ、それ以降はどこにも掲載されなかった上、実際には出版にも至らなかった。しかし、前半部を立命館大学図書館が所蔵しており（請求記号、明治・大正Ｌｄ二八九―三Ｙ）、後半部が早稲田大学図書館（中央図書館）の本間久雄文庫に収められている（請求記号、文庫一四―Ａ一六〇）。美妙が書いた中では、完成された小説として、現存するもっとも古いものだと考えられる草稿Bの成立時期も、草稿Aと同じように明記はされてはいない。しかし、本間久雄の指摘にもあるように、いくつかの要素から推測することができる。

まず、「殊に学期試験中僅に尺寸の暇を偸ミ筆に任せて認めたれば素り草稿だに起さず言尽くさゞる処も亦有らん」とあり、また、「年末多忙を推察せざるに似たれ」という。美妙は明治一七年九月から大学予備門に在籍している。当時の予備門は同年の本黌《ほんこう》・分黌《ぶんこう》統合により学科課程が改められ、年度が九月に始まる三期制で統一されている。そうしたカリキュラムの中で、予備門の試験には、一学期および二学期の終わりの学期試業と学年の終わりの学年試業があった。▼注[3] したがってこれら二つの記述から考えれば、草稿Bが書かれたのは、美妙が予備門在籍中で第一学期の学期試業を受けた明治一七年一二月、または明治一八年一二月だということになる。

また本文の中には、「小説の第一主眼となれるところは只人情に在りといふ学者の輿論あるなるをや」のように、明らかに坪内逍遙の『小説神髄』の「小説の主眼」を意識した記述がある。このことから、美妙が大学予備門に在籍中の年末で『小説神髄』の第一冊が発売された明治一八年九月以降、すなわち、明治一八年の末に書かれたものだと考えてよい。

これら二つの草稿には、この時期の美妙についてだけでなく、同時代の文体や小説、詩、文学の問題について考えていく上で、さまざまな問題が示されている。特に草稿Bは「翻訳文」の問題を中心にした文体の問題が見られることから、こちらは第2章で詳しく扱うこととする。本節では草稿Aについて分析していくことによって、この時期に美妙が「詩」「小説」をどのように考えていたのかという問題を考えていきたい。

2 「哲学の真理」を描く「詩と小説」

まず、草稿Aに見られる、次の一節を見てみよう。

弟子が望ある物の第一は詩と小説との二種になん。そも〳〵詩と小説とは世にいふ美術の第一位に位するものといふよしは学者の許せる処なり。もとより其主眼とするところは哲学の真理を描くものなれば、いやしくも文明世界に於て其時代に対しても恥かしからぬ大原をものせんにはかならず哲理に通暁して宇宙を己れに集めたる者ならでは之を能くすべくもあらず。既に然らば此二物は全く哲学の変体にて、殊に哲学の種類中殊に極めて高尚なる美妙学とは全じきなり。

（草稿A）

ここには、さまざまな問題が見て取られる。その中でもまず注目されるのは、「詩と小説」を「美術の第一位」だとするという認識が、「学者の許せる処」とされているという点である。この「学者」というのは直接的に、坪内逍遙のことを指すと考えられる。

小説《せうせつ》の美術《びじゆつ》たる由《よし》を明《あき》らめまくせバまづ美術《びじゆつ》の何《なに》たるをバ知《し》らざる可《べか》らずさハあれ美術《びじゆつ》の何《なに》たるを明《あき》らめまくほりせば世《よ》の謬説《びうせつ》を排斥《はいせき》して美術《びじゆつ》の本義《ほんぎ》を定《さだ》むるをバまづ第《だい》一に必要《ひつえう》なりとす

（坪内雄蔵『小説神髄』「小説総論」）

逍遙の『小説神髄』における中心的な問題意識のひとつは、小説をいかにして「美術《びじゅつ》」のひとつとして位置づけるかということにあった。このときの「美術《びじゅつ》」とは「Fine Art」の翻訳語である。亀井秀雄が指摘するように、W・ベザントやA・ベイン、W・D・コックスなどのものをはじめとした同時代の英語圏から入ってきていた言説や、西周の『百学連環』（明治三開講）などでは、「詩」（Poetry）を「Fine Art」の中に組み入れる一方で、「小説」（Fiction, Novel, Romance）をその中に含めてはいなかった。これに対し逍遙は、「小説《せうせつ》」をいきなり「美術《びじゅつ》」の中に組み入れてしまっていたのである。▼注[4]その意味で、「詩と小説」を「美術」だとする美妙の認識は、逍遙の『小説神髄』を確実にたどっていたものだといえる。

しかし美妙の草稿と『小説神髄』との関係をこのように考えた場合、ひとつの問題が浮上してくる。すなわち、美妙が詩と小説の「主眼」を、「哲学の真理を描くもの」「哲学の変体」と位置づけたことである。改めて指摘するまでもなく、逍遙が「小説の主眼」として位置づけたのは「人情《にんじやう》」と「世態風俗《せいたいふうぞく》」とを描くことだった。

小説《せうせつ》の主脳《しゆなう》ハ人情《にんじやう》なり世態風俗《せいたいふうぞく》これに次《つ》ぐ人情《にんじやう》とハいかなる者《もの》をいふや曰《いは》く人情《にんじやう》とハ人間《にんげん》の情欲《ばつしよん》にて所謂百八煩悩是《いはゆるひやくはちぼんなうこれ》なり

（『小説神髄』「小説の主眼」）

一方で逍遙は、小説と哲学との関係について、次のように述べている。

若夫れ心の働ハさま〴〵あり、大別せバ三種となるべし知。情。意。即ち是なり（中略）文章を分類すれバ、

（第一）真理を研究し確定し若くハ講説する者（即ち所謂散文并に真理を講説せる韻語体の文）

（第二）専ら感情を吐露する者（即ち所謂詩歌并に詩歌と其旨を同うせる散文）

（第三）願望企図を発表して他人の賛同を希望するの意に出たる者（即ちOration弁論文）

（坪内雄蔵「文章新論」、『中央学術雑誌』二八、三三号、明治一九・五・一〇、七・一〇）

ここで「知。情。意」に触れているのは、西周がカントの哲学をもとにして論じて以降、同時代の日本で編成されていた議論を踏まえている。

然ルニ近来本邦ニテ、刊行セシ心理学ノ諸本ハ皆カノ哲学《フヰロソフヰー》ノ部内ニ、実ニ貴重ナル資料ヲ貢スル者ナレハ、カノ欠乏ノ一部ヲ補足スルニ足レリト謂フヘシ、然ドモ亦唯其一部ヲ補足スル耳、蓋此諸本ハ性理学《サイコロシー》ノ尋常所領ナル、本疆ノ一部ニ画キリ、多クハ、情《センシビリヤー》ト意《ヰル》トヲ、置テ問ハス、専ラ知《インテレキチユラル》ノ能力《ファカルチー》ニ、其力ヲ用ヰタレハナリ

（約瑟奚般、西周訳『心理学　巻一』自序、明治八）

西周がジョセフ・ヘブンの心理学（Joseph Haven, *Mental Philosophy: Including the Intellect, Sensibilities, and will*, 1857）を翻訳

するに当たって述べているのは、これまでの「心理学」をめぐる言説が「知」の領域を扱っていたのに対し、「情」と「意」も含めて扱うのが「心理学」だという認識である。このとき『百学連環』や『知説』(明治七)の枠組みでいえば、「知」は「真理」を講究する「哲学」を中心とし、それを基盤とした多様な学術大系を指していることになる。

こうした枠組みから考えた場合、逍遙が「小説の主眼」となる「人情」の問題の根拠を同時代の心理学に求めていた以上、「知」の領域に属して「真理」を講究する「哲学」と、「情」を問題とする「詩歌」「散文」とを切り分けるという「文章新論」で示した考え方は、ひとつの発想として充分に起こりうるものだった。また、フェノロサが哲学の教科書として用いていたフランシス・ボーウェンの著作で「Philosophy, as its very name imports, is not so much truth, as the search after truth.」(Francis Bowen, *Modern Philosophy*, 1877)とされていることや、井上哲次郎が「哲学ノ法ニ由リテ真理ヲ究ムルノ学モ、亦皆哲学ニ属ス、心理倫理論理等ノ諸学是レナリ」(井上徹次郎講述『西洋哲学講義』、明治一六)としていることを考えれば、こうした枠組みは同時代の発想として比較的よく見られるものだったといえる。

以上のことから考えると、小説の「主脳」として「人情《にんじやう》」「世態風俗《せいたいふうぞく》」を考えた逍遙の論と、「哲学の真理」を想定した美妙の論とは、ひとつの差異を示しているように見える。しかしこの問題は、単に美妙と逍遙との差異ということに留まらない。同時代に編成された「詩」と「小説」の問題に関わる言説において、常に問題となっていた枠組みなのである。

3　坪内逍遙「人情」論の位置

まず逍遙の「人情《にんじやう》」論について基本的な事柄を確認しておくと、ここで「人情《にんじやう》」と「世態風俗《せいたいふうぞく》」とが挙げられた点については、「世態情致莫不敢写（世態情致敢て写さざること莫し）」（『南総里見八犬伝』第二輯自序、文化一三）、「蓋小説《けだしせうせつ》ハ。よく人情《にんぜう》を鑿《うがつ》をもて。見る人倦《ひとあか》ず。」（第二輯巻五）などが想起されるべきであろう。大屋多詠子が詳細に検討しているとおり、このとき馬琴が用いた「人情《にんぜう》」とは、「この巻殊《まきこと》に忠臣節婦《ちうしんせつふ》。義士孝子《ぎしこうし》のうへを述《のべ》て。人情《にんじよう》を竭《つく》せり。」（『頼豪阿闍梨怪鼠伝』巻之七、文化五）とあるように、「忠孝信義」、さらには「仁義礼知」までも含んだ「八徳」に関わる人間の心を漠然と表すものだった。その上で『小説神髄』では「人情《にんじやう》」という用語が用いられており、またこうした「人情《にんじやう》」の枠組みを為永春水などの人情本における「人情」に接続させていたのである。▼注[5]

一方で逍遙は、『小説神髄』「文体論」において、「人情《にんじやう》」についてもう少し具体的な枠組みを示している。

言《ことば》ハ魂《たましひ》なり文《ぶん》ハ形《かたち》なり俗言《ぞくご》にハ七情《しちじやう》こと〴〵く化粧《けしやう》をほどこさずして現《あら》はるれど文《ぶん》にハ七情《しちじやう》も皆紅粉《みなこうふん》を施《ほどこ》して現《あら》はれ幾分《いくぶん》か実《じつ》を失《うしな》ふ所《ところ》あり

（『小説神髄』「文体論」）

「七情《しちじやう》」は「小説総論」で「喜怒愛悪哀懼欲《きどあいをあいくよく》」と書かれており、これは宋代の性理学を基にしている。亀井秀雄は特に荻生徂徠『弁明』（享保二）との関係を指摘しているが、▼注[6]逍遙の論理では「文《ぶん》」によって記述される「人情《にんじやう》」は、「紅粉《こうふん》を施《ほどこ》し」たものなのだという。

ここには、江戸期の小説が持っていた文体の問題が関わっている。第2章で詳しく検討するように、当時の小説は読本と合巻、人情本、滑稽本といったジャンルによって、内容だけでなく文体にも固定化された様式性があった。▼注[7] したがって、語りをその文体に合わせて記述した瞬間、それは単なるエクリチュールを超えた様式性の中に組み込まれることになる。

逍遙が『小説神髄』「小説《せうせつ》の主眼《しゆがん》」で「人情《にんじやう》」と「勧懲《くわんちやう》」とを対比的に扱ったのは、この文脈で読み解くことができる。

作者《さくしや》の本意《ほんい》もとよりして彼《か》の八行《はつかう》を人《ひと》に擬《ぎ》して小説《せうせつ》をなすべき心得《こころえ》なるからあくまで八士《はつし》の行《おこなひ》をバ完全無欠《くわんぜんむけつ》の者《もの》となして勧懲《くわんちやう》の意《い》を寓《ぐう》せしなりされバ勧懲《くわんちやう》を主眼《しゆがん》として八犬士伝《はつけんしでん》を評《ひやう》するときにハ東西《とうざい》古今《ここん》に其類《そのるゐ》なき好稗史《かうはいし》なりといふべけれど他《た》の人情《にんじやう》を主脳《しゆなう》として此物語《このものがたり》を論《あげつろ》ひなバ瑕《きず》なき玉《たま》とハ称《たゝ》へがたし

（『小説神髄』「小説の主眼」）

様式化された文体によって語られる「人情《にんじやう》」は、それ自体が「作者《さくしや》の本意《ほんい》」である「勧懲《くわんちやう》」の寓意《ぐうい》に沿って様式化されたものであり、そこで描かれる作中人物の内面までも、あくまで仮構され、様式化されたものにすぎなくなってしまう。それに対して人間が持った「情《じやう》」をそのままに記述できる言葉として位置づけられたのが「俗言《ぞくげん》」「言《げん》」であり、逍遙はここにそれまでの「文《ぶん》」とは異なる新たな表現システムの構築を求めていたのである。

富塚昌輝が指摘するように、『小説神髄』は同時代の多様な学問、「知」を取り込むことで、小説改良を目指していた。▼注[8] その意味で、逍遙が参照したベインの心理学は、たしかに新しい「知」の枠組みのひとつだった。しかし、「知」「情」「意」の「情」を「人情《にんじやう》」と位置づけ、人情本との接続を図った時点で、「知」の枠組みにあったはずの心理学に基づいた作中人物の内面の記述は、人情本において描かれた「人情」と結び付き、人情本の様式性の中に飲み込まれてしまう。

『一読三歎／当世書生気質』（明治一八～一九）と人情本との断続については、山田俊治が、小町田粲爾の経歴を語る第二回や、会話文で示されるべき物語が地の文で展開されてしまう様式における人情本との共通性を、小説の方法意識における差異という視点で論じている。▼注[9] これと同様に『小説神髄』における「人情《にんじやう》」の問題は、たとえ理論としては西洋的な「知」としての心理学に根拠を求めていたとしても、実作においては人情本における「人情」と切り離すことができなかったのである。

一方で、この「人情」をめぐる議論が、明治四〇年代の自然主義や、大正期以降の私小説、心境小説と重ね合わされ、それがあたかも西洋〈近代〉小説の受容であるかのように拡散していくことで紡がれたのが、いわゆる〈近代自我〉史観から、柄谷行人の「近代文学」における〈内面〉をめぐる議論へと至る、仮構された物語としての〈文学史〉だったといえる。▼注[10] しかしむしろ注目したいのは、このように「小説《せうせつ》」の「主《しゆ》眼《がん》」を「人情《にんじやう》」に見いだすような考え方が、そもそも逍遙が参照していた同時代の英語圏の言説では、ほとんど見られなかったという点である。

たとえば、逍遙が『小説神髄』を書くにあたって参照したと考えられるハートの修辞学（John S. Hart, *A*

Manual of Composition and Rhetoric: A Text Book for Schools and Collages, 1872）では、小説が出版され、読まれる目的を「The greater part of the fiction now published and read has no other object than mere pleasure, and that of a very low kind.」と記述している。一方で、小説にはより高度な目的があるとして、次のように論じている。

> Novels of a Higher Aim. — A good many novels have a higher aim, being intended by their authors to disseminate theories of life and morals, and even of religion.
>
> (John S. Hart, *A Manual of Composition and Rhetoric: A Text Book for Schools and Collages*, 1872)

ハートはここで、小説には単なる娯楽（pleasure）をとしての要素だけでなく、作者の人生や倫理、宗教に関する「theories」が盛り込まれると考えた。小説によってそれを流布することが可能になると位置づけたのである。

また、「theory」は堀達之助が編纂した『英和対訳袖珍辞書』（文久二）で「理ノミヲ講究スル文字」、ヘボンの『和英語林集成』（慶應三）で「Omoi-nashi」とされて以降、明治期に入ってからは柴田昌吉・子安峻『附音挿図／英和辞彙』（明治六）で「法方《ママ》」「推理」「学」「説《セツ》」、青木輔清『英和掌中字典』（明治六）で「ドウグ」「テカタ」「リガク」、イーストレーキ・棚橋一郎訳『ウェブスター氏新刊大辞書／和訳字彙』（明治二一）「理論」「法方」「推理」「学」「説」、島田豊纂訳『附音挿図／和訳英字彙』（明治二一）で「理論」「方法」「推理」「学」とされているなど、学問的な理論や説を示す用語として理解されていた。したがって、ハートが小説の役割として論じたものは、知識人としての小説家が自身の思想を読者に対して普及する、ある種の啓蒙主義的な枠組みとして受け取られたはずである。

また、大学予備門で教科書として用いられ、「poetry」を「fine art」の中に組み込んでいたコックスの修辞学で、「novel」と「romance」とは次のように記述されている。

> (b). The Novel, which is a pure fiction describing the incidents of modern social life or manners, containing every possible variety of character and of scenery, and designed to excite the reader's interest by a rapid succession of events, an involvement of interests, and the unravelling of intricacies of plot.
>
> (c). The Romance which relates incidents of bygone days, heroic exploits of former times, or extravagant flights of fancy or of imagination. In other respects, the Romance resembles Novel.
>
> （W.D. Cox, *The principles of Rhetoric and English Composition for Japanese Students*, 1882）

コックスが「Romance」と「Novel」との差異として、現代を描くか過去を空想や想像によって描くかということしか想定していないという点は、『小説神髄』との関係においても重要であろう。一方で、ここでは「Novel」について、読者の興味を喚起するように出来事を構造化する「plot」に、その重要な要素を見いだしている。

「plot」は引用箇所の直前で「A plot should be interesting, consistent in its parts; moral in its tone, and not too improbable in its circumstances.」とされている。したがって、物語の位相で読者をいかに楽しませるかということこそが、コックスが想定していた「小説」の主眼だった。

この方向性は、クワッケンボスの修辞学（G.P.Quackenbos, *Advanced Course of Composition and Rhetoric*, 1875）でも「The Novel and the Romance, on the contrary, admit of every possible variety of character, and afford the greatest scope for exciting the interest of the reader by a rapid succession of events, an involvement of interests, and the unravelling of intricacies of plot.」とされており、同時代に日本に入ってきた英語圏の言説では、もっとも典型的な「小説」という文章ジャンルについての考え方だったのである。

一方で「poetry」について、コックスは「Poetry has been defined as "Thought produced by an excited imagination, and designed primarily to please."」としており、想像力によって生み出された「thought」そのものであると位置づけている。この発想は、ベインの考え方を基にしている。

> Poetry is a Fine Art, operating by means of thought conveyed in Language.
> Poetry agrees generically with Painting, Sculupture, Architecture, and Music; and its specific mark is derived from the instrumentality employed. Painting is based on colour, Sculuputure on form, Music on a peculiar class of sounds, Elocution on the vocal enunciation of articulate speech, and Poetry on the meaning and form of Language.
>
> （Alexander Bain, *English Composition and Rhetoric a manual*, 1867）

ベインは言語によって作り手の「thought」が表現されることこそが、詩の芸術性の根拠だとしている。「thought」は斯維爾士《スウェル》維廉士《スウェレンス》著・柳沢信大《やなぎさわしんだい》校正訓点『英華字彙』（明治二）では「想、想像、意思、想頭」、ヘボンの『和英語林集成』「英和の部」（慶応三）では「Omoi; riyōken; kangaye; tszmori; zoni; shiriyo; shian; kufū;

an: kokoro-gake」とされていたが、柴田昌吉、子安峻『英和字彙』（明治六）で「念頭《ネントウ》、意思《オモヒ》、思慮《シリョ》、想像《サウザウ》、意見《ミコミ》、企望《クハダテ》」とされ、井上哲次郎・有賀長雄の『哲学字彙』（明治一四）で「思想」と規定されて以降は、「思想」と翻訳されることが多くなる。そのため、こうした「小説」についての考え方も、ハートの修辞学と同様の枠組みで受け取られたはずである。

これらの言説に対し、人間の内面に関わる問題が、文芸、特に「詩」が「美術」として位置づけられる際の根拠となる言説もたしかに編成されていた。

此ニ由リテ之ヲ観レバ、美学上ノ美タル其性知ル可キナリ、文芸上ノ感情タル其質知ル可キナリ、其悲惨哀シム可キノ状、其爽快喜ブ可キノ態、皆以テ人ヲ感ズルニ足ルト雖モ、此状態中必ズ幾分余地ヲ留メテ、作者其間ニ於テ時々ニ自ラ表見シテ、以テ自家ノ機軸ヲ発揮シ、読者ヲシテ誦読ノ際自ラ作者ノ心胸面目如何ノ人タルヲ想像セシムルコトヲ要ス

（ヴェロン、中江篤介訳『維氏美学』（下冊）「第七篇　詩学」、明治一七）

『維氏美学』が想定していた「詩」は、このように「作者」自身による自己表出的な「情」の表現と、それを読者がどのように読み取るかという運動として捉えられている。作り手と読者との関係性そのものを、「詩」おいて生み出される「美」の根拠としていたのである。

また、たとえばベインの修辞学において、「Lyric」についての解説を見てみると、当然のことではあるが、「The Lyric poem is an expression or effusion of some intense feeling, passion, emotion, or sentiment」と、人間の感情を

表出する領域であると位置づける発想が確認できる。

このほか、チェンバースの『百科全書』(*Chambers's Information for the people*)を翻訳した菊池大麓訳『修辞及華文』(明治一七)「詩文ノ術」では「言語ニ藉テ表スヘキ思想形状等ヲ互ニ相調和シ又之ヲ言語ト調和スルコト是レ詩術ノ大主意トナス」として「thought」の問題を中心に据える一方で、「人生忍フ可カラサルノ悲哀、克勝、愛情、卓絶、高聳、不朽ノ垂業ヲ期スル至切ノ志念」以下、人間の感情の領域を「詩ノ題目ニ適スル所ノ真性ノ物景」としての「心神ヲ発揮スル者」としている。また、フェノロサ『美術真説』(明治一五)には、「美術ノ善美ナルモノハ物件各部ノ内面ノ関係ニ外ナラサル」と「内面」の問題を「美術」の根拠として求める言説が見られる。

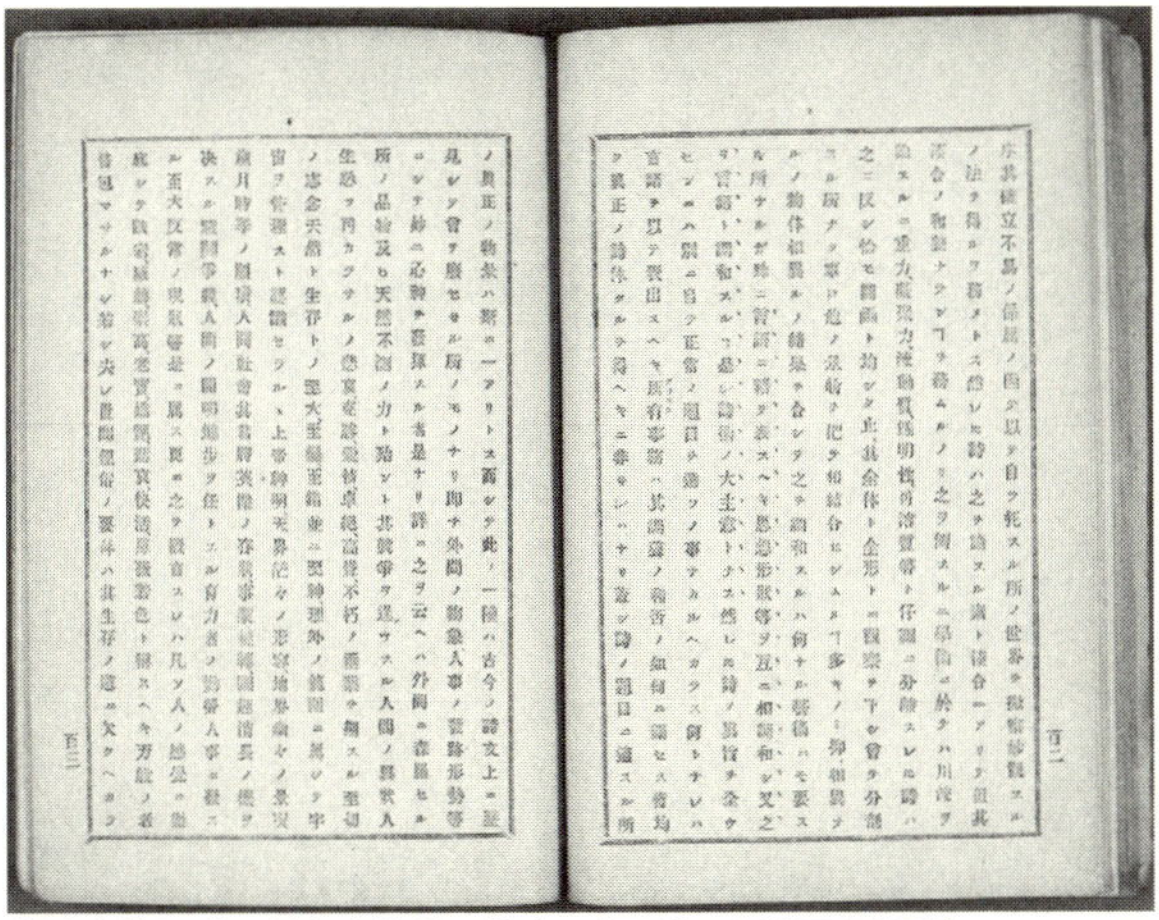

菊池大麓訳『百科全書修辞及華文』(早稲田大学図書館蔵)
請求記号：文庫 14 D15

しかし、これまで見てきたように、同時代の英語圏から入ってきた言説を確認していくと、少なくとも「小説」や「詩」においては書き手の「思想」や「学説」について、出来事を通じてどのように表現していくかということが、特に修辞学における枠組みでは中心的な問題となっていたことがわかる。『小説神髄』がこうした修辞学の言説に大きく依存していたことから考えれば、逍遥の「人情《にんじやう》」論は、少なからずそれらの言説から離れた、むしろ特異な発想だったことが明らかになる。

また特に「Novel」については、この後、島田豊『附音挿図／和訳英字彙』(明治二〇)が「Novel」を「新シキ，珍ラシキ，新奇ノ，奇異ノ，小説，人情本，法律，追加律．」としているのに対し、「Fiction」を「想像，虚構，虚説，小説，作リ話シ，嘘，偽．」、「Romance」を「小説、羅甸語ト野蛮語ト交リタル語」としているように、「Novel」と「人情本」の「人情」とを接続させる発想として定着していく。一方で、明治一七年に版権免許を得ていた尺振八『明治／英和字典』でも「Novel」を「小説。人情本○附 律。新法〔法〕」とする翻訳がすでに見られる点は問題であろう。このような翻訳語が現れた要因としては、『修辞及華文』で「我カ小説、人情本、詩体」と「人情本」の翻訳語が用いられていたことが想定されるが、このことは、逍遙がこの枠組みに沿って「Novel」を理解したために、ある種の誤解として「人情」論を立ち上げてしまった可能性が少なからずあることを示唆している。

4　「知」と「情」の言説

しかし、これまで挙げてきた英語圏の修辞学における言説も、あくまで「小説」において「thought」「theory」が表現されるとしているだけであり、それは美妙が論じた「哲学の真理」を描く「詩」「小説」に直結するわけではない。一方でこのように「詩」「小説」と「哲学」とを接続させる発想は、この後の「詩」や「小説」をめぐる議論で非常に多く見られるようになっていく。

等しく情感的思想なりと雖とも、是を表白するに或ハ会意的を以てし、或ハ分析的を以てす。会意的を以てするものハ思想を形像の上に表ハして是を直覚せしめ、分析的を以てするものハ思想其まゝを分析して是を理解せしむ。一ハ譬喩形容を設けて覚《さと》らしめんとし、一ハ解折《［ママ］》釈義を試みて説かんとす。蓋し二者各々所長ありて共に学海の水路案内者たれバ相随伴して離るゝ事なしと雖とも殆んど背反したる研窮法をもて互に結托して以て文学を為す。而して文学の主因たる感情的思想を会意的に表白したるものを詩《ポーエトリイ》と云ひ、分析的に説明したるものを哲学《メタフィジック》と云ふ。

（不知庵主人『文学一斑』「第一　総論」、明治二五）

内田魯庵の議論はベリンスキーの言説を踏まえたものであり、その前提として「パスカルは曰へり、人間の思想に二あり一を数学的思想と為し一を情感的思想と為すと」という枠組みがある。すなわち、哲学と文学とを切り離し、その目的は同一のものだとする一方で、それを論理的、分析的に記述するか、現実の出来事を「形像」する中でその思想を感情として表現するかに、双方の差異があるのだとしている。

この考え方については、魯庵自身が「総論」の附記で「長谷川辰之助氏が訳せられし魯国パアブロフの「学術と美術との関係」中の一節に云く」と記述しているように、もともとは二葉亭四迷の言説から着想を得て、ベリンスキーにたどり着いたものだと明示されている。

知識ハ素と感情の変形俗に所謂知識感情とハ古参の感情新参の感情といへることとなりなんぞと論し出《［ママ］》してハ面倒臭く結句迷惑《まごつき》の種を蒔くやうなもの、そこで使ひなれた知識感情といへる語を用ひていハんにハ大凡世の中万端の事知識ばかりでもゆかねバ又感情ばかりでも埒明かず

（冷々亭主人「小説総論」、『中央学術雑誌』第二六号、明治一九・四・一〇）

「小説総論」後半の「勧懲模写」や「主実主義（リアリズム）」をめぐる議論と『小説神髄』との関係という問題に目が向いてしまうと見落としてしまいがちだが、四迷はここで「知」と「情」との接続という重要な問題を示していた。この後、「夫れ美妙の思想ハ尚認識する思想のごとく我輩の世態観察の心眼を開き斯くて我輩の認識を大にして知識跋扈の境界を広む」（「カーコトフ氏美術俗解」、『中央学術雑誌』第二八、三一号、明治一九・五・一〇、六・二五）、「抑々美術ハ猶学問の如く先つ物の皮を剥て中に籠れる真理を取出し而して後ち真理に任せて自在に人の所説所願の上に働かしむるものなり」（同）と繰り返しこの問題に言及し、最終的には明治二一年四月に『国民之友』に掲載された「学術と美術の差別」において、「美術」「学術」との関係という枠組みで、「知」と「情」の問題についてまとめることとなる。

逍遙はこうした四迷の言説に対し、白雲山人（杉山重義）とのやりとりの中で、次のように述べている。

余《よ》の事《こと》ハ暫《しば》らく置《お》き美術《びじゆつ》ハ哲学《てつがく》の不足《ふそく》を補《おぎな》ひよく哲学者《てつがくしや》の分解《ぶんかい》し得《え》ざる真理人情《しんりにんじやう》を写《うつ》す者《もの》なりとハ斯《か》く申《まふ》す隠居《いんきよ》と我友冷々亭主人《わがともれい〳〵ていしゆじん》の外に何時《いつ》ごろ誰人《たれひと》か唱《とな》へたるぞ而《そう》して冷々亭主人《れい〳〵ていしゆじん》ハ曽《かつ》て小説《せうせつ》を著《あらほ》したる事《こと》なく隠居《いんきよ》ハ若干《そこばく》を著《あらは》したり果《はた》して然《しか》らんにハ大人《うし》のお叱《しかり》に当《あた》る者《もの》ハ斯《か》くいふ隠居《いんきよ》のみに候《さぶら》はずや殊《こと》に件《くだん》の美術論《びじゆつろん》ハ泰西《たいせい》の定論《ていろん》といふでもなし扨々存外《さて〳〵ぞんぐわい》な事《こと》

（春のやの隠居「ヤヨ喃暫《ならしば》らく、白雲山人《はくせつさんじん》に物申《ものまふ》さん」、『読売新聞』、明治二〇・一・二二）

逍遙は、冷々亭主人こと二葉亭四迷と自分は同じ方向性を共有しており、「美術《びじゆつ》ハ哲学《てつがく》の不足《ふそく》を補《おぎな》ひよく哲学者《てつがくしや》の分解《ぶんかい》し得《え》ざる真理人情《しんりにんじやう》を写《うつ》す者《もの》なり」と捉えていた。しかし先に述べたように、実際には「文章新論」において「知」と「情」、学問と芸術とを切り離していく。その意味で、双方の立場は少なからず異なっていたのである。

一方で同時代のほかの書き手に目を向けてみると、こうした「知」と「情」の問題系と同じ枠組みにあったのが、夏目漱石による「文芸《ぶんげい》」についての見方である。

（い）我の作用《さよう》を知情意《ちじやうい》に区別《くべつ》することは前《まへ》に述《のべ》た通《とほ》りで、此知《このち》の働《はたら》きを主《しゆ》にして物《もの》の関係《くわんけい》を明《あきら》かにするものは哲学者《てつがくしや》もしくは科学者《くわがくしや》だと申ました。成《な》る程《ほど》関係《くわんけい》を明《あきら》かにすると云《い》ふ点《てん》より見《み》れば哲学科学《てつがくくわがく》の領分《りやうぶん》に相違《さうゐ》ないが、関係《くわんけい》を明《あきら》かにする為《ため》に一種《しゆ》の情《じやう》が起《おこ》るならば、情《じやう》が起《おこ》ると云《い》ふ点《てん》に於《おい》て、知《ち》の働《はたら》きであるにも拘《かゝ》はらず文芸的作用《ぶんげいてきさよう》と云《い》はねばならんかと思《おも》ひます。

（夏目漱石「文芸の哲学的基礎」「第一二回　芸術家の理想（三）」、『東京朝日新聞』、明治四〇・五・二〇）

漱石は、「知情意《ちじやうい》」を単純に「区別《くべつ》」可能なものとして捉えるのではなく、「知《ち》」を「具体を通じて真《しん》をあらはす」ことによって「情《じやう》」と接続させることに、「文芸家《ぶんげいか》」の価値を見いだしていた。漱石が東京美術学校でこの講演を行ったのは明治四〇年四月二〇日とかなり時代を経てからのことだが、漱石と美妙が大学予備門に同じ時期に在籍していたことを考えれば、こうした発想は同世代の書き手たちに少なからず共有されていたものだと考えるべきであろう。

また、これらの議論と較べてより美妙に近い発想を持っていたのが、北村透谷である。

文芸は宗教若くは哲学の如く正面より生命を説くを要せざるなり、又た能はざるなり。文芸は思想と美術とを抱合したる者にして、思想ありとも美術なくんば既に文芸にあらず、美術ありとも思想なくんば既に文芸にあらず華文妙辞のみにては文芸の上乗に達し難く、去りとて思想のみにては決して文芸といふこと能はざるなり、此点に於て吾人は非文学党の非文学見に同意すること能はず。

（北村透谷「内部生命論」、『文學界』第五号、明治二六・五）

ここで語られた「内部生命」や「詩」についての発想がエマーソンやカーライルに由来していることは、野山嘉正▼注[11]や松村友視▼注[12]などの指摘するとおりである。また、透谷は『エマルソン』（明治二七）においても、エマーソンの「詩の本源には、彼の哲学あり、彼は此の哲学を離れて詩人たるを得ず」とした上で、「彼の詩の特に他と異なれるは、余りに抽象的にして、具象的事実の上に、何等の感銘を与ふること能はざるが如き」と論じている。「哲学」によって得られる「思想」を、どのように具体的な現実の世界に反映させていくかという表現の位相に、「詩」の根拠を求めていたのである。

これと同じ文脈にあるのが、本章第3節で考える、巌本善治が『女学雑誌』で示していた「実際的小説」という枠組みである。巌本はJ・S・ミルの言説を受けて、哲学で行われた抽象的な議論を現実の生活で起きた出来事を描くことを通じて、哲学そのものをどのように読者に伝えていくのかという視点から小説を論じている。

この時期の「文学」という語が持つ概念は、まずは現在でいう人文科学の総体を指す概念であり、「詩」「小説」はあくまでその中にひとつのジャンルとして組み込まれるものだった。このことから考えれば、これまで挙げてきたような文学と哲学とを通底するものとして捉える論理は、逍遥の「人情」論よりもはるかに馴染みやすかったはずである。

このように、小説改良のあり方をめぐっては、多様な議論が繰り広げられていた。坪内逍遥の『小説神髄』は、たしかに明治期において「小説」について語る言説が編成されるようになった契機のひとつとして評価できる。しかし、「小説」をめぐる同時代の議論は、『小説神髄』で新しい「知」としての心理学を小説に導入することを論じていながら、結局は「知」と「情」とを明確に切り離してしまう方向に向かってしまった逍遥の発想に対し、「知」と「情」とのあいだに連続性を見いだし、双方の接続を小説という文章ジャンルでどのように扱っていくかという問題のほうが、少なからず広がりを見せていたのである。

5　「詩」と「哲学」との接続

しかし、美妙は四迷のようにロシア語を読むことはできなかった。また、エマーソンやカーライルが流行するよりも早く、「詩」「小説」と「哲学」との関係という問題に触れている。

それでは、美妙は明治一九年の時点で、どのようにしてこうした議論にたどり着いていたのだろうか。また、このとき「詩」と「小説」が「哲学の変体」であると位置づけることで、具体的に、どのような「詩」と「小説」、あるいは日本語表現のあり方を目指していたのだろうか。

この時期の美妙の読書に関する資料としては、本間久雄の発見によるノートが早稲田大学図書館（中央図書館）の本間久雄文庫に残されており（請求記号、文庫一四―八四）、その中に明治一八年の時点で読んでいた洋書のリストが記述されているほか、日本近代文学館の塩田良平文庫には明治二〇年の時点で彼が読んでいた本のリストである「学業履歴書」が所蔵されている。この中に「審美学」として「ヴェロン審美学、シユレゲル審美学　外ニ「プレートー」「アリズン」等諸家の論及びハント音楽史」が挙げられている。しかし、シュレーゲルの「審美学」に当たる書籍は確認できず、おそらく文学について書かれたこの本をそのように位置づけていたものと推察される。

その中で「詩」と「哲学」との関係をめぐる議論について美妙が参照した可能性のあるのは、シュレーゲルの文学史の英訳本である。

> The philosophy of ancients, like their poetry, emanated from the Asiatic Greeks. The region in which Homer and Herodotus were bred, likewise produced the first and greatest philosophers: not only Thales and Heraclitus, who established in their own country the so-called Ionic school, but those, too, who disseminated their doctrines throughout Magna Græcia and southern Italy, such as the poet Xenophanes, and Pythagoras, the founder of the great philosophic league. In art and poetry, we are already prepared to admire the Greeks: but, perhaps, in no department of knowledge, has their genius exhibited so much of activity and rich invention, as in that of philosophy.

（Frederick Schlegel, *Lectures on the History of Literature, Ancient and Modern*, 1818. 引用は一八五九年版による）

ここでの枠組みは魯庵が言及していたパスカルについての議論に発想が近く、古代ギリシャにおいては詩と哲学とが一体となるものだったということが起点となっている。これ以外にもシュレーゲルは繰り返し「poetry」と「philosophy」との関係に触れているだけでなく、たとえばボッカチオについて「Boccacio struck out a novel path of description in his romance, purely prosaic, or interspersed with poetry.」と論じるなど「poetry」と「novel」「romance」との接続についても言及している。

また、このほかに美妙が参照した言説を考える手がかりとなるのが、美妙がもっともまとまった形で自身の文学観を書いた「日本韻文論」（『国民之友』、明治二三・一〇・三〜二四・一・二三）である。美妙はこの中で、「詩人は人の知るとほり宇宙を直覚するもので、哲学者が解剖して覚る処は詩人がたゞちに覚るのです。」（「日本韻文論（二）」）と、初期草稿と同様に詩と哲学とが同根であるという主張を繰り返している。このときに参照していたのは、マシュー・アーノルドによる言説だった。

Without poetry, our Science will appear incomplete; and most of what now passes with us for religion and philosophy will be replaced by poetry. Since, I say, will appear incomplete without it. For finely and truly does Wordsworth call poetry "the impassioned expression which is in the countenance of all science"; and what is countenance without its expression? Again, Wordsworth finely and truly calls poetry "the breath and finer sprit of all knowledge": our religion, parading evidences such as those on which the popular mind relies now; our philosophy, pluming itself on its reasoning about causation and finite and infinite being; what are they but the shadows and dreams and false shows of knowledge? The day will come when we shall wonder at ourselves for having trusted to them, for having taken them seriously; and the more we perceived their hollowness, the more we shall prize "the breath and finer sprit of all knowledge" offered to us by poetry.

（Matthew Arnold, *Essays in Criticism, Second Series*, 1888）

ここでマシュー・アーノルドが述べているのは、「poetry」は宗教や哲学では表現することができない領域を表現することが可能であり、だからこそ「poetry」はそれらに取って代わることができるという考え方である。

一方で「日本韻文論」には、次のような記述も見られる。

世界といふ広い処から韻文を観察すれば如何やうの断定が下せるか、或は文明の進歩と逆比例に、文明が進んで韻文が衰へると云つたまこオれいの説に従ひましやうか？ まこオれいの此説が妄だとは既に人も認めた事。たゞし退いて又考へるに、此論も強ち空を摑む方でも無く、言はゞ病ひを卜して僅に中り得ぬだけでした。

（山田美妙「日本韻文論（二）」、『国民之友』第九七号、明治二三・一〇・一三）

ここで美妙が触れている「まこオれい」の説とは、トマス・マコーレーがミルトンについて論じたエッセイの中に見られる一節である。

In a rude state of society men are children with a greater variety of ideas. It is therefore in such a state of society that we may expect to find the poetical temperament in its highest perfection. In an enlightened age there will be much intelligence, much science, much philosophy, abundance of just classification and subtle analysis, abundance of art and eloquence, abundance of verses, and even of good ones; but little poetry.

（Thomas Babington Macaulay, *Essay on Milton*, 1825）

マコーレーは、古代の人々がより自由な「想像力」（「ideas」。引用箇所以外では「imagination」を用いている）を持つことで「詩」を創作していたのに対し、時代を下るにしたがって人間の思考が分析的、科学的になり、結果として「詩」に取って代わったのが「哲学」（philosophy）だと位置づける。その中でミルトンの『失楽園』（John Milton, *Paradise Lost*, 1667）を、人間の思考がより分析的、「哲学」的になって「詩」を作るのが困難になった時代にあって現れた、優れた「詩」の作品としている。

言い換えれば、ここで示されているのは、「詩」と「哲学」とを本来は同一のものだとみなし、その上で直感的なものと分析的なものとに切り分け、前者を「詩」、後者を「哲学」「科学」とする枠組みだった。「詩」から「哲学」へ、同時代の日本で用いられていた用語でいえば「情」から「知」へという、ある種の進化論的な発想によってこの問題を捉えていたのである。

6 「日本韻文論」における「思想」の位置づけ

美妙の「日本韻文論」がこのようなトマス・マコーレーの言説と、マシュー・アーノルドの言説とを受け取っていたとすれば、これらは一見、矛盾しているように見える。なぜなら、「詩」から「哲学」への進化を想定していたのがトマス・マコーレーであり、「哲学」「宗教」の役割を「詩」がとって変わるとしたのが、マシュー・アーノルドだからだ。

しかしここで重要なのは、トマス・マコーレーの発想が、「enlightened age」という年代に限定されていたことであろう。すなわち、トマス・マコーレーにしたがって、かつては「詩」にとって変わった「哲学」という枠組みを受け入れ、マシュー・アーノルドの言説にしたがって「哲学」から「詩」への進化という発想を受け取ることによって、「詩」から「哲学」へ、さらに「哲学」からふたたび「詩」へという進化の物語が成立する。「日本韻文論」の論理は、こうした進化論的発想に基づいて「哲学」によって表現される「思想」と、「詩」によって表現される「詩思」とに連続性を見いだし、双方を統合しようとしたものだったのではなかったか。

ならば思想に至つてはどうかと云ふに、吾々は別段に是が韻文の思想即ち詩思といふ物をまだ見たことが有りません。

（「日本韻文論（一）」、『国民之友』第九六号、明治二三・一〇・三）

美妙の発想は「散文」の「思想」も、「韻文」の「詩思」も、表現のあり方が異なるだけで、表現される内実は同じだというものである。ここでは「哲学」ではなく「思想」が用いられており、これは「thought」の翻訳語だと考えられる。

美妙は「日本韻文論」の冒頭で、「言語によつて思想を現はしたのは文、文に二種類か有つて、一を散文と云ひ、他の一を韻文と云ひます。」と、非常に広い枠組みで「思想」を定義している。すなわちここでの「思想」とは、「詩」「小説」と「哲学」とが同じものであるという発想を端緒とし、それら双方を含めた言葉によって表現される対象の内実の総体として位置づけられているのである。

一方で、美妙はこのとき「韻文」は「poetry」、「散文」は「Prose」、「語」は「Word」、「言語」は「Speech」の翻訳語として明確に規定している。さらに、「語及び言語の意味は右の通り、之を総称して「コトバ」と命じ、これの活用を語法と云ふ」として、「語」を「語法」によって構造化したものが「言語」であり、そのような「言語」の活動そのものを「コトバ（言葉）」と位置づけた。こうした「語」「言語」「コトバ」「語法」の関係についての問題は、第2章で考える言文一致の問題と密接に関わってくるものであることも、ここで指摘しておきたい。

【注】

［1］本間久雄『明治文学史』上下巻、東京堂、昭和一〇、一二年。
［2］山田俊治・十重田裕一・笹原宏之『山田美妙『竪琴草紙』本文の研究』笠間書院、平成一二年。
［3］東京大学百年史編集委員会編『東京大学百年史』、東京大学出版会、昭和五九年。

［4］亀井秀雄『「小説」論『小説神髄』と近代』、岩波書店、平成一一年。

［5］大屋多詠子「馬琴の「人情」と演劇の愁嘆場」、『東京大学国文学論集』第二号、平成一九年五月。

［6］注［4］に同じ。

［7］たとえば読本に関しては、平成二一年五月刊行の『江戸文学』第四〇号の特集「〈よみほん様式〉」に掲載の、大高洋司「〈よみほん様式〉とはなにか」、濱田啓介「読本に関わる文体論試論—言表提示の周辺」などに詳しい。

［8］富塚昌輝『近代小説という問い　日本近代文学の成立期をめぐって』、翰林書房、平成二七年。

［9］山田俊治「『当世書生気質』における〈作者〉の位置　人情本を鏡として」、『日本文学』第四〇巻第一号、平成三年一月。

［10］柄谷行人『日本近代文学の起源』、講談社、昭和五五年。

［11］野山嘉正「明治二十年代におけるエマソンの受容　徳富蘇峰と北村透谷の場合」、『研究紀要』第五集、昭和四六年。

［12］松村友視「北村透谷の詩人観形成とエマーソン受容　その思想的系譜をめぐって」、『藝文研究』第一〇一集、平成二三年。

第2節 美妙にとっての「小説」――「蝴蝶」

第1節では、美妙が明治一八年から一九年はじめ頃に書いたと推測される初期草稿（草稿A）と、明治二三年に発表される「日本韻文論」とに見られる、「詩」「小説」と「哲学」との関係をめぐる問題について考えてきた。

それでは、美妙はこうした枠組みの中で、実際にどのように小説を書いていたのだろうか。また、理論として書かれた内容は、実作の内実とどのように関わったのだろうか。

本節では山田美妙の初期の代表作である「蝴蝶」（明治二二）を手がかりに、その具体的なあり方について考えていきたい。

1　「蝴蝶」について

山田美妙の小説「蝴蝶」は、明治二二（一八八九）年一月二日刊行の『国民之友』第三七号附録に発表された。

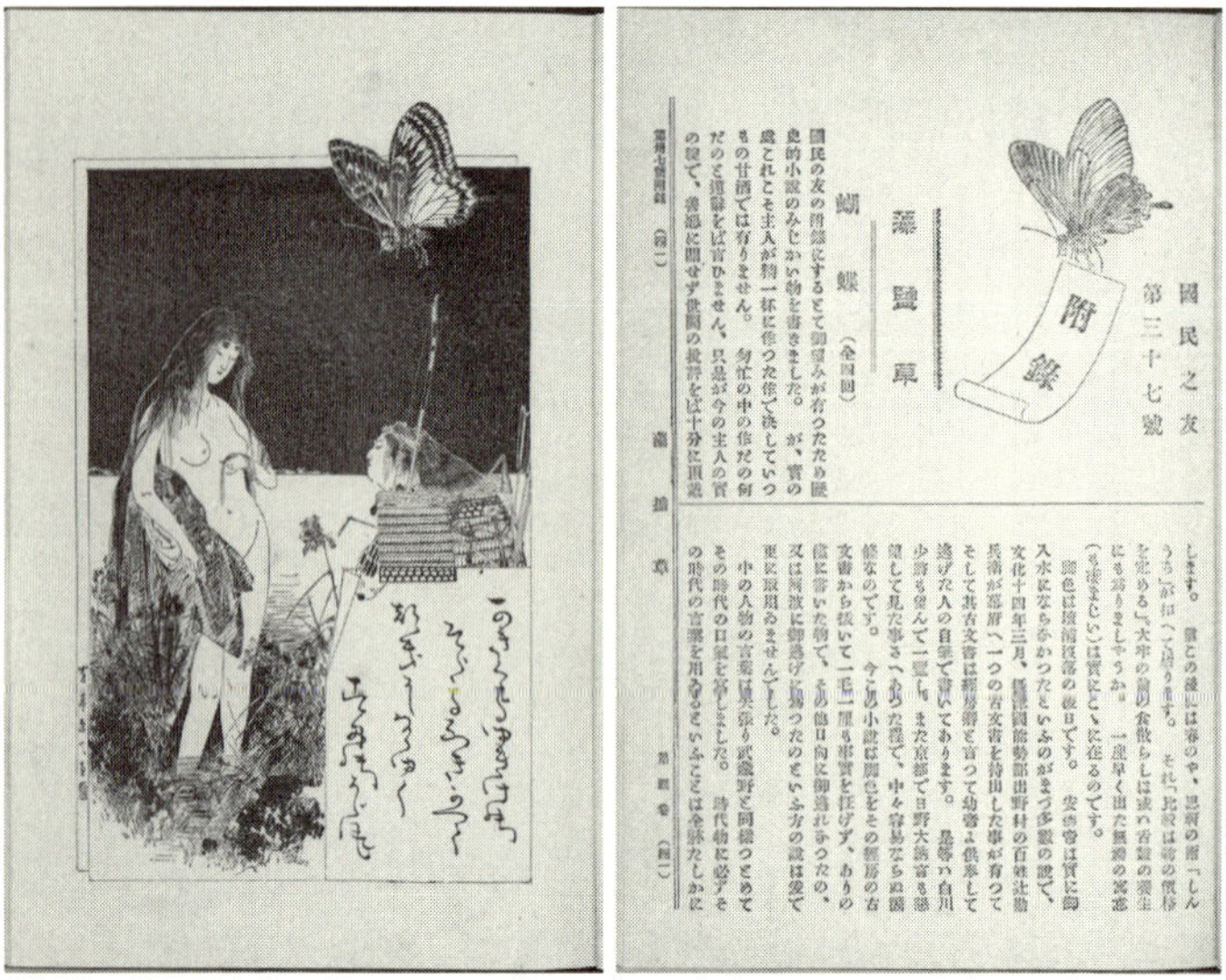
國民之友
第三十七號
附錄
藻鹽草
蝴蝶（全四回）
國民の友の附錄にするとて御望みが有つたため歴史的小説のみじかい物を書きました。が、實の處これこそ主人が精一杯に作つた作で決していつもの甘酒では有りません。匆忙の中の作だの何だのと遁辭をば言ひません、只是が今の主人の實の腕で、褒貶に關せず世間の批評をば十分に頂戴

「蝴蝶」（『国民之友』第 37 号、明治 22（1889）年 1 月 1 日刊行）。国立国語研究所研究図書室蔵書、日本語史研究資料より。左が渡辺省亭による挿絵。
http://dglb01.ninjal.ac.jp/ninjaldl/bunken.php?title=kokuminnotomo

この附録は同誌の新年号に添えられたものであり、「蝴蝶」のほかに春の屋主人（坪内逍遙）「細君」、森田思軒訳「探偵ユーベル」が掲載されているものの、結果として「蝴蝶」ばかりが話題をさらい、逍遙は「細君」をもって小説の筆を折ることになった。このような状況だけを見れば、「蝴蝶」は美妙が当時随一の作家となった、記念碑的な作品だったといえる。

しかし「蝴蝶」は、ほとんど小説としての内容で語られることはなかった。渡辺省亭《せいてい》による蝴蝶の裸体画の挿絵をめぐって『読売新聞』紙上を中心にいわゆる「裸蝴蝶論争」が起こり、ある種のスキャンダルとして扱われたためである。

刺笑生「書中《しょちう》の裸蝴蝶《らこてふ》」（『読売新聞』、明治

二二・一・一二）と、翌日の鷗外漁史（森鷗外）による「裸《はだか》で行《ゆ》けや」（『読売新聞』、明治二二・一・一二）にはじまるこの論争は、非常に不毛なものだった。山田俊治がこの論争について「多くの論者は、美術を世俗の論理に従わせる検閲的な視線で捉え、裸婦の美学が認定されるまでには至らなかった。」と指摘しているとおり、▼注［1］

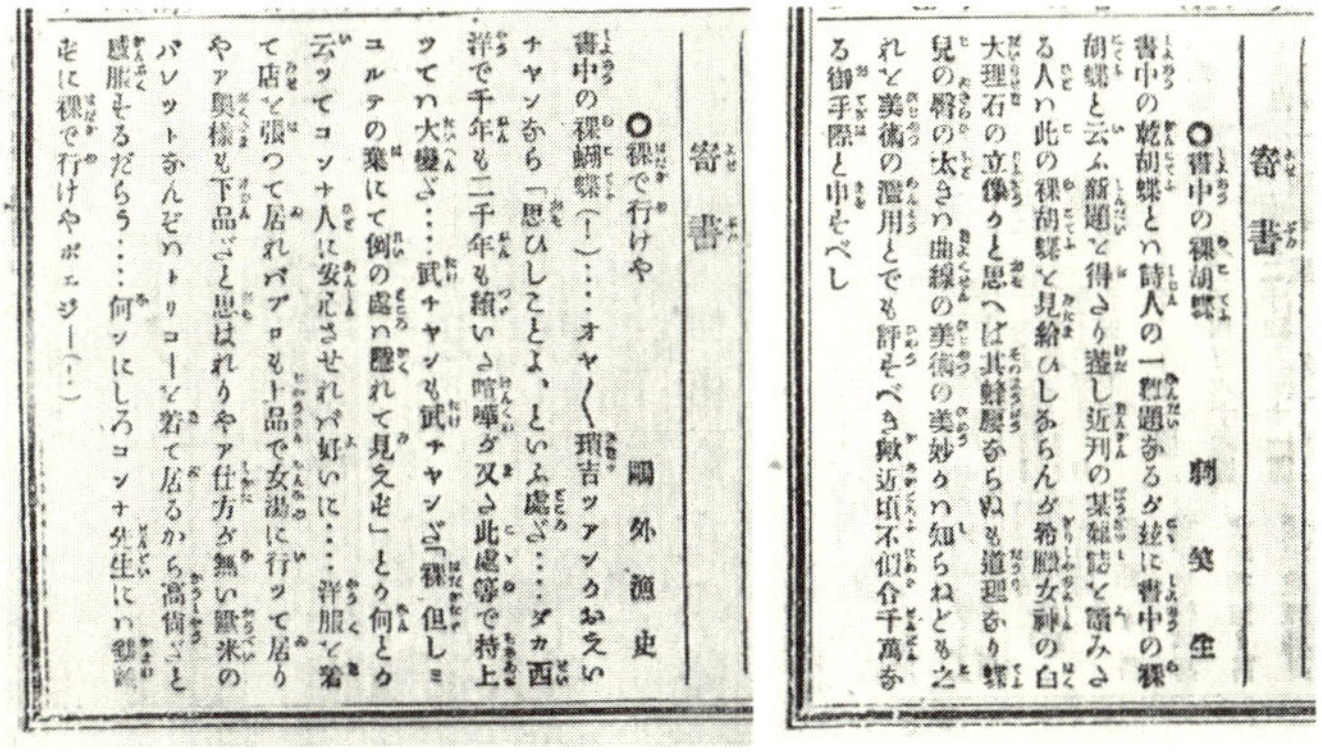

寄書
○書中の裸蝴蝶　刺笑生
書中の乾蝴蝶とは詩人の一問題なるが茲に書中の裸蝴蝶と云ふ新題を得たり蓋し近刊の某雑誌を讀みたる人は此の裸蝴蝶を見給ひしならんが希臘女神の白大理石の立像かと思へば其蜂腰ならぬも道理なり蝶児の臀の太さは曲線の美術の美妙かは知らねども之れと美術の濫用とでも評すべき歟近頃不似合千萬なる御手際と申すべし

寄書
○裸で行けや　鷗外漁史
書中の裸蝴蝶（！）……オヤ〱瑣吉ッアンかおえいチヤンから「思ひしことよ、といふ處だ……ダカ西洋で千年も二千年も續いた喧嘩が又た此處等で持上ッては大變だ……武チヤンも武チヤンだ「裸（但しミユルテの葉にて例の處は隱れて見えぬ）とか何とか云ってコンナ人に安心させれば好いに……洋服で露て店を張つて居ればプロも上品で女湯に行ッて居りやア奥様も下品だと思はれりやア仕方が無い歐米のパレットなんぞはトリコーを着て居るから高尚だと感服するだらう……何ッにしろコンナ先生には銘銘老に裸で行けやポエジー（！）

右、刺笑生「書中の裸蝴蝶」（『読売新聞』、明治 22・1・11）、左、鷗外漁史（森鷗外）「裸で行けや」（『読売新聞』、明治 22・1・12）。明治新聞雑誌文庫所蔵。請求記号 Z19-2-1/N9-1-1：N36：K：（金庫）。

同時代に西欧から輸入されていた美学の文脈を使って語ろうとする美妙と鷗外とに対し、それ以外の投稿者が「刑法書《けいはふしよ》の御勉強《ごべんきやう》を御勧《おすゝ》め申《まを》します」（厳々法史「ドクトル柳下恵《りうかけい》へ」、『読売新聞』「寄書」、明治二二・一・一七）のように見当違いな言説を次々に編成していく様子は、「裸蝴蝶」を批判することだけを目的として、実際には議論の焦点から大きく外れた論者にとって都合の良い言説を拾い集めることに終始した、まったく実りのないものだったのである。

　その上で、昭和以降の近代文学研究において「蝴蝶」が扱われる際も、この論争が議論の中心のひとつとなってきたことは、指摘しておかなければならない。「〈実〉の側からの〈想〉に対する批判だった」▼注［2］として石橋忍月の「想実論」から論じた小川武敏の論考や、森鷗外・三木竹二の共訳による「音調高洋箏一曲《しらべはたかしぎたるらのひとふし》」との接続を論じた竹盛天雄による論考などは、▼注［3］その典型的なものであろう。

一方で「蝴蝶」においてもうひとつの論点となってきたのは、次の部分である。

濡果てた衣服を半ば身に纏つて、四方には人一人も居ぬながら猶何処やら吾と吾身へ対するとでも言ふべき羞を帯びて、風の囁きにも、鳥の羽音にも耳を側てる蝴蝶の姿の奥床しさ、うつくしさ、五尺の黒髪は舐め乱した浪の手柄を見せ顔に同じく浪打つて多情にも朝桜の肌を掠め、眉は目蓋と共に重く垂れて其処に薄命の怨みを宿して居ます。水と土とをば「自然」が巧みに取合ハせた一幅の活きた画の中にまた美術の神髄とも言ふべき曲線でうまく組立てられた裸体の美人が居るのですものを。あゝ高尚。真の「美」は即ち真の「高尚」です。

（「蝴蝶」（其二））

この点については、前田愛が「言葉の背後に高尚な美というものがあることを読者に感得させるものが文学テクストであって、これは従来の戯作が持たなかった姿勢である、そういうことを美妙は指摘したかったのかもしれません」としている。▼注[4]中島国彦は地の文で「美」や「高尚」といった抽象的な用語が論説や評論のような形で説明的に述べられていることについて、「「美」「高尚」などの語が、なまの形で現れていること、そしてそれが文学性の高まりに結び付いていない」とする一方で、明治三〇年代の文学との接続を論じている。▼注[5]また山田有策は、「対象に対して無防備ではいられない彼の自信のなさと不安に根ざした行為」とし、美妙という作家の特徴としてこの問題を扱った。▼注[6]

このほかにも、裸体画をめぐる美学、芸術学の領域から論じ、「裸体画が春画とはまったく異なる「美術」

だと主張する際に美妙がまず持ち出すのは、裸体画ならぬ裸体の美なのである」として、美妙の論理や裸蝴蝶論争において描かれたものと、実際の裸体との差異の境界が曖昧になっている点を指摘した中山昭彦による論▼注[7]や、美妙が「曲線の美」を扱ったことに西洋の「nature」の翻訳語としての「自然」観と、女性の裸体をめぐるジェンダーの問題があると指摘した児島薫の論▼注[8]などがある。

以上のことを確認した上で、本節では、「蝴蝶」という小説においてこのような「美」や「高尚」といった抽象的な用語を地の文で用いていることの是非は、ひとまず脇に置きたい。そうした小説表現についての評価についてではなく、このような表現が生じたところにどういった文脈が働いていたのか、同時代のメディアで編成されたどのような論理からこういった書き方が生み出されえたのかという点について考えていくこととする。なぜならこの問題は、「小説」という文章ジャンルの書き方が同時代においてどのように捉えられていたのか、さらにいえば、「小説」が、他の人文科学領域や文章ジャンルとの関係においてどのような位置にあったのかという問題に接続している。すなわち「蝴蝶」について考えることは、近代文学成立期と、その後の日本における「小説」あるいは人文科学のあり方全体の問題と関わっていると考えられるのである。

2　「曲線の美」の論理――西洋の観念的な価値観の導入

まず、美妙が「蝴蝶」において、「真の「美」は真の「高尚」です。」と記したとき、「美」がどのようなものとして想定されていたのかという点から確認しておきたい。この問題については、「裸蝴蝶論争」の過程で、次のように述べられている。

アンジエロやラファエルが裸体の像に心血を凝らしたのは何のためです。翻ッて之を希臘に問ふても凡そ人界の有るべき完全の美は裸体を究めて始めて作出し得た、その訳はそも〳〵何の故です。曲線の配合の工合、裸体ほど美の上乗のものは有りません。是を一度び美術館の中へ入れて、その雪のやうに潔白な白玉の肌膚のキューピツド、獅子を愛した神女の肖像でも見れば曲線の勾配は果たして不道徳の原となるか、どうだか分解りましやう。

（美妙齋主人「国民之友第三十七号の挿画に就て」、『国民之友』第三八号、明治二二・一・一二）

美妙によれば、女性の裸体画における身体的な「曲線の配合の工合」こそが、美術において「美」として扱われるものなのだという。この発言は渡辺省亭が描いた裸体画についての批判に答えたものではあるが、「蝴蝶」の本文においても「一幅の活きた画の中にまた美術の神髄とも言ふべき曲線でうまく組立てられた裸体の美人が居るのですものを」と明確に記述されている。

一方で美妙は、論争の中で次のようにも述べている。

世間《せけん》の好尚《かうしやう》に媚《こび》るのが文学者《ぶんがくしや》の能《のう》か世《よ》の先導者《せんだうしや》となるのが文学者《ぶんがくしや》の恥《はぢ》か言《い》はずとも御承知《ごしようち》でしやう無論《むろん》「春《はる》に先《さき》だつ花《はな》ハ北風《きたかぜ》に破《やぶ》られます」しかし北風《きたかぜ》を怯《おそ》れて居《ゐ》る間《あひだ》ハいや北風《きたかぜ》を憎《にく》んで居《ゐ》る間《あひだ》ハ何処《どこ》に羅浮《らふ》の仙境《せんきやう》が現《あら》はれましやうまだ物憂《ものう》がッて居《ゐ》る蝶《てふ》の翼《つばさ》をどうして奨《はげ》ませましやう北風《きたかぜ》の吹《ふ》く間《あひだ》すでに百花乱発《ひやくくわらんぱつ》の春《はる》のたよりまづ梅《うめ》が春《はる》を促《うな》がすものです苟《いやしく》も世《よ》の先導《せんだう》ともなりまた世《よ》の好尚《かうしやう》に媚《こ》びぬと心《こゝろ》

に決《き》めたからにハよしや百万《ひやくまん》の攻撃《かうげき》ハ有《あ》るとも乃至《ないし》覆醤《ふくしよう》に草稿《さうかう》を為《さ》れてもしかしまだ〳〵その覆醤《ふくしよう》を拾《ひろ》ひ上《あ》げる一二具眼《ぐがん》が有《あ》りさへすれバ他日《たじつ》の天地《てんち》ハ全《まつた》くわが物《もの》です

（美妙斎主人「鷗外漁史と三木竹二両位」、『読売新聞』「寄書」、明治二二・二・二）

美妙の論理では、「文学者《ぶんがくしや》」として小説を書く以上、「世《よ》の好尚《かうしやう》に媚《こ》」びるのではなく、「世《よ》の先導《せんだう》」となることが求められる。裸蝴蝶論争の文脈でいえば、「世《よ》の好尚《かうしやう》に媚《こ》」びるとは「蝴蝶」のように批判を集める作品を世に問うのではなく、「世《よ》」が誰でも受け入れられるような作品を出すべきだという方向性だと読むことができる。これと対置されるのが「世《よ》の先導《せんだう》」となる小説であり、「蝴蝶」はまさにそういう小説だったという自負が表れている。

それでは、「蝴蝶」において「世《よ》の先導《せんだう》」となるべき要素はなんだったのだろうか。そのひとつとして考えられるのが、美妙が作中の地の文で書き、さらに論争の中で繰り返し主張した「曲線」の「美」という論理そのものである。すなわち、まだ日本の読者には普及していないものの、美妙がこの小説を通じて「曲線」の「美」という価値観を流布すること自体に、「蝴蝶」という小説のもくろみのひとつがあったのではないかということである。

詩歌や小説の価値観が比較的早く西洋から日本に輸入されたのに対し、絵画や音楽といった芸術領域は、なかなか翻訳語が整備されず、西洋の書籍を翻訳することが難しかった。そのためこうした問題に関わる言説は、必ずしも多く見られるわけではない。その中でも早い時期に「曲線」の問題に触れている『維氏美学』（明治一六〜一七）は、美妙の論理とは少なからず異なる文脈を持っている。

若夫レ曲線ハ此ニ異ナリ、唯其曲レルヲ以テ視神経ヲ感ズルコト前後一様ナラズ、又其一端ヨリ他ノ一端ニ至ルマデ、漸々曲レルヲ以テ、之ヲ視ル者情意稍々変動有ルヲ以テ、復タ厭倦ヲ生ズルコト無シ、又音声漸次ニ高下スル者ヲ聴クモ亦然リ、其聴神経ヲ感ズルコト前後一様ナラザルヲ以テ、之ヲ聴ク者情意稍々変動有ルヲ以テ、復タ厭倦ヲ生ズルコト無シ、此レ皆同一理ナリ、

（ユージェーン・ウェロン著、中江篤介訳『維氏美学』、明治一六〜一七）

ここで論じられているのは、「直線」と「曲線」との差異から生じる視神経の身体的反応を、人間が「美」を感じる際の根拠としようとする論理である。同様の発想は、フェノロサ『美術真説』（明治一五）にも見られる。

第四図線ノ佳麗　線ニ由テ表出スヘキ妙想ヲ充分ニ顕スコトヲ名状スルモノニシテ即チ対比ト序次トヲ兼ネ備レハ其佳麗ヲ見ルヲ得ヘシ蓋シ多少ノ曲線ハ対比ト序次トヲ得ル殊ニ多シトス然レドモ又一条ノ直線ヲ以テ数条ノ曲線ヲ截断スル如キハ亦以テ佳麗ヲナスヲ得ヘシ其精疎若クハ厚薄相対スルモ亦以テ佳麗ヲナスヘキナリ

（フェノロサ氏演述、大森惟中筆記『美術真説』、明治一五）

フェノロサの発言は基本的に彼の師であるフランシス・ボーウェンの発想にしたがっており、同様の枠組みは、当時の帝国大学や、後の京都帝国大学で用いられていた哲学の教科書であるボーウェンの『現代哲学』

（Francis Bowen, *Modern Philosophy: From Descartes to Schopenhauer and Hartmann*, 1877）で論じられている。

Here at once is the germinal principle of the Infinitesimal Calculus, — either that which put Leibniz upon the track of this grand invention, or, what is perhaps more probable, which he deduced or generalized from it, after the mathematical contrivance was perfected. The infinitesimal element of every curve may be regarded without error as a straight line, into which it passes by imperceptible gradations ; and yet it is not straight, for if it were, integrating it would not reproduce the curve, but would generate a straight line. In like manner, a body never passes from rest to motion, or from motion to rest, except by imperceptibly fine degrees, though an infinitude of these may take place in a moment of time.

（Francis Bowen, *Modern Philosophy: From Descartes to Schopenhauer and Hartmann*, 1877）

ボーウェンの言説はライプニッツの幾何学における記述を主観的な美学に置き換えたものであり、フェノロサや『維氏美学』で論じられていた「曲線」の美も、これと同じ文脈にあったと考えられる。

しかし、美妙が論じた「曲線」の「美」をめぐる論理は、こうした幾何学的な発想とは異なるところにある。それではどこからこのような枠組みを取り入れることができたのかという問題になるのだが、その手がかりのひとつと

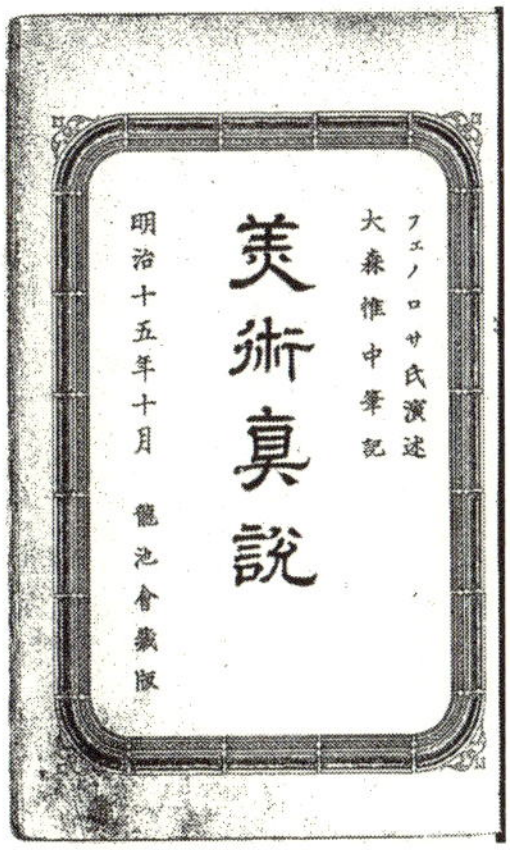

『美術真説』（国立国会図書館蔵）請求記号 :65-23

なるのは、「国民之友第三十七号の挿画に就て」で「アンジエロやラファエルが裸体の像に心血を凝らしたのは何のためです」と論じていた箇所であろう。ここで「アンジエロ」とはミケランジェロ（Michelangelo di Lodovico Buonarroti Simoni, 1475-1564）を指すが、ラファエロ（Raffaello Santi, 1483-1520）も含め、管見によれば、この時期の日本にほとんど入ってきている形跡がない。

ひとつ可能性があるとすれば、同時代の英語の書籍で編成されていた枠組みが、日本に届いていたという場合であろう。

> The figure of "Galatea" surpasses everything which we possess in beautiful and nude female forms; it is therefore especially interesting to learn from a letter which Raphael wrote to his patron, the Count of Castiglione, that, for want of a beautiful model, he created this figure from a certain idea of beauty which hovered before his mind.
>
> （Alfred Baron von Wolzcgen, Tlanslated by F.E.Bunnett, *Raphael Santi: His Life and His Works*, Smith, Elder, London, 1866）

これは、ローマのファルネジーナ荘（Farnesina）にあるラファエロの壁画「ガラテアの凱旋」（*Trionfo di Galatea*, 1511?）についてドイツで書かれたものの英訳本である。「beautiful figure」や「beautiful form」が当時の英語で女性の裸体画における曲線美を表現していたことから考えれば、「we possess in beautiful and nude female forms」という箇所に、この作品においてそれまでの女性の裸体画による曲線美が大きく変容したという枠組みが示されていると読むことができる。

また、ミケランジェロの「曲線」については、たとえばオックスフォード大学のギャラリーが所蔵していたミケランジェロとラファエロによる作品の解題集において、ジョルジョ・ヴァザーリ（Giorgio Vasari, 1511-74）の発言を引用しながら解説しているものが見られる。

Vasari informs us (see Introduction to the 'Lives,' chapter on Foreshortening) that Michel Angelo's unrivalled power of drawing the nude figure, in difficult foreshortened positions, was mainly acquired through his practice of drawing from rough wax or clay models, made by himself for the purpose. This was also the well-known method of Correggio.

(J.C.Robinson, *The Drawings by Michel Angelo and Raffaello in the University Gallaries*, Oxford, The Clarendon Press, 1870)

ここでは「nude figure」が女性の裸体画における曲線美を表しており、ミケランジェロによる習作について、それまでの裸体画と一線を画していたことが述べられている。

これらの言説がどの程度同時代の日本に入ってきていたのか、美妙自身がどのテクストを見てミケランジェロとラファエロの裸体画について言及したのか、管見では詳細が確認できていない。しかし、美妙が「蝴蝶」の本文において、裸体について「真の「美」は真の「高尚」です。」と述べたのは、裸体画をめぐって編成され、日本に入ってきた何らかの美学、芸術学に関する言説を受け、そうした新しい「知」の言説を、そのまま小説の地の文に組み込んでいたと考えるべきであろう。

第1節で述べたとおり、「知」「情」「意」という西周以降の哲学、心理学の枠組みを受け、坪内逍遙が『小説神髄』（明治一八～一九）以降、しだいに詩や小説を「情」、哲学を「知」の領域として位置づけて双方を分断する方向性を論じていたのに対し、美妙や二葉亭四迷、内田魯庵、北村透谷、夏目漱石は、むしろ「知」

と「情」との接続に「詩」と「小説」のあるべき理想を見いだしていた。特に美妙は「詩」と「小説」は「哲学」そのものを反映したものだという発想を持っていたのである。

こうした同時代の言説状況から考えれば、美妙にとって「真の「美」は真の「高尚」です。」と地の文で観念的な議論を語り手が直接的に表出するという小説のあり方こそが、まだ日本に入っていない西洋の「知」を小説として書かれた文章の物語の中に内在させ、それを流布することによって読者を「先導《せんだう》」するという論理を実現するために採られた、具体的な方法だったと考えることができる。山田有策は美妙の小説に現れる場面の情景を解説的に叙述する語り手のあり方を「絵解きの小説」と称しているが、この問題も、これまで述べてきたような小説の方向性と重なり合うものである。▼注[9]

3 「小説」としての「蝴蝶」

しかし、このように小説に「知」が取り込まれるとき、美妙は必ずしも西洋の観念的な価値観だけを持ち込んでいたわけではない。「蝴蝶」において顕著に見られるのは、歴史的資料を参照しながら物語世界を形作っていこうとする方向性である。

脚色は壇浦没落の後日です。安徳帝は実に御入水にならなかつたといふのがまづ多数の説で、文化十四年三月、摂津国能勢郡出野村の百姓辻勘兵衛が幕府へ一つの古文書を持出した事が有つてそして其古文書は経房卿と言つて幼帝に供奉して逃げた人の自筆で書いてあります。是等ハ白川少将も望んで一覧し、また京都で日野大納言も懇望して見た事さへあつた程で、中々容易ならぬ箇条なのです。今この小説は脚色をその経房の古文書から抜いて一毛一厘も事実を枉げず、ありの儘に書いた物で、その他日向に御逃れなつたの、又は阿波に御逃げに為つたのといふ方の説は爰で更に取用ゐませんでした。

（「蝴蝶」、自序）

「蝴蝶」の自序におけるこの記述について、土佐亨は明治二四年九月九日から一六日にかけて『読売新聞』に連載された「経房卿文書」、あるいは、曲亭馬琴の『玄同放言』が典拠になっているのではないかとしている。その上で、『読売新聞』の連載や『玄同放言』に、「蝴蝶」の最後に書かれた「掻き曇る雪気の空を吹変へて月になり行く須磨の浦風」の和歌がないとして、「異る《ママ》別の写本であったろうと推定される」とした。▼注〔10〕

しかし、土佐の論には少なからず無理がある。なぜなら、「蝴蝶」が発表された『国民之友』三七号は明治二二年一月二日の発行であり、『読売新聞』の記事を典拠として想定すること自体が不可能なのである。さらに、土佐が「蝴蝶」の典拠を「写本」と断じていることについても根拠はない。

むしろ「蝴蝶」において美妙が参照したのは、近藤瓶城によって明治一四年から刊行が始まっていた『史籍集覧』だと考えるのが自然であろう。同書の第一〇七冊にある「養和帝逸事／二則」と題された二編のうちの一編、「摂州能勢郡若宮八幡宮記事」がこれに当たる。ここには、土佐が『読売新聞』の連載や『玄同放言』に見られないと指摘した和歌も含め、「経房卿文書」が完全な形で収められている。

実際に「摂州能勢郡若宮八幡宮記事」と「蝴蝶」の本文とを較べてみると、ほとんど共通する部分は見られない。したがって、ほかに何か別の文章を参照している可能性もある。一方で、こうして歴史的資料を次々に考証しながら物語を形作っていく方法は、曲亭馬琴の読本で行われる歴史考証や、美妙が『我楽多文庫』創刊時に二世曲亭馬琴を自称していたことを想起させる。

さらにいえば、「蝴蝶」における裸体画の制作は、美妙が下絵を描き、それによって渡辺省亭に指示をするというものだった。

蝴蝶の図案は主人が立てました。決して省亭氏に関係の有る事では有りません。また前賢故実から引いたのでも有りません。似ては居ますが別物です。まづ趣向を取ッた基を言へば先年の倫敦大博覧会に出て居た少年と少女とが腕を組合ッて居る彫像と、武士が少女に箭を示して居る彫像と、及び昨年の美術雑誌《アーツジヨーナル》に出て居る美人二人が花園の中で男子に追迫られて慌てゝ逃げる図と其他一二の独逸の美術雑誌に見えた模写図（いづれも裸体）とを参考し、さて更にアタランタの小説の挿画から半分、及び例の美人が花園で逃げる図様から半分、こも〳〵趣向を取合ハせて武士を右へ置いたのです。が、由緒がやかましいだけにハ画が面白く出来ませんでした。

実を申せばあの蝴蝶の図は二度まで省亭氏に草稿を更へて貰つたのですが、しかし後に改めた方の絵は既に彫刻が出来て居る後に見たのですから更に思付いた箇条もありましたが、直す事も出来なく、其儘世に出して仕舞ひましたので、これが世に出る上はむしろ画様の配合について説が出て来るであらうと思ひの外終に今日まで学海先生を除くの外そこに評を容れた人も有りませんでした。

（美妙齋主人「蝴蝶及び蝴蝶の図に就き学海先生と漣山人との評」、『国民之友』第四〇号、明治二三・二・一）

こうした図案の作り方は、江戸期から明治期にかけての戯作にきわめて典型的に見られるものである。また、高木元が「読本は読む本であるにもかかわらず、挿絵の評判がその売上げを左右したのである」と指摘するような読本の受容のあり方は、▼注[11] もっぱら挿絵が問題化された「蝴蝶」のあり方と重なり合っている。その意味で「蝴蝶」は、きわめて戯作的な制作、受容の過程をたどっているのである。

このような戯作的なあり方に対し、『国民之友』に掲載された小説は、明治二三年に始まる叢書『国民小説』において、紙のくるみ表紙で挿絵を伴わない質素な造本で刊行され、挿絵のない状態で、本文だけで「小説」を刊行、受容するというスタイルを作っていった。その意味で、「蝴蝶」と同時に掲載された「細君」や「探偵ユーベル」には挿絵が伴っていなかったことは注意を要する。誌面に大きく挿絵を掲載した「蝴蝶」は、『国民之友』というメディアにおける「小説」のあり方として、異彩を放っていたのである。

問題は、このような「小説」としてのあり方を持つ「蝴蝶」こそが、美妙が初めて「小説」であることを強く意識して書いた作品だったという点である。

> 国民の友の附録にするとて御望みが有つたため歴史的小説のみじかい物を書きました。が、実の処これこそ主人が精一杯に作つた作で決していつもの甘酒では有りません。匆忙の中の作だの何だのと遁辞をば言ひません、只是が今の主人の実の腕で、善悪に関せず世間の批評をば十分に頂戴します。猶この後には春のや、思軒の両「しんうち」が扣へて居ります。それ「比較は物の価格を定める」。大牢の前の食散らしは或ハ舌鼓の養生にも為りましやうか。一座早く出た無礼の寓意（も凄まじい）は実にこゝに在るのです。

（「蝴蝶」自序）

ここに表れているのは、逍遙や思軒の作と「蝴蝶」とが「比較」されることをも受けて立ち、その中で「世間の批評」を求めるという態度である。同時に、「蝴蝶」はこれまでの作品とは異なる「歴史的小説」だった。自序におけるこの発言は、『夏木立』（明治二一）をめぐって美妙自身が次のように述べたことを受けている。

いかにも夏木だちの「玉屋の店」、または「仇を恩」などは趣向も無いもの、いはゆる説話といふだけです、勿論小説では有りません。が、小生は夏木だちへ必ず小説に限つて載せやうと決心して居たのでも有りません。まづ文章が達者になりもせぬ内に早く大きな物に取つて掛つて笑を買ふのが随分世に多くあります。二三年小説が流行するにつれてこのやうな悪弊は中々世にあらはれた、それを岡目から眺めては流石に前車の覆轍を鑑みる心は小生も起しました。それが即ち彼是の趣向の浅々しい物、むしろ文章専門の作を作つた原因で、今日まで〔ママ〕小生がしつかりとした所謂「小説」を作らず、たゞ雑誌の小ぜり合いで落ちた首でも拾つて居る訳はまつたくこの為です。

（美妙齋主人「不知庵大人の御批評を拝見して御返答までに作った懺悔文」、
『女学雑誌』一三五・一三六号、明治二一・一一・一〇、一七）

これは、内田魯庵が美妙に送り、美妙が『女学雑誌』に紹介したことで実質的なデビューとなった「山田美妙大人の小説」に対する返答である。

残念なる哉おのれが眼くもりし故にや「玉屋の店」にしろ「仇を恩」にしろ是を説話と云ふべけれど小説の名はさゝげがたくぞ思はるヂツケンスがクリスマスカロルは短篇なり然れども首尾貫徹毫末遺憾なし種彦が諸国物語は各々小説の体を備へ田舎源氏正本製に劣るべくもあらずかゝればおのれは短篇なりとて大人をなぢるにあらねど大人が著作は例せば夏木だちの諸篇の如き憚りあれども皆小説とは申しがたし

（不知庵主人「山田美妙大人の小説」、『女学雑誌』一三二・一三四号、明治二一・一〇・二〇、一一・三）

魯庵によってなされた『夏木立』の作品は「皆小説とは申しがたし」という指摘に対し、美妙は『夏木立』所収の「玉屋の店」「仇を恩」以下、「武蔵野」を含むであろう作品は「文章専門の作」であって、「小説」ではないという位置づけをすることになった。『夏木立』に収められた文章は、言文一致文体の試みにおける実験的な作品群だということのみ規定されたのである。

もちろん、こうした文章のやりとりによって編成された『夏木立』が「文章専門」の作品群だという位置づけには、少なからず留保が必要である。しかし、この中で書かれ、「小説」であることを明確に表明することになった「蝴蝶」には、それでは美妙が「小説」をどのような枠組みとして捉えていたのかが収斂《しゅうれん》されていたはずである。

この問題を考えるときに補助線となるのが、美妙による言文一致の方向性である。

音調の好い文ハ文の上乗だといふ考ハ人々の脳に住んで居ます。それで俗語の文章ハ最も卑しく聞えるのです。たとひその実卑しいにもせよ自由に考を述べる事が出来れバそれで文の務ハ済んで、其中におのづから「美」といふ色彩ハ成立ちます。まして其実ハ卑しくないです物を。

（美妙齋主人「言文一致論概略」、明治二二・二・二五〜三・二五）

古文の「美」の根拠が「音調」だったのに対して、言文一致文体における「美」の根拠は「自由に考を述べる事」であった。この場合、ヒロインの蝴蝶を描くために観念的な語彙を地の文に持ち込み、その様子を説明的に叙述したのは、こうした美妙の文体観に根ざしたものだったのではないか。言い換えれば、「蝴蝶」における裸体画の場面は、蝴蝶の裸体画がそれまで日本になかった西洋の美学に基づいて日本に輸入された新たな「美」であると同時に、「高尚」「美」といった観念的な語彙を用いて読者に語り手の思考を披露すること自体が「美」であるという論理を伴っていったことになる。

もちろんこれは、小説が「美術《びじゅつ》」すなわち芸術でなくてはならないという、『小説神髄』と同じ枠組みを引き継いでいる。その上で、逍遙が「美術《びじゅつ》」の条件としていたのが、「人《ひと》の心目《しんもく》を悦《よろこ》バしめ且其気格《かつそのきかく》を高尚《かうしやう》にする」ことだった。

されバ美術《びじゅつ》の本義《ほんぎ》の如《ごと》きも目的《もくてき》といふ二字《じ》を除《のぞ》きて美術《びじゅつ》ハ人《ひと》の心目《しんもく》を悦《よろこ》バしめ且其気格《かつそのきかく》を高尚《かうしやう》にするものなりといへバすなはち可《よ》しもし否《しから》ざれバすなはち違《たが》へりこハ是些細《これさゝい》の論《ろん》に似《に》たれどいさゝか疑《うたが》ふ所《ところ》を陳《ちん》じて世《よ》の有識者《ものしり》に質《たゞ》すなりけり

（坪内雄蔵『小説神髄』「小説総論」）

したがって「蝴蝶」は、逍遙が『小説神髄』で論じた「小説《せうせつ》」観に対する、美妙なりの返答だったことも想定する必要がある。一方で、「蝴蝶」が読本の方法論に西洋から輸入した最新の「知」としての美学を取り込むものであったと捉えれば、戯作改良論としての『小説神髄』の具体的な実践としての側面も持っていたことになる。

4 『国民之友』における「小説」の位置

しかしこうした「蝴蝶」のあり方を、『小説神髄』との関係だけで考えることはできない。なぜなら、「蝴蝶」が掲載された『国民之友』というメディアをひとつの言説場として捉えた場合、その言説場自体が、小説によって読者に新しい「知」を流布しようとする方向性を持っていたためである。

周知のように、『国民之友』の主筆である徳富蘇峰は、「詩」の問題を論じるときには、「インスピレーション」（明治二一・五・一八）や「新日本の詩人」（明治二一・八・一八）などをはじめ、エマーソン（Ralph Waldo Emerson, 1803-1882）の詩論に基づいた観念的、抽象的な議論を展開していた。▼注[12]

蓋し「インスピレーション」は、神力なり、哲理的に、数理的に、化学的に、分解説明する能はざる所の不可思議力あり、世の中の哲学者達は、不可思議力を退治せんと心掛け、中には大早計にも、最早世間には不可思議力は無し抔と曰《のたま》ふ人すら出て来れども、宇宙開闢、人類生息以来、人間の力を尽して、不可思議を退治するに汲々たれども、不可思議の領地は未た容易に縮まるを見ず、《［ママ］》

（「インスピレーション」、『国民之友』第二二号、明治二一・五・一八）

ここで示されているのは「哲理」などの「分解」による記述では表現できない、それを乗り越える内面の「詩」による表出という枠組みである。一方で「小説」について、蘇峰は少なからず異なる主張を示していた。

若し人ありて文学世界の形勢如何と問はゝ、吾人之に答へて云はんとす曰く今日の天下は是れ小説の天下にして殊に政治小説の天下なりと、蓋し矢野文雄氏が一度ひ経国美談を纂述せらるゝや忽然として文学世界に一大革命をなし政治小説の新天地茲に開け時好の趨る所日一日よりも熾に其の勢の奔る所遂に尾崎學堂氏の新日本となれり此書の世に出る僅に初巻にして未た其の全豹を窺ふを得されは大早計に之を評すること能はされとも、繙読の際知らす覚へす其の本色を覗ふに足るものあり

（「新日本を読む」、『国民之友』第一号、明治二〇・二）

「文学」の一ジャンルとしての「小説」にとって、「政治小説」の登場は「一大革命」だったという。さらに直後の箇所では、尾崎學堂（行雄）の小説が「其の小説を著す所謂る此に託して以て胸中の経綸を攄るに過きす」と、小説としては素人の作品であることを批判的に論じながらも、「學堂居士か内治外交社会風俗の問題に向て一場の演説たるか如き」作品の内容を評価し、「文学世界の大勢一変して新日本の如き快活な

る政事小説の時代となりたる」と好意的に扱っている。

一方で蘇峰は、次のようにも論じている。

それ政治小説なるものは、小説に出来たる数多の事情と、種々の人物とをして、知らす覚へす、隠々冥々の裡に、著者か政治上の意見を吐かしむるのみ、約言すれは即ち著者が自から意見を吐かす、小説を経て、其の意見を吐くものなり、然るに現今の所謂政治小説なる者は、乍ちにして一人の男児出て来り、雄弁滔々として数千言の演説をなせは、又乍にして一人の婦人出て来り、又雄弁滔々として数千言の演説をなす

（「近来流行の政治小説を評す」、『国民之友』第六号、明治二〇・七）

ここでは「雄弁滔々として数千言の演説をなす」というように、政治的な議論を小説の作中人物の演説という形で表現することを批判的に捉えている。一方で、「小説を経て、其の意見を吐く」という政治小説の機能は認めている。この場合、美妙が「蝴蝶」で示したような、会話文ではなく地の文において直接的に思想的な問題に言及するという表現のあり方は、蘇峰が『国民之友』で展開していた小説論を実践するための、ひとつの方法であった可能性が浮上してくる。実際に、蘇峰は次のように主張していた。

然れども吾人ハ敢て著者先生に向て、自尊の気象を消磨せよと謂ハず、自から負抱する所を包み隠せと謂ハず、自家の意気を吐き塁塊を吐くハ固より文学上の一大快事なり、然れども唯之れを吹き、之を

吐くの時に当つてや、願くハ高尚潔麗なる趣味を忘るゝ勿れ、美妙《ビユチー》ハ文学の本質なることを忘るゝ勿れ、
（「文学世界の現状」、『国民之友』第一五号、明治二一・二・三）

これは「文学」を論じた文章であるため、「小説」だけではなく「詩」、あるいは人文科学を総体として扱ったものである可能性もある。しかし、「高尚潔麗なる趣味」や「美妙」を問題とした上で「自家の意気を吐き、塁塊を吐く」といっていることから、「インスピレーション」「新日本の詩人」で論じられた「詩」とは大きく隔たりがある。したがってここでの内容は、「文学」の中での「小説」というジャンルが少なからず想定されていたと考えるべきであろう。

この場合、「著者」が自らの思想を表出することが「美妙」であることにつながり、それが「高尚」でなくてはいけないということになる。これはまさに、美妙が「蝴蝶」において展開した試みであり、美妙と蘇峰とのあいだで問題意識が共有されていたことを示している。

さらに重要なのは、こうした「文学」と「思想」との接続が、マシュー・アーノルド（Matthew Arnold, 1822-1888）から得たものだった点である。

文学とは如何なるものか、是れ実に大問題なり、之に答ふる頗る難し、吾人は先つ試みに、重もなる文学者彼れ自身の下したる所の解釈に就て之を見ん、

エメルソン曰く最善の思想を書き記したる、之を文学と謂ふ、

ブルック氏曰く文学とは、聡明なる男女の書き記したる思想及ひ感情にして、読者に快楽を与ふるの

法式に由て整理したるものを謂ふ、

世上に存在する最善の思想を知らんことを求むるは、文学を修むるもの丶の目的なり

（マシュー、アルノルドの解釈かと覚ゑたり）

モルレー氏曰く文学は正大、剛健、而して其の法式の美麗を以て道義的の真理と人情とに触着したる所の総ての書籍中に存す、

（「文学者の目的は人を楽しむるに在る乎」、『国民之友』、第三九号、明治二二・一・二二）

第1節で考えたように、美妙が『国民之友』に掲載した「日本韻文論」（明治二三・一〇・三～二四・一・二三）も、マシュー・アーノルドの枠組みを参照していた。このようにして美妙と蘇峰とは、同じ『国民之友』という言説場の中にあったことで、「文学」についての枠組みをお互いにある程度共有していたと考えられる。もちろん、『国民之友』で論じられた「文学」「詩」「小説」のすべてが、こうした方向性を持っていたわけではない。

文章ハ社会ノ写真ナリトハ誰レモ言フコトナリ然ニ社会ニハ自ラ実迹ト極致トノ別有リ若シ社会万般ノ事皆唯目前有ル所ノ実迹ノミデ絶ヘテ彼ノ極致ノ境界無キトキハ斯社会ハ如何ニモ浅間敷キ限ニテ少ク上品ナル人間ハ愛想ヲツカス事ニ立至ル可シ（中略）

詩人文人カ其作物中時々此種ノ境界ヲ模写スルトキハ自ラ感動シテ乃ハチ他人ヲモ感動スルコトヲ得テ自然ニ社会ノ水平ヲ高カムルコトモ出来ルナリ左無クハ作ラスシテ可ナリ美術ハ道徳ヲ主トスルニ非

スト雖モ亦道徳ニ資リテ其美ヲ増スコトヲ得ルトハ近時西洋有名ノ批評家ノ語ニテ陳腐ノ様ナレドモ実ハ然ラス杜甫ダントノ詩ハ幾年立ツテモ矢張リ名作ナリ

（兆民居士「文章ノ妙ハ社会ノ極致ヲ穿ツニアリ」、『国民之友』一八号、明治二一・三・一六）

中江兆民が論じたのは、「詩人文人」によって書かれる文章が、どのように「社会」とつながるかという問題意識だった。自身の「感動」を表現することによって得られる想像力と「社会」とをつなぐのが「詩人」だという、西洋近代の「詩」あるいは「批評家」が持っている枠組みを、少なくとも『小説神髄』よりは的確に把握し、日本に輸入しようとしている。

しかし、『国民之友』においてより前景化するかたちで主張されていたのは、「詩」と「小説」を「哲学」や「知」と接続させようとする、美妙や蘇峰の方向性だった。

蓋し著者は極めて人情に通する者なり、人情に通すると謂はんより、寧ろ人情を観察する者なり、人情を観察すると謂はんより、寧ろ人情を解剖する者と謂ふべし、然らは則ち一篇の浮雲は、是れ人情の解剖学にして、著者先生は則ち人情解剖の哲学者なる哉、

（大江逸「浮雲（二篇）の漫評」、『国民之友』第一六号、明治二一・二・一七）

大江逸は蘇峰の別号である。ここでは『浮雲』第二篇における作中人物の語りを、「著者先生は則ち人情解剖の哲学者」だと捉えている。すなわち、「人情」を観察してありのままに描写するのではなく、「寧ろ人

情を解剖する者と謂ふべし」というように「人情」を対象化して分析的に語ったことこそが、作品の評価となっていた。「日本韻文論」において美妙も「哲学者が解剖して覚る処は詩人がたゞちに覚る」と述べているが、同じ発想を「小説」に対していち早く見いだしていたのである。

このように、「小説」や「詩」が「美妙」「高尚」であることの根拠として、著者が「思想」「哲学」を表現することを求めるという方向性は、「蝴蝶」が発表される以前から、すでに『国民之友』誌上において少なからず示されていた。これは「小説」にとっての「一大革命」だと蘇峰が扱っていたように、戯作と近代の「小説」とを切り分ける際のひとつの基準として論じられていたのである。

またその意味で「蝴蝶」は、『国民之友』が目指していた「小説」と少なからず重なり合う方向性を持っていた。坪内逍遙が示した「美術《びじゅつ》」としての「小説《せうせつ》」という価値観を引き継ぎ、戯作改良として書かれながら、一方で逍遙が論じた「情《じやう》」「人情《にんじやう》」として「詩」「小説」を扱うのではなく、「思想」「哲学」を中心に「知」と「情」との関係性のもとで書かれる『国民之友』が示したひとつの「小説」のあり方を実作として示したのが、「蝴蝶」という作品だったと考えられる。

5　おわりに

これまで述べてきたように、山田美妙の「蝴蝶」は、同時代に起きたいわゆる「裸蝴蝶論争」では実りのある議論はほとんどなされなかったし、現代の小説についての視点から考えると、一見奇妙な書き方がなされている部分も少なくない。特に地の文において「高尚」や「美」を殊更に論じるかのような書き方は、「小説」の書き方として少なからず批判されうるものであろう。

しかし、同時代における「文学」「小説」「詩」「美術」をめぐる多様な言説の中に布置したとき、ひとつの試みとして、どのように新しい「小説」を作り出し、それまでの「小説」をどのように組み替えていったのか、さまざまな問題を見て取ることができる。その中で、挿絵と歴史考証の点で読本の方法を引き継ぎつつ、西洋から新たに入ってきた「知」の枠組みを取り込み、そこから得られた「著者」の「思想」を物語の中に組み入れることによって「美」であることを目指すというひとつの「小説」のあり方を示した。こうした多様な「小説」論をひとつの小説作品に貪欲に取り込んでいたという意味で、たしかに山田美妙の「蝴蝶」は、明治二〇年代はじめを代表する「小説」だったのである。

【注】

〔1〕山田俊治「美術の定位と裸蝴蝶論争」、『文学』第一二巻第六号、平成二三年一一月。

〔2〕小川武敏「裸蝴蝶論争から文学と自然論争へ　―想実論の一環として―」、『文芸研究』第三八号、昭和五三年一月。

〔3〕竹盛天雄「「裸蝴蝶」論争の行方　――鷗外・竹二同訳『音調高洋箏一曲』の断絃と続絃をめぐって（二）」、『国文学　解釈と鑑賞』第五七巻第一号、平成四年一月。

〔4〕前田愛『文学テクスト入門』、筑摩書房、昭和六三年。

〔5〕中島国彦「美・高尚・裸体画　――山田美妙『蝴蝶』の挿絵がもたらしたもの」、『早稲田文学』第一六〇号、平成元年九月。

〔6〕山田有策「美妙ノート・5　〈物語〉から〈小説〉への志向　――「蝴蝶」をめぐって」、『文学史研究』第五号、昭和五二年一二月。

〔7〕中山昭彦「裸体画・裸体・日本人」、『ディスクールの帝国』、新曜社、平成一二年。

［8］児島薫「明治期の裸体画論争における「曲線の美」について」、『美学美術史学』第一七号、平成一四年一月。

［9］注［6］に同じ。

［10］土佐亨「山田美妙『蝴蝶』典拠考――経房卿文書について」、『日本文学』第二八巻第一〇号、昭和五四年一〇月。

［11］高木元「読本に於ける挿絵の位相」、『国文学　解釈と鑑賞』第七五巻八号、平成二二年八月。

［12］以下、『国民之友』の巻頭に掲載される無署名で、「吾人」を主語にした論説は、徳富蘇峰の書いたものとして判断している。

第3節

『女学雑誌』の小説観——清水紫琴「こわれ指環」

これまで本書では、美妙の草稿や「蝴蝶」、その他の文書を手がかりに考察を進めてきた。その中で、この時期には「小説」をめぐってさまざまな方向性が示されており、美妙が西洋から入ってくる新しい「知」を取り入れるときにどのような問題意識を持っていたのか、それが実際の小説作品にどのように反映されていたのかについて考えてきた。

それでは、『国民之友』以外で活動していた同時代のほかの書き手たちは、「小説」についてどのように考えていたのだろうか。

この時期の文学に関わる言説を考える上で看過できない雑誌として、『女学雑誌』がある。巌本善治を主筆とするこの雑誌は、いわゆる「女学」だけでなく、「小説」についてもひとつの明確な方向性を示して雑誌『文學界』に接続し、徳富蘇峰を中心とした民友社の『国民之友』と並んで、同時代における小説の方向性を大きく規定した言説空間だった。

本節ではこの『女学雑誌』に掲載された「小説」の代表作のひとつといえる清水紫琴「こわれ指環」について考えてみたい。そこで示された「小説」観を美妙のそれと対照することで、この時期の「小説」が抱えていた問題をより広い視座から考えていく。

1　清水紫琴「こわれ指環」について

清水紫琴の小説「こわれ指環」は、『女学雑誌』二四六号（明治二四・一・一）の「附録」に発表された。掲載時の署名は、「つゆ子」となっている。

この小説については、従来の研究でたびたび言及がなされている。

笹淵友一が清水紫琴が『女学雑誌』に掲載した「当今女学生の覚悟如何」（明治二三・一一・一五）の思想を小説化したものとし、▼注[1]永松房子が同様に「女文学者何ぞ出ることの遅きや」（明治二三・一一・二九）で書かれた「紫琴の主張の具現化」と位置づけたほか、▼注[2]駒尺喜美による『紫琴全集』の解説など、▼注[3]早い時期の研究では、実作者である清水紫琴が書いたほかの文章と重ね合わせるかたちで小説が論じられている。

一方で、渡辺澄子が論じて以降、▼注[4]〈私語り〉とする一人称の語りに注目して作品における「父権性の越境と解体」を論じた北田幸恵をはじめ、▼注[5]フェミニズム批評の観点から扱われることが多くなっている。また、『女学雑誌』に見られる論説から小説を位置づけた中山清美、▼注[6]スペンサーの『社会平等論』（Herbert Spencer, *Social Statics*, 1851）から考察した榎本義子、▼注[7]「女権」をめぐるさまざまな言説から位置づけた江種満子など、▼注[8]作品の外部を含めた視座からの論考もなされている。

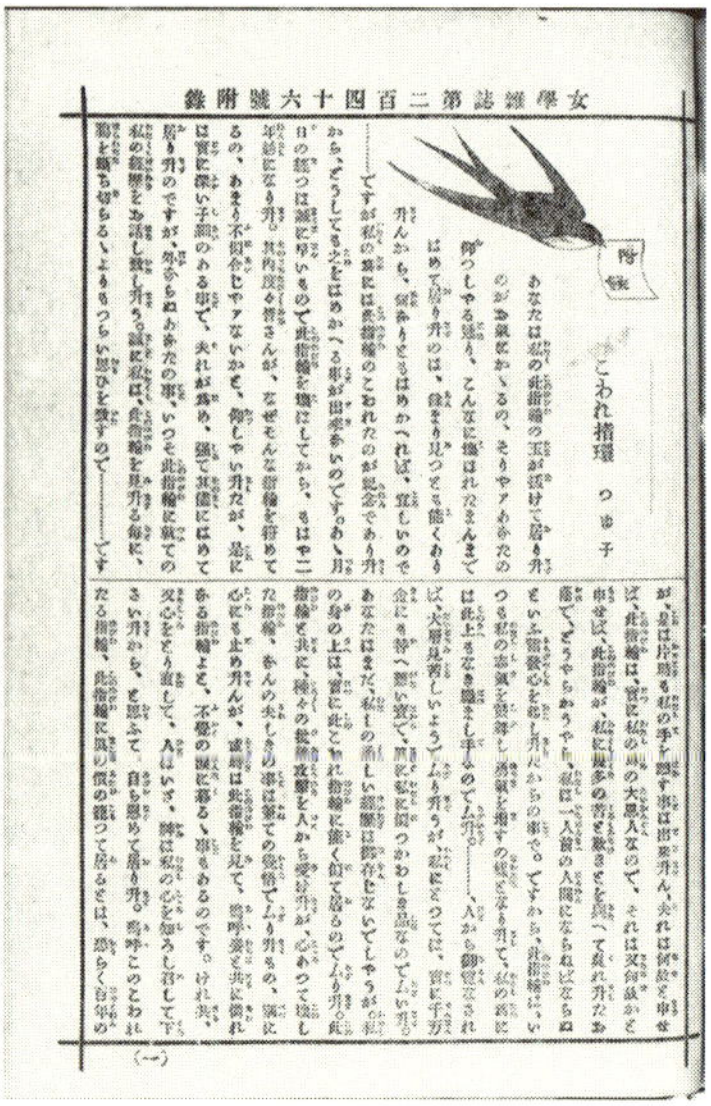
女學雜誌第二百四十六號附錄

附録

こわれ指環　つゆ子

『女学雑誌』246 号（明治 24・1・1）の「附録」掲載の「こわれ指環」。明治新聞雑誌文庫所蔵。請求記号 Z08:J613。

　これらの論は、それぞれに重要な問題を提起していると思われる。だが、「こわれ指環」という小説そのものを具体的に読解する研究、あるいは、フェミニズム批評以外の視点を含んだ研究については、いまだに充分だとはいえない。そこで本節では、小説読解の基礎的な作業から出発し、その上で、そこから得られた問題点が、『女学雑誌』誌上において編成された「小説」の書き方をめぐる言説からどのように意味づけられるのかということについて考察を進めていきたい。このことを通じて、『国民之友』以外の同時代メディアで、「小説」という文章ジャンルがどのように位置づけられていたのかを考えていくこととする。

2　恋愛の言説と語り手の思考

「こわれ指環」は、「私《わたし》」を名乗る語り手が、自身の指に嵌《は》められている指輪の石が外されている理由を、自身の結婚から離婚に至るまでの経緯から語るという物語である。このとき、語りによって表出される「私《わたし》」の思考には、ひとつの大きな特徴がある。そこで、まず最初にこの点を確認しておきたい。

夫《おつと》は私《わたし》を愛《あい》して呉《く》れたのでもあり升《ませ》うか?、時々《とき〴〵》博物場《はくぶつじやう》や、何《なん》かへ、連《つれ》て行《いつ》て呉《く》れ升《まし》て、何《なに》を買《かつ》て遣《や》らふ、角《か》を買《かつ》て遣《や》ろう、などゝ申《まふ》し升た事《こと》もあり升《まし》たが、私《わたし》はどうものを買《かつ》て貰《もら》ふ気《き》にはなれませんでした、夫《それ》は何故《なにゆえ》かなれば、私《わたし》はどうも、其処《そこ》の家《いゑ》の人《ひと》になつたのか何《なん》だか、自分《じぶん》にちつとも心《こころ》が落付《おちつ》きませんからの事《こと》で、そして一所《いつしよ》に歩行《ある》いたり、何《なん》か致《いた》し升《まし》ても少《すこ》しも、楽《たの》しい事《こと》はなく、たゞ〳〵我《わか》里《さと》に居《お》り升《まし》た時《とき》の事《こと》のみを思《おも》ひ出《だ》し升《まし》て、何処《どこ》へ参《まい》り升《まし》ても、あゝお母《つか》さんや姉《ねい》さんと一処《いつしよ》に此処《こゝ》へ来《き》たならばと、夫《それ》ばかり思《おも》ふて居《お》り升《まし》た。▼注[9]

語り手はここで、自身とかつての夫との関係を振り返り、夫が自分を「愛《あい》して呉《く》れ」ていたのかどうか考える。したがって、ここでの「愛《あい》」は、語る現在において持つ概念が反映されているはずである。語り手は結婚してから西洋の文化を学んだと自負しており、結婚指輪ついての知識なども持っている。したがって、ここで語られる「愛《あい》」は、「Love」の翻訳語であると考えるべきだろう。

翻訳語としての「愛」は、特にキリスト教をめぐる言説において、「つミびと神《かみ》を愛《あい》せずといへどもかみこれをあいし」(菊池武信『大哉神之愛《おおいなるかなかみのいつくしみ》』、明治二二)と神が全人類に向ける普遍的な「愛《あい》」を示していたほか、「基督ガ教会ヲ愛スルガ如ク其妻ヲ愛スヘシ」(岩田徳義『基督教ト社会トノ関係』、明治二二)というように、「愛」を夫婦間などの人間関係においても当てはめていくという文脈で用いられる。したがって、もし「こわれ指環」の語り手が西洋から入ってきた「愛《あい》」をキリスト教における教義の位相で理解していたのであれば、夫婦の「愛《あい》」も同じような文脈で表れるはずである。しかし、引用箇所で語られている「愛《あい》」とは、夫と一緒に出かけたとき、自分の産まれた家族といるときと同じように「楽《たの》しい」と感じられるかどうかという位相である。したがって、ここで語られる「愛《あい》」には、キリスト教をめぐる言説とは別の文脈が入り込んでいるはずである。

柴田昌吉・子安峻『英和字彙』（明治六）や前田元敏『英和対訳大辞彙』（明治一八）では、動詞としての「Love」の翻訳語として、「愛《アイ》スル」、「好《コノ》ム」、「慕《シタ》フ」、「恋慕《レンボ》スル」、「慈愛《ジアイ》スル」とともに「楽《タノシ》ム」、「遊興《イウキヤウ》スル」という語が採用されており、「愛《あい》」を「楽《たの》しい」という位相で捉えようとする用い方は同時代に存在した。しかし、このような使い方は、語り手が「支那流儀《シナりゆうぎ》」に対して新しく得たと自負するような、キリスト教などの西洋文化そのものではない。むしろ日本において「Love」という概念を翻訳し、受容した結果として用いられたものであると考えられる。

このとき、「こわれ指環」が『女学雑誌』に掲載されている以上、ここに反映されている恋愛観としては、まず最初に巌本善治の言説を想定する必要がある。

嗚呼《あゝ》真正《まこと》の愛《あい》は、必《かなら》ず先《ま》づ相《め》ひ敬《けい》するの念《ねん》を要《よう》す。既《すで》に之《これ》を敬《けい》せず、之《これ》が霊魂《たましひ》を愛《あい》せずして、何如《いか》で真正《まこと》なる伉儷《ふうふ》の娯楽《たのしみ》を得《え》んや。男女《だんじよ》もしいよ〱清潔《せいけつ》に、いよ〱高尚《こうせう》にあらんと欲《ほつ》せば、須《すべか》らく互《たが》ひに相敬愛《あいけいあい》すべし、断《だん》じて、一方《いつぱう》は之《こ》れを弄《もてあそ》び、一方《いつぱう》は之《これ》を懼《おそ》るゝの思《おも》ひある可《べか》らざる也《なり》。

（「理想の佳人」（第三）、『女学雑誌』第一〇六号、明治二一・四・二一）

もともとは小説に描かれる「佳人」について論じた文章だが、ここではそれが、より一般的な男女の「愛《あい》」についての理想論となっている。「伉儷」には「ふうふ」とルビが振られており、娼妓《しょうぎ》や芸妓《げいぎ》との恋と対置させる形で夫婦間の恋愛が論じられている。

重要なのは、ここで巌本が夫婦の「愛《あい》」の達成としての「真正《まこと》の愛《あい》」を精神的な結び付きとして捉え、その結果「娯楽《たのしみ》」が得られると位置づけている点である。同様に、「男女交際論」(『女学雑誌』一一二～一一五号、明治二二・六・二～六・二三)でも「肉交」に対して「情交」を勧め、「心中交際に属するの愉快々楽」を説いている。すなわち巌本は、男女の恋愛や夫婦間の恋愛を精神的な快楽へと帰着させる論理を持っていたのである。

このような考え方の位置は、同時代において『女学雑誌』誌上以外の言説で編成された恋愛観と対照することで、より鮮明になる。

お琴嬢《ことぢやう》ハ塩原《しほはら》の温泉《をんせん》に在《あ》りて擅《ほしい》まゝに徳《とく》三と戯《たはむ》れたり温泉《をんせん》にあるうちこそ斯《か》ゝる戯《たはむ》れも意《こゝろ》のまゝに出来《でき》得《う》べけれ一たび東京《とうきやう》に帰《かへ》りてハ内外《うち[□]》に人目《ひとめ》ありて容易《たやす》く斯《か》ゝる戯《たはふ》れの出来難《できがた》けれハ寧《むし》ろ徳《とく》三とゝもに走《はし》りて生涯《しやうがい》の快楽《けらく》を専《もつぱ》らにせんとは思《おも》ひ立《た》ちたるなり此《こ》の一念《ねん》ハ甚《はなは》だ迂闊《うかつ》にして只《た》だ目前《もくぜん》の淫楽《いんらく》をのみ企望《きばう》するものゝ如《ごと》くなれども恋情《れんじやう》ハ理想《りさう》と相伴《あひとも》なふものにあらねば斯《か》ゝる幼《をさな》き考《かんが》へハ恋情《れんじやう》の通義《つうぎ》として行《おこな》ハるゝ所《ところ》なり

(南翠外史『唐松操《からまつみさお》』、明治二二)

優秀な裁判官として名高い唐松操の娘・お琴が、馬丁の徳三と駆け落ちをしてしまったという場面であり、このようなお琴の恋心は「恋情《れんじやう》」と規定される。一方で、お琴の母親である小松(松子)は、娘へ「愛《あい》」を持っているがゆえに、この二人をどのように別れさせるかを考えて苦悩する。

実《じつ》に愛《あい》を除《のぞ》きて其《そ》の他《た》に最人最強《さいだいさいきやう》の力《ちから》を有《いう》するものあらざるべし天下《てんか》の事《こと》皆《み》な愛《あい》あり愛《あい》あれバ生《い》き愛《あい》なければバ死《し》す爾愛《なんぢあい》よ爾《なんぢ》ハ第《だい》二のゴッドぞや唐松夫人松子《からまつふじんまつこ》ハ今《いま》此の重大《ぢうだい》無量《むりやう》最強《さいきやう》無《む》二の神力《しんりよく》に擒《とりこ》となりたり松子《まつこ》が前面《ぜんめん》に愛《あい》の力《ちから》を以《もつ》て拷問《がうもん》すべき為《た》めに来《きた》りたる二人《あたり》の勁敵押寄《けいてきおしよ》せたりき

（同）

この二つの引用部分から読み取られるように、須藤南翠《なんすい》『唐松操』は「Love」をめぐる物語としての側面を持っており、ここには、同時代の日本において「Love」が一般的にどのような位相で受容されていたのかということが非常によく表れている。

母親の小松が娘に対して持っている「愛《あい》」とは「最大最強《さいだいさいきやう》の力《ちから》」を持つものであり、「第《だい》二のゴッド」と評されるように、神そのものとも置き換えられるような絶対的な概念である。「第《だい》二のゴッド」という表現が成り立つのかどうかはともかく、キリスト教で語られるような「Love」を語り手なりに理解し、記述した表現であるといえるだろう。しかし、このような「Love」は、男女の恋愛に置き換えられたとたんに「理想《りさう》と相伴《あひとも》なふもの」ではなくなってしまい、「恋情《れんじやう》」「淫楽《いんらく》」といった性欲を非倫理的なものとみなす思考の枠組みの中に置かれてしまうのである。

同じような文脈は、宇田川文海『同窓美談／青年の友』（初編、明治二〇）「第八回」で標題に「恋愛の世界」とあるところに「いろのうきよ」というルビが振られていたり、電霆散士『独立美談／東洋開化之魁』（明治二〇）で「相愛」に「ラブ」とふりがなを振った上で「西洋《せいやう》の風俗《ふうぞく》を軽信《けいしん》し心腹《しんぷく》の改良《かいりやう》稍やく半《なかば》ならざるに口《くち》にハ既《すで》に男女同権《なんにょどうけん》を唱《とな》へ重訳《ぢうやく》の言《げん》を聴て相愛《ラブ》の淫事《いんじ》を施行《しかう》し」とし、男女の恋愛を「淫事《いんじ》」であると断罪している点にも見られる。すなわち、一般的に男女の恋愛は、「淫楽《いんらく》」という性的な部分のみが前景化し、非倫理的なものと位置づけられていたのである。

この場合、『女学雑誌』が論じていた男女の精神的なつながりから得られる「娯楽《たのしみ》」は、このように一般に流通した恋愛観から肉体的快楽を切り離し、ロマンティック・ラブ・イデオロギーの枠組みを説いている点において、よりキリスト教の教義に接近したものだったといえるだろう。また、柳州散史『柳巷情話《りゅうこうじょうわ》／吾妻廼花《あずまのはな》』（明治二二）の「第十九回」で、男女が一緒に芝居を観に来ていたところ、男が「気分《きぶん》が悪《わる》くなりましたから」という理由で帰ったことを「演戯《ゑんぎ》興半《きょうなか》ばに才子《さいし》愛《あい》を割《さい》て帰《かへ》る」という表題で示しているように、遊興と「愛《あい》」を同じ位相で結び付ける思考としてある程度の広がりも見せている。その一方で、『女学雑誌』が説く「娯楽《たのしみ》」という「愛《あい》」は、キリスト教の教義から考えればかなり噛《か》み砕《くだ》かれ、一般の読者でも理解しやすいようにした論だったのである。

このような恋愛観が生じた背景には、福沢諭吉立案・中上川彦次郎筆記『男女交際論』（明治一九）に「古来今に至るまで和漢東洋《わかんとうやう》の学者が此大切なる問題《もんだい》に論及《ろんきう》したることなくして」とあるように、たとえば儒教の「仁」が親子の情愛などを例にとって説明され、男女の恋愛を想定していなかったために、西洋から入ってきた恋愛の概念が当時の日本人にはなかなか理解できなかったという事情がある。一方で、このときに注目されるのは、男女の恋愛という行為を、日本人に啓蒙する際に用いられた論理である。

男女《だんぢよ》の交際《かうさい》ハ教育上《けういくじやう》最も緊要《きんえう》の一点《てん》なり凡て女流《ぢよりう》の美質《びしつ》ハ男子《だんし》に感浸《かんしん》し瞑々裏《めいめいり》に軽忽粗暴《けいこつそばう》の性《せい》を変《へん》

じて温順謹直《をんじゆんきんちよく》の質《しつ》となし卑野《ひや》の風《ふう》、武骨《ぶこつ》の態《たい》を化《くわ》して優美温雅《いうびをんが》となし傲慢《がうまん》を直実《ちよくじつ》とし浮薄《ふはく》の言辞《げんじ》を鄭《てい》重《ちやう》となす等其益一《えきいつ》にして足らざるなり、特《こと》に両間《りやうかん》の交際《かうさい》ハ男子《だんし》の品行《ひんかう》を高《たか》ふするの要具《えうぐ》にして彼《か》の俚諺《りげん》に云ふ温順《をんじゆん》なきの勢力《せいりよく》ハ充分《じうぶん》の発育《はついく》に達《たつ》せざるものなりとの真理《しんり》を悟《さと》らしむと云ふべきなり

（木村秀子『交際論』、明治二一）

東京女子専門学校で教員をしていた木村秀子は、男女の交際を「教育上《けういくじやう》」の観点で捉えている。その上で、男性の振る舞いが「粗暴《そばう》」であるのを女性の「温順謹直《をんじゆんきんちよく》」な性質で改めさせることに、恋愛という行為の意味があると位置づける。

このような考えは、福沢の『男女交際論』が、恋愛における女性と男性の精神的結び付きとしての「情交」と、肉体的恋愛関係としての「肉交」を分けて論じる文脈の中で、「情交」の機能として語っている。また、合田愿《ごうだげん》『男女情愛論』（明治一七）でも「両々合和《ゴウクワ》《ナカヨク》シテ始テ其中ヲ得依テ以テ社会ノ事業ヲ経営《ケイエイ》スルニ便ナリ」とされており、恋愛をめぐるひとつの常套《じょうとう》的な論だったと考えられる。

『女学雑誌』の場合、「日本の家族」（明治二一・二・二～三・二四）や「細君内助の便」（明治二三・八・二）に見られるように、特に「ホーム」という問題に関わる言説では、夫婦が互いに愛しあい、助け合うという論が前景化する場合もある。一方で、「左《さ》れば男女交際《だんじよこうさい》は男女《だんじよ》をしていよ〱男女《だんじよ》たらしむるものなり、即《すな》はち男《だん》女《じよ》をして各《おの〱》其《その》美質《びしつ》を発達《はつたつ》せしむるの効益《こうゑき》あるものなり。」（「男女交際論」（第四）、前掲）など、男女交際による双方の「美育」という視点も持ち合わせている。

以上の言説状況を踏まえて「こわれ指環」で語られた「愛《あい》」について考えると、語り手が夫との「愛《あい》」に

ついて「楽《たの》しい事《こと》はなく」と振り返っていたのは、同時代において編成された恋愛をめぐる言説をきわめて素朴に受け取った結果として生み出された表現にほかならない。さらに「こわれ指環」の語り手は、「夫《おつと》の行《おこなひ》を矯《た》め直《なほ》して、人《ひと》の夫《おつと》として恥《はず》かしからぬ丈夫《ますらを》にならせたい」という願望を持つようになり、女性による夫の矯正という枠組みについても、同時代の言説をそのまま受容している。江種満子は語り手の「愛《あい》」を植木枝盛が結婚について述べた「歓楽」という語から論じているが、▼注[10]語り手はむしろ、西洋の文化を受容したという自負を表明し、「愛《あい》」について語っている一方で、恋愛文化の受容という位相では、日本国内において西洋の文化が翻訳され、解釈され、その結果として流通した言説により大きく依存していたのである。

3　進化する語り手と経験

このように、日本の社会においてすでに少なからず流通している枠組みに沿って思考するというあり方は、女権論についての語りにも表れている。このことが「こわれ指環」という小説におけるもっとも大きな問題点を示しているように思われる。

あなたは私《わたし》の此指環《このゆびわ》の玉《たま》が抜《ぬ》けて居《お》り升《ます》のがお気《き》にかゝるの、そりやァあなたの仰《お》つしやる通《とほ》り、こんなに壊《こ》はれたまんまではめて居《お》り升《ます》のは、余《あん》まり見《み》つとも能《よ》くあり升《ませ》んから、何《なに》なりともはめかへれば、宜《よろ》しいので物語の冒頭部分である。ここで語り手が「あなた」という呼びかけを行っているように、この語りには明確な聞き手が存在する。その相手は、引用箇所の直後で「外《ほか》ならぬあなたの事《こと》」とあることから、きわめて親しい間柄だとされている。このことから、語り手は聞き手に対し率直に自身の心情を吐露することが可能となっている。

しかし一方で、このような関係性から生成される語りは、語り手の認識の特徴を如実に顕《あらわ》してしまう。たとえば語り手は、自身が結婚したときの心境を次のように振り返る。

> 私《わたし》も只今《たゞいま》ならば、なか〳〵是等《これら》の事《こと》に得心《とくしん》は致《いた》しませんが、其時《そのとき》はほんのおぼこ娘《むすめ》であつて、そして又到底一度《またとてもいちど》はどこへか遣《や》らるものと覚悟《かくご》して居《お》り升《まし》たから、心弱《こゝろよは》くもうけひくとはなしに、うけひき升《まし》た。今更思《いまさらおも》へば、私《わたし》はなぜ此時《このとき》に、も少《すこ》し手強《てづよ》く断《ことは》らなかつたかと、我《われ》ながらも不思議《ふしぎ》な様《やう》に思《おも》ひ升《ます》。

結婚は、一八歳になったというだけの理由で、父親が半ば強制的に決めてしまったものであった。語り手は、引き受けてしまった理由を、自身が「おぼこ娘《むすめ》」であったからだと考えている。それに対して現在であれば、父親の意見などには納得したりせず、結婚に失敗などはしないという。

ここには、現在の自分と過去の自分を分節化して考えるという、語り手が持つ認識のあり方がきわめて特徴的に表れている。このような認識の基底にあるのは、西洋から入ってくる知識を得ることで、自分が人間として進化するという発想である。このときの知識とは、具体的には女権論を指す。

夫迄《それまで》は支那《シナ》流儀《りゆうぎ》に、只何事《たゞなにごと》も忍《しの》んでさへ居《ゐ》ればよい、自分《じぶん》の幸福《こうふく》をさへ犠牲《いけにゑ》にすれば宜《よろ》しいといふ、消極的《せうきよくてき》の覚悟《かくご》であり升《まし》たが、此時《このとき》からは、もはや夫《そ》れにて満足《まんぞく》が出来《でき》ず、どうぞ、私《わたし》の不幸《ふこう》は兎《と》に角《かく》、夫《おつと》の行《おこなひ》を矯《た》め直《なお》して、人《ひと》の夫《おつと》として恥《はづ》かしからぬ丈夫《ますらを》にならせたいといふ、一歩進《いつぽすゝ》んだ考《かんがへ》になり升《まし》た。

ここでは「一歩進《いつぽすゝ》んだ考《かんがへ》」というのが、家事のかたわらに本を読んだことで身につけた西洋の女権論を指している。それによれば、女性は家庭の中にあって夫を諫《いさ》めることを通し、より理想的な人格に矯正していかなくてはならないという。このような考え方に対する「支那流儀《シナりゆうぎ》」は、『女大学』などから学ぶことを通して、女は自らを「犠牲《いけにゑ》」にして男に従属して生きるべきだと考えることであり、語り手自身もかつてはそのような生のあり方を保持していた。西洋の女権論と「支那流儀《シナりゆうぎ》」の両方を知っている語り手にとって、西洋の女権論は「支那流儀《シナりゆうぎ》」よりも進化した考え方であり、それにしたがって生きる現在の生もまた、かつての自己よりも進化したものとして認識されているのである。

女権論を身につけた現在の「私《わたし》」がより進化した存在であるという認識は、逆に、聞き手である「あなた」がまだ女権論を充分に身につけておらず、「支那流儀《シナりゆうぎ》」の考え方に束縛された存在であるという思考を浮き彫りにする。すなわち語り手は、聞き手をきわめて親しい存在と位置づける一方で、女権論についての知識という面では自身の聞き手に対する優越を自負しており、進化した「私《わたし》」が「あなた」を啓蒙するという枠組みのもとで語っているのである。

このような語り手の思考を裏付けているのは、ある種の経験主義だった。

亦退《またしりぞ》いて考《かんが》へ升《ます》れば、私《わたし》は幼《いとけな》き時《とき》から、学校《がくかう》の友達《ともだち》か、親戚《しんせき》の外《ほか》は、滅多《めつた》に人《ひと》に逢《あつ》た事《こと》は御座《ござ》ひませず、父《ちち》の客《きやく》などが参《まゐ》り升《まし》た時《とき》なども、たま〱私《わたし》が玄関《げんくわん》などにうろついて居《を》り升《ます》と、いつも母《はゝ》がそれお人《ひと》が入《い》らしッた、はやく陰《かく》れよ、それそちらへと、納戸《なんど》へ逐遣《おひや》らるゝが習《なら》はしとなつて居《お》り升《まし》たから、人《ひと》を見《み》る目《め》などはなか〱もつて居《む》り升《ませ》んでした。

語り手は、自分が結婚に失敗した原因のひとつとして「人《ひと》を見《み》る目《め》」がなかったことを挙げる。これは、「幼《いとけな》き時《とき》」から両親の庇護《ひご》を受け、他人と接する機会が少なかったことで、自分に「人《ひと》を見《み》る目《め》」が育たなかったためだという。逆にいえば、離婚を経て経験を積んだ現在であれば、当時とは違って「人《ひと》を見《み》る目《め》」も育っており、同じような失敗を繰り返すことはないという。このほかにも、夫を教育しようとして失敗した原因を「何分夫《なにぶんおっと》は私《わたし》よりも遙《はる》か年《とし》も長《た》け、私《わたし》よりも万事《ばんじ》に経験《けいけん》を積《つん》で居《お》り升《ます》ものですから」と位置づけるなど、語り手は、ひとつの経験を通してそこから学ぶことで、自分自身が新しい思考や人間としてあるべき振る舞いを得られると考えている。

それは又何故《またなぜ》かと申《もう》せば、此指環《このゆびわ》が、私《わたくし》に幾多《いくた》の苦《くるしみ》と歎《なげ》きとを与《あた》へて呉《く》れ升《まし》たお蔭《かげ》で、どうやらかうやら、私《わたし》は一人前《いちにんまへ》の人間《にんげん》にならねばならぬといふ奮発心《ふんぱつしん》を起《おこ》し升《まし》たからの事《こと》で。

「苦《くるしみ》と歎《なげ》き」を通して「一人前《いちにんまへ》の人間《にんげん》」になることができたという認識は、このような経験に基づく思考がもっとも如実に表れた記述だといえるだろう。語り手の思考や女権論は、「幾多《いくた》の苦《くるしみ》と歎《なげ》き」という実感を通し、それが知識と融合することで獲得されてきたのであり、そのような積み重ねが語り手にとっての進化だったのである。

語り手は、このようにして得られた女権論を信奉し、それを日本の婦人たちに広めなくてはならないという使命感を得る。

　是非《ぜひ》とも此指環《このゆびわ》の為《ため》に働《はたら》いて、可憐《かれん》なる多《おほ》くの少女達《おとめたち》の行末《ゆくすへ》を守《まも》り、玉《たま》のやうな乙女子《をとめこ》たちに、私《わたし》の様《よう》な轍《てつ》を踏《ふ》まない様《やう》、致《いた》したいとの望《のぞ》みを起《おこ》したので御座《ござ》り升《ます》。

「私《わたし》の様《よう》な轍《てつ》を踏《ふ》まない様《やう》」というのも、語り手が実感として得たものである。だが問題は、このように語り手が自負する女権論が一方ではあくまで情報として得られた知識にすぎず、やはり語り手が自身の思考によって作りあげた枠組みではないことにある。

　私《わたし》は此結婚后《このけつこんご》の二三年間《にさんねんかん》に於《おい》て、いつとはなく、非常《ひじやう》に女子《じよし》の為《ため》に慷慨《こうがい》する身《み》となり升《まし》た。尤《もつと》も其頃《そのころ》は、丁度《てうど》女権論《じよけんろん》の勃興致《ぼくこういた》しかつゝ《〔ママ〕》た時《とき》で、不幸悲惨《ふこうひさん》は決《けつ》して女子《じよし》の天命《てんめい》でないという説《せつ》が、漸《よう》やく日本《ニホン》の社《しや》界《かい》に顕《あら》はれて参《まい》りました。私《わたし》も平素《へいそ》好《この》めることとて、家事紛雑《かじふんざつ》の傍《かたわ》らにも、ときぐ〜の新刊書籍《しんかんしよせき》、女子《じよし》に関《くわん》する雑誌《ざつし》などは、断《た》へず座右を離さす《〔ママ〕》閲覧《〔えつら〕ん》して居《お》りましたものですから、いつとはなく、泰西《たいせい》の女権論《じよけんろん》が、私《わたし》の脳底《のうてい》に徹し升《まし》て、何《なん》でも日本《ニホン》の婦人《ふじん》も、今少《いますこ》し天賦《てんぷ》の幸福《こうふく》を完《まつた》ふする様《よう》にならねばならぬと、いふ考《かんがへ》が起《おこ》つて参《まゐ》り升《まし》た。

語り手の女権論は「とき〲の新刊書籍《しんかんしょせき》、女子《じょし》に関《くわん》する雑誌《ざつし》」を読んで得られたものであり、いわばその焼き直しにすぎない。このとき「こわれ指環」が『女学雑誌』に連載されていたことを考えれば、「女子《じょし》に関《くわん》する雑誌《ざつし》」というのもまさに『女学雑誌』のことであろう。

しかし、『女学雑誌』で編成される言説に書かれているのは、基本的に観念的な思考であり、理念である。一方、語り手が持つ思考の枠組みにおいては、自身が理念を身につけるためには、結婚し、破綻し、離婚するという経験が必要であった。したがって語り手が自身の経験を語るのは、語りという行為を通し、同じような経験がないために結果としてまだ充分に女権論を身につけていない聞き手の「あなた」にも、女権論の重要性を実感させようというもくろみのためだったと考えられる。すなわち「こわれ指環」は、「漸《よう》やく日本《ニホン》の社界《しやかい》に顕《あら》はれ」た理念としての女権論を小説という様式にあえて取り込むことで具体的な事例として疑似体験させ、さらにそれを押し広めようとする広告塔としての役割を担っていた作品だったのである。

4　『女学雑誌』における小説ジェンダーの編成

「こわれ指環」がこのような書き方になった要因は、発表媒体である『女学雑誌』を中心に編成されたこの小説に対する同時代評に表れている。そしてこれらの言説には、明治二〇年代はじめの時期において、女性が小説を書き、発表するという行為をめぐる重要な問題が示されている。

まず「こわれ指環」の評価に特徴的なのは、語り手の心理描写についての指摘である。

斯《かゝ》る小説《せうせつ》の常《つね》に其脳漿《そののうせう》の緻密《ちみつ》なる其眼光《そのがんこう》の精彩《せつさい》なる、婦人《ふじん》の手《て》より出《い》でん事《こと》を望《のぞ》めり而《しか》して曩《さき》には若《ワカ》松賤子《マツシヅコ》の忘《わす》れ形見《がたみ》を得《え》今復一年《いままたいちねん》を経過《けいか》して同雑誌《どうざつし》の新年附録《しんねんふろく》に於《おい》て此短篇《このたんぺん》を得《え》たり其社会《そのしやくわい》を益《えき》する果《はた》して幾何《いくばく》ぞや

（不動剱禅「こわれ指環を読む」、『女学雑誌』第二四八号、明治二四・一・一七）

ここでは、若松賤子「忘れ形見」（明治二三・一・二）と「こわれ指環」とを比較し、「脳漿《のうせう》の緻密《ちみつ》なる」点、すなわち女性の心理が詳細に描写されていることが評価され、このような小説が「婦人《ふじん》の手《て》」によって書かれることが期待されている。しかしこのような評価は、若松賤子や清水紫琴の作品に限って与えられたものではない。

蓋《けだ》し女性《によしよう》の長《ちよう》ずる所《ところ》は人情《にんじよう》の微《び》を穿《うが》つにあり。さる故其長《ゆゑそのちよう》ずるに任《まか》せて小説《せうせつ》の主眼《しゆがん》は唯情致《たゞじようち》なりと心《こゝろ》得《え》られにしや大抵《たいてい》は脚色《しくみ》の立案《りつあん》に疎《そ》なり。春廼舎主人《ハルノヤしゆじん》が圧巻《あつかん》なりと褒《ほ》められたる「藪《やぶ》の鴬《うぐひす》」の第六《だいろく》回《くわい》の如《ごと》き其細微《そのさいび》を描《えが》きしは申分《もうしぶん》なしと雖《いへ》ども、全篇《ぜんぺん》の脚色《しくみ》より評《ひよう》すれば有《あ》るも可《か》なり無《な》きも可《か》なり。

（不知庵主人「竹栢園女史の「胸の思」」、『女学雑誌』第一五一号、明治二二・二・二）

内田魯庵が「蓋《けだ》し女性《によしよう》の長《ちよう》ずる所《ところ》は人情《にんじよう》の微《び》を穿《うが》つにあり」と断言したように、女性が書く小説といった場合には、人間の心理をこと細かに描写するということが前提となっていたのである。このような論の枠組

みは、峯子「蘆の一ふし」（明治二三・一・二五）などにも見られ、特に『女学雑誌』に特徴的である。だが、『国民之友』に掲載された啄木鳥「閨秀小説家の答を読む」（明治二三・四・一三）で若松賤子が「彼か妙なる所以は一に人情に存するのみ」と評されているなど、『女学雑誌』以外にも波及している。

このように女性の心情が男性よりも細やかであると位置づける発想が示されているのが、同時代における心理学、生理学をめぐる言説である。

古今東西《ここんとうざい》の歴史《れきし》に徴《ちやう》するに新《あらた》に有益《いうゑき》の器械《きかい》を発明《はつめい》し概括広大《がいかつくわうだい》なる新学理《しんがくり》を構造《こうぞう》したる者皆《み》な男子ならざるはなし是《こ》れ男子の脳力《のうりよく》は改進性《かいしんせい》の傾偏《けいへん》ありて其知力《そのちりよく》は女子に優《すぐ》るの確証《くわくせう》に非《あら》ずして何《なん》ぞや又婦女《ふぢよ》子《し》の性質《せいしつ》は保守《ほしゆ》性にして情緒発動《じやうちよはつだう》し易《やす》く且《か》つ俗理《コンモンセンス》に通《つう》して日常《にちじやう》の雑事《ざつじ》を処置《しよち》するに鋭敏《えいびん》なるは男子の及《およ》はざる所なり

（菊池熊太郎『男女心理之区別』、明治二〇）

女性は思考が情緒的であり、それに対し男性は観念的であるという。さらに、菊池熊太郎は、このような差異を女性の「保守《ほしゆ》性」、男性の「改進性《かいしんせい》」と意味づける。「改進性《かいしんせい》」は、新しいものに接したときそれを観察し、対象となる物体や新しい観念を弁別する力であろう。それに対し、女性が持つ「保守《ほしゆ》性」とは、「俗理《コンモンセンス》に通《つう》して日常《にちじやう》の雑事《ざつじ》を処置《しよち》する」という。「俗理」には「コンモンセンス」（common sense）とルビが振られており、したがって、女性の思考が経験的で、日常の現実に即したものであるということを示している。

同様の考えは、山縣悌三郎『男女淘汰論』（明治二〇）、畑良太郎『日本婦人論』（明治二三）、湯本武比古『新

編／応用心理学』（明治二七）などで見いだせるが、菊池熊太郎はこれを、「「ミル」氏曰く男子の脳力は理論的にして女子の脳力は実用的なりと（男女同権論）」と別の箇所で明記している。したがって、菊池が参照した書籍としてまず想定されるのは、J・S・ミルの『女性の隷属』（*The Subjection of Women*）を翻訳した弥児著・深間内基訳『男女同権論』（明治一一）である。しかし、深間内の翻訳は前半部分の出版しか確認されていない。一方、菊池が『男女心理之区別』で述べたような女性・男性の差異を論じた部分は、原書の後半部分に見られるものである。したがって菊池は、邦題だけを深間内に依った上で、実際に参照していたのは原書だったと考えるべきであろう。

But this gravitation of woman's minds to the present, to the real, to actual fact, while in its exclusiveness it is a source of errors, is also a most useful counteractive of the contrary error.

(John Stuart Mill, *The Subjection of Women*, 1869)

女性の心理は、目の前にある現実や、事実に向かう傾向があるという。「contrary error」は、このあとの箇所で男性の思考が観念的・抽象的であることを指摘し、それによって生じる弊害について述べたものである。

J・S・ミルの『女性の隷属』は女性による文筆業への進出を指摘し、妻の愛情が夫婦間における夫の権力を改めるという方向性を示しているほか、夫婦が相互に尊敬し合う関係を理想的な結婚状態だと位置づけるなど、『女学雑誌』における女権論と非常に多く重なり合っている。したがって、巌本善治らの考え方は、基本的にJ・S・ミルの考えを援用したものであるといっても過言ではない。

しかし、一方で注目されるのは、魯庵が女性の書く小説について「蓋《けだ》し女性《にょしょう》の長《ちょう》ずる所《ところ》は人情《にんじょう》の微《び》を穿《うが》つにあり」と論じたように、女性の思考・心理のありかたを小説の書き方にまで引き付けて考える論理を、『女性の隷属』が持っていない点である。

If we consider the work of women in modern times, and contract them with those of men, either in the literary or the artistic department, such inferiority as may be observed resolves itself essentially into one thing: but that is a most material one; deficiency of originality. Not total deficiency; for every production of mind which is of any substantive value, has an originality of its own—is a conception of the mind itself, not a copy of something else.

（同）

J・S・ミルが指摘したのは、女性が書いた文学・芸術が男性による作品模倣にすぎず、「originality」が欠如しているということだけである。したがって、女性の描く小説が心情を描くという面において男性のものより優れているという考え方は、J・S・ミルが示したような女性・男性の心理的差異という問題を小説を書くという場面に当てはめることを通し、論理を敷衍《ふえん》させるという段階を経なくてはならない。

ある学者の説に男子《をとこ》は物事《ものごと》の理屈《りくつ》を考え有益《いうえき》の事物《じぶつ》を発明《はつめい》すべし女は之を聴《き》きとりて人々に説《と》きまハり濃《のう》熱《ねつ》なるその感動を発《はつ》して人心を動《うごか》すべしと云ひまた世上の貧人《ひんじん》をあハれみ其苦悩《くのう》をおもひやりて之を救《すく》ふの方《はふ》をめぐらし病人のくるしみをかなしみて其さみしさをおもやり［ママ］之を介抱《かいはう》するなんどすべて慈善《じぜん》の事ハ一切《いつさい》

女の仕事《しごと》とすべしかゝる事につきては女の特《とく》に得意《とくい》なるところ男子の決して及バざる所なりと云へり
（「女子と小説（下）」、『女学雑誌』第三二号、明治一九・八・一五）

巖本善治が書いたと考えられる社説であり、女子がどのような小説を書くべきであるかが示されている。女性・男性を切り分ける論旨から、「ある学者」がJ・S・ミルを指していることは明白であろう。

引用箇所に続いて、女性の「観察力《くわんさつりよく》」「想像力《そうぞうりよく》」「覚知力《かくちりよく》」についての考察が行われており、これらを通し、女性が人間の「苦悩」「おもひやり」「くるしみ」「かなしみ」といった心情を小説として描くべきだという主張が展開される。同じような考え方は、『女学雑誌』誌上で「女子と文筆の業」（明治二〇・一〇・八～一〇・一五）、「小説論」（明治二〇・一〇・二九～一一・一二）と、繰り返し主張されている。

すなわち、巖本善治が小説において「人情」を描くべきだという方向性を論じたのは、たとえば坪内逍遙『小説神髄』（明治一八～一九）の単なる焼き直しではない。「人情《にんぜう》のやうす交際《かうさい》のありさま時好《じこう》のハやり格好《かつこう》もやうなんど一見《いつけん》して直ちに之をさとるも亦女の得意なり」（「女子と小説」）というように、J・S・ミルが論じた女性と男性の心理的差異を小説表現にまで敷衍して論じることで、小説を書くという行為における女性ジェンダーを編成し、女性の書くべき小説として啓蒙するという点に、もっとも大きな意味があったと考えられる。

この場合、「こわれ指環」で語り手の心情が詳細に描かれ、またそのように評価されたのも、同じ文脈の中で考えるべきであろう。すなわち、巖本善治が女性が書くべき小説として示した考え方に即して小説が書かれ、それが実現されていた結果として、清水紫琴の「こわれ指環」は同時代評、特に『女学雑誌』誌上において高い評価を受けることができたのである。

5 「実際的小説」の方法

「こわれ指環」への評価としてもう一つ特徴的なのは、小説が持つ教訓性についてのものである。

先《ま》づ其種類《そのしゆるい》を別《わか》てば、女学雑誌《ぢよがくざつし》のこわれ指環《ゆびわ》は実際的小説《じつさいてきしようせつ》に国民之友《こくみんのとも》の夢現境《むげんけう》は理想的小説《りそうてきしようせつ》に、属《ぞく》すべく、而《しか》して其主眼《そのしゆぐわん》とする処《ところ》は、彼《か》れは、圧制結婚《あつせいけつこん》は決《けつ》して夫婦《ふうふ》の愛《あい》を全《まつと》ふする能《あた》はざるを叙《じよ》して自由結婚《じゆうけつこん》を世《よ》に鳴《な》らす、にあるものゝ如《ごと》く、是《こ》れは、厭世的宗教《えんせいてきしゆうきよう》の能《よ》く苦患《くかん》を去《さ》る能《あた》はざるを述《の》べて、楽世的宗教《らくせいてきしゆうきよう》の信仰《しんかう》に因《よ》らざる可《べか》らざるを示《しめ》す、に在《あ》るに似《に》たり

（天牢囚民「こわれ指環と夢現境」、『女学雑誌』二四八号、明治二四・一・一七）

『国民之友』に掲載された嵯峨の屋おむろ「夢現境」（明治二四・一・三）を「理想的小説《りそうてきしようせつ》」と位置づけ、それに対して「こわれ指環」を、「自由結婚《じゆうけつこん》を世《よ》に鳴《な》らす」ための小説であり、「実際的小説《じつさいてきしようせつ》」であると位置づけている。この場合、引用箇所の文脈だけから考えれば、小説を読むことで読者に教訓が与えられるということが、「実際的小説《じつさいてきしようせつ》」という概念の内実だと読むことができる。

たしかに、「こわれ指環」から教訓性を見いだすという評価は、「本篇《ほんぺん》の世《よ》に益《ゑき》する所多《ところおほ》きをしる」とした田邊花圃「こわれ指環」（明治二四・二・二八）など、『女学雑誌』誌上で繰り返し与えられる。これはひとつには、

「私の様《よう》な轍《てつ》を踏《ふ》まない様《やう》、致《いた》したい」など、「こわれ指環」がきわめて直接的に女権論を啓蒙しており、その文脈に反応した結果だともいえるだろう。しかし一方で、『女学雑誌』誌上で編成された、小説に教訓性を求める思考の枠組みは別の文脈も伴っている。この場合、「実際的小説」という概念は必ずしも、小説の教訓性だけを指すものではないという可能性が生じてくる。

凡《およ》そ婦人《ふじん》たるものに教育《けういく》、矯風《けうふう》の事業《じぎやう》の責任《せきにん》ありとせば、一般小説文学《ぱんせうせつぶんがく》の嗜好《しこう》に投《とふ》じて正義《せいぎ》、高潔《こうけつ》などの世《よ》に勝利《しようり》を得《う》る補助《ほじよ》を為《な》すことは、婦人等《ふじんら》の多少《たせう》為《な》し得《う》る処《ところ》と確信《かくしん》して居《を》り升《ます》、

（「閨秀小説家答」・「第三　若松しづ子」、『女学雑誌』第二〇七号、明治二三・四・五）

若松賤子はこのように、「教育」的効果を女性が書く小説に求めている。引用の「閨秀小説家答」は、「編《へん》者《しや》は近時《きんじ》の小説《せうせつ》に感慨深《かんがいぶか》く女流小説家《じよりうせうせつか》に要《もと》むる所《とこ》ろ至大《しだい》なるを以《もつ》て過《すぐ》る日左《ひさ》の四問《しもん》を記《き》して近頃《ちかご》ろ小説界《せうせつかい》に名《な》ある閨秀《けいしゆう》に書《しよ》を寄《よ》せ応答《をうとう》を請《こ》へり」（「女流小説家の答書」、明治二三・三・一五）として『女学雑誌』が若松賤子のほか小金井喜美子、木村栄子、佐々木昌子らに送った質問状に対する回答であり、『女学雑誌』が女性の就くべき職業として文筆業を勧めていこうとする文脈の中で企画されたものである。

このような考え方は、「女子と小説」（前掲）、「女子と文筆の業」（前掲）のほか、老川居士「文学は男子の天職に非ず」（明治二三・二・二二）、「三種の文学者」（明治二三・一〇・四）などで示されており、『女学雑誌』における女性の職業論の核であった。したがって、天牢囚民が「こわれ指環」に教訓性を見いだしたのが『女学雑誌』誌上で示された小説観を受けていたとすれば、嵯峨の屋おむろ「夢現境」を「理想的小説」とするの

に対し、「こわれ指環」を「実際的小説」と位置づける評価の中に、女性が職業作家として小説を書く場合には、小説の中に教訓性を取り入れることで、それを読む読者を啓蒙するべきだという枠組みが入り込んでいたことになる。

さらに、『女学雑誌』が女性の職業として文筆業を薦めていく過程でジョージ・エリオットをもっとも重要視していたことは、別の問題を示している。

彼《か》のジヲジ、エリヲツトを見《み》よ、彼女《かのをんな》一生《せい》の思望《しぼう》はコムトの哲学論《てつがくろん》を発揮《はつき》するに在《あ》りき、故《ゆゑ》に人情《にんじやう》の細微《さいび》を写《うつ》し之《これ》によりて哲学《てつがく》を人化《パーソニフハイ》し閨秀《けいしゆう》小説家《せうせつか》中《ちう》古今《ここん》第《だい》一の偉作者《ゐさくしや》となりしにあらずや、而《しか》して英《えい》文中人情《ぶんちうにんじやう》を写《うつ》すこと精細《せいさい》なる男《をとこ》に在《あ》つてはシエクスピヤを推《を》し、女に在《あつ》ては彼女《かのぢよ》を推《を》すなり、教育的《けういくてき》の思望《しぼう》を以《もつ》て小説《せうせつ》を作《つく》ることと人情《にんじやう》を写《うつ》すことと何《なに》を以《もつ》てか矛盾《むじゆん》すべきぞ。

（井上二郎「教育的小説」、『女学雑誌』第二〇九号、明治二三・四・一九）

この言説は、小説が「教育《けういく》」的効果を持ち、女性が男性に較べて人間の心情を具体的に捕捉できるという、『女学雑誌』が繰り返し示した小説観を前提に成り立っている。さらに、オーギュスト・コントの実証哲学を取り入れたというジョージ・エリオットの小説についての見方が加わることで、女性の書く小説が、男性によって作り出された観念的な思考を「人化」するものとして位置づけられる。「人化」には「パーソニフハイ」とルビが振られていることから、「personify」の翻訳語である。

ジョージ・エリオットの小説にオーギュスト・コントの哲学からの影響を見いだすという方向性は、マチルダ・ブラインド『ジョージ・エリオット』（Mathilde Blind, *George Eliot*, 1883）などで見いだすことができる。その中でも特に具体的に論じられているのは、次のような言説であろう。

> George Eliot was pre-eminently a novelist and a poet; but she is also the truest literary representative the nineteenth century has yet afforded of its positivist and scientific tendencies. What Comte and Spencer have taught in the name of philosophy, Tyndall and Hæckel in the name of science, she has applied to life and its problems. Their aims, spirit and tendencies have found in her a living embodiment, and re-appear in her pages as forms of genius, as artistic creations. They have experimented, speculated, elaborated theories of the universe, drawn out systems of philosophy; but she has reconstructed the social life of man through her creative insight.
>
> (George Willis Cooke, *George Eliot, A Critical Study of the Life, Writings and Philosophy*, 1883)

小説の教育的効果という文脈や「personify」の語はないが、ジョージ・エリオットの小説がコントとスペンサーの哲学、ティンダルとヘッケルの物理学・生物学に基づき、そこで書かれた理論を具体的な人間の生活に置き換えて描いたものであることが指摘されている。特に引用箇所の直後ではコントとの関係に多くの紙数を裂いており、井上が「彼女《かのをんな》一生《せい》の思望《しぼう》はコムトの哲学論《てつがくろん》を発揮《はつき》する」とした枠組みとほとんど重なり合っている。井上の言説はこのような見方に寄り添うことで、女性が書くべき小説の規範を示すことにその目的があったのである。この場合、井上の考えた女性の書くべき小説とは、男性が示した理念を現実の生活に置き換え、作中人物の心理描写を通してそれを表現していくというものだったはずである。

以上のように見てくると、『女学雑誌』において編成される「小説」をめぐる言説は、女性の就くべき職業として小説家を推奨していく中で、女性の書くべき小説という枠組みまでも示していたと考えることができる。具体的には、哲学として書かれた理念的な文章を小説という形で日常生活の出来事に置き換えること、生活の中における人物の心情をよりこと細かに描くこと、小説が教訓性を帯びていることの三つの要素から成り立っている。

これらの小説観の起点となっていたのが、巌本善治の「小説論」（明治二〇・一〇・二九～一一・一二）である。

苟《いやし》くも小説《しょうせつ》の小説即《しょうせつすな》ハち小説《しょうせつ》の尤《もっと》も発達《はったつ》したるもの更《さら》に言《こと》を換《か》へて所云《いはゆ》る彼真正純粋《かのしんせいじゅんすい》の小説《しょうせつ》なるものに付《つい》て之《これ》を言《い》ハヾ、之《これ》を評《ひょう》するには其小説中《そのしょうせつちゅう》の記事《きじ》よく実際《じっさい》に当《あた》れるや否《いな》やを採《と》つて之《これ》が善悪《ぜんあく》を批《ひ》評《ひょう》すべし故《ゆゑ》に亦《ま》た之《これ》を愛読《あいどく》するものは先《ま》づ之《これ》に依《よ》りて世上実際《よじょうじっさい》の有様《ありさま》を味《あじわ》ふことを覚悟《かくご》するを専一《せんいち》とすべきもの也《なり》。

吾人が世の姉妹方に対して殊に勧告せんとする所のものは即ち実に右の一事に在り。

（「小説論（第三）」、『女学雑誌』、明治二〇・一一・一二）

「実際《じっさい》」は、漢語としては珍しいものだったようで、管見では、漢語辞書においては「マコトノトコロ」（内藤彦一『頭書画引類語／明治いろは字引大全』、明治一五）、「ホントノトコロ」（荒川義泰『漢語いろは字典』、明治一五）などしか用例が見いだせず、英和辞典類や井上哲次郎・有賀長雄の『哲学字彙』（明治一四）でも同時代では採用しているものが確認できない。しかし、井上円了『日本倫理学案』（明治二六）で「理論的倫理学」と「実際的倫理学」が対置され、春のやおぼろ『一読三嘆／当世書生気質』（明治一八～一九）では、「理論《りろん》の半分《はんぶん》をも実際《じつさい》にハほと〳〵行《おこな》ひ得《え》ざるからに」（「はしがき」）とあることから、現代語でいえば理論的、観念的思考に対する現実あるいは実践（practice）に近い語感を帯びていたと考えられる。前掲の天牢囚民「こわれ指環と夢現境」が「こわれ指環」を「実際的小説」と位置づけたのも、巌本の発言を受けたものであろう。

この場合、『女学雑誌』が女性の書くべき小説として編成した「実際的小説《じつさいてきしようせつ》」の方法とは、すでに社会である程度普及している理念を現実の生活に置き換え、それを読者に対して啓蒙する効果を期待するという意味において、ある種のリアリズム小説だったのである。その点で、また日本に十分に普及していない「美」の枠組みを流通させようとしていた美妙の「蝴蝶」とは、立場を異にするものだったとも指摘できる。さらに巌本は、このような小説を「姉妹方」が「味《あじわ》ふ」べきものだとしている。したがって、「実際的小説《じつさいてきしようせつ》」は、女性が書くべき小説であるというだけでなく、女性が読むべき小説としても位置づけられていたのである。

6　女性が書き、読むべき小説

以上のように考えると、「こわれ指環」において「新刊書籍、女子に関する雑誌」で書かれ、すでに「社界」に広まっていた女権論や恋愛についての言説がほとんどそのまま語りに反映されていたのも、男性が理念として示したものを日常の出来事に置き換えるという方法に依存して書かれた結果だったはずである。この場合、心理描写に優れ、教訓性を持っているという評価を与えられていたことを踏まえれば、「こわれ指環」は『女学雑誌』誌上において女性が書き、読むべきだとされた小説の要素を併せ持っていたことになる。そのような小説を、『女学雑誌』の編集者でもあった清水紫琴が実践したという意味において、「こわれ指環」はきわめて実験的な小説だったといえるだろう。したがって今後は、『女学雑誌』に掲載された「こわれ指環」以外の小説、さらには、『文学界』に掲載された小説についても、同じようなリアリズムの枠組みが反映されていないかどうかを踏まえて検討していく必要がある。

さらにいえば、井上二郎が「こわれ指環」に対して嵯峨の屋おむろ「夢現境」を「理想的小説《りそうてきしょうせつ》」と称したのは、女性が書き、読むべき小説に対して、男性の書き、読むべき小説ということを考えていたはずである。この場合「こわれ指環」が示している問題は、従来の研究において『女学雑誌』に掲載された小説に与えられてきた評価を再考していくだけでなく、明治二〇年代に書かれた小説全体について考えていく上でも、看過できないものであると指摘することができる。

【注】

［1］笹淵友一「清水紫琴論」（『明治大正文学の分析』、昭和四六、明治書院）。

［2］永松房子「女性作家にとっての明治　—清水紫琴の場合—」（『法政大学大学院紀要』、昭和五五年）。

［3］駒尺喜美「紫琴小論　——女性学的アプローチ」（『紫琴全集』、草土文化、昭和五八年）。

［4］渡辺澄子「清水紫琴『こわれ指環』」（『日本文学』、昭和五五年三月）。

［5］北田幸恵「女の〈私語り〉——清水紫琴『こわれ指環』」（『フェミニズム批評への招待　——近代女性文学を読む』、平成七年、学藝書林）。

［6］中山清美「「こわれ指環」と『女学雑誌』」（『金城国文』、平成一三年）。

［7］榎本義子「清水紫琴と西欧思想」（『フェリス女学院大学文学部紀要』、平成五年）。

［8］江種満子「清水豊子・紫琴（一）―「女権」の時代―」（『文教大学文学部紀要』、平成一五年一〇月）、「清水豊子・紫琴（二）――「女権」と愛」（『文教大学文学部紀要』、平成一六年一月）。

［9］以下、特に注記がない場合は「こわれ指環」からの引用。

［10］注［8］に同じ。

第4節

「知」としてのゾライズム――「いちご姫」

これまで第1節から第2節にかけて、山田美妙が明治二〇年前後の時期に持っていた小説についての考え方について確認してきた。その中で、坪内逍遙が「知」と「情」とを切り分け、「知」を記述する哲学的文章と、「情」の領域を表現する詩、小説とを切り分けようとする方向に向かっていったのに対し、美妙をはじめとした同時代の言説では、むしろ「知」の領域と「情」の領域とに接続を見いだし、「知」をどのように小説の中に取り込んでいくかという方向性を持っていたことを確認した。その上で第3節では、同時代の考え方として、『女学雑誌』における巌本善治を中心とした小説観と、それを実際の表現として実現しようとした清水紫琴の「こわれ指環」について考えてきた。

それでは、この時期の美妙はより具体的にどのような小説を作り出し、どのようにして「知」の領域を反映させようとしていたのか。第4節で「いちご姫」、第5節で「武蔵野」について考えることを通して分析していきたい。

1 「いちご姫」の予告文

山田美妙の小説「いちご姫」は、雑誌『都の花』の一九号（明治二二・七・二一）から三九号（明治二三・五・一八）にかけて連載された。▼注[1] これは、主人公であるいちご姫が、操を奪われて以降「淫婦《いんぷ》」となり、やがて発狂して死に至るまでを描いた物語である。

「いちご姫」をめぐる従来の研究では、連載に先立ち『都の花』一八号（明治二二・七・七）に掲載された予告文が、常に問題化されてきた。

これは、明治二二年六月二二日に開かれた演芸矯風会で、美妙が坪内逍遙から「泰西の小説大家何某」の本を教えてもらい、それを借りて、「いちご姫」執筆のときに参照したという内容である。この本については、早く高安月郊が Vizetelly 版の『His masterpiece』（エミール・ゾラ『ルーゴン・マッカール叢書』第一四冊・『制作』(Émile François Zola, *L'œuvre*, 1886) の英訳本（*His masterpiece?(L'œuvre),or, ClaudeLantier's struggle for fame: a realistic novell by Émile Zola; with a portrait of the author, etched by Bocourt*, Vizetelly, 1887）だとした。▼注[2] だが、島本晴雄・田中知子氏の論が示すように、▼注[3]「いちご姫」と『His masterpiece』とのあいだに内容的な共通性がないとして、高安の説は否定されていった。

一方、柳田泉が坪内逍遙による回想を聞き、美妙に貸したのが『ナナ』(Émile François Zola, *Nana*, 1879) と『ムーレ神父のあやまち』(Émile François Zola, *La faute de Abbé Mouret*, 1875) だったということが論じられている。▼注[4] これは、貸与に関わった当事者の発言であることから定説となり、吉田精一▼注[5]や吉武好孝▼注[6]がこの回想に依って論を進めた。

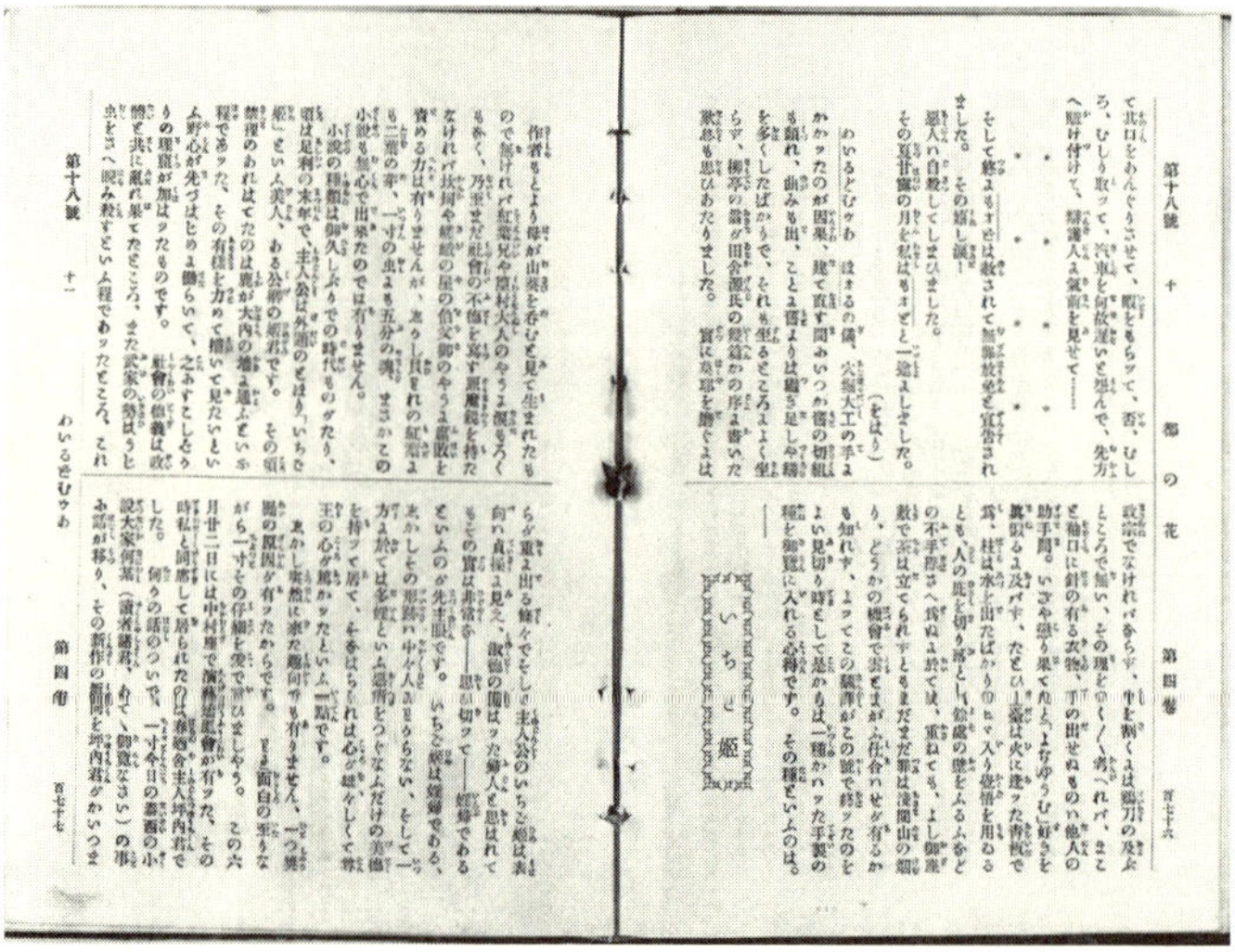

連載に先立ち『都の花』18 号（明治 22・7・7）に掲載された予告文。明治新聞雑誌文庫所蔵。請求記号 Z90:Mi76。

しかし、柳田泉が筆記した談話は、逍遙自身「自分にははっきりした記憶がない」と述べており、曖昧な記述も多い。そのためこの談話を以て、美妙が借りた本を断定するのは不可能であろう。一方で青木稔弥が指摘しているとおり、▼注[7]当時の資料としては、明治二三年の「逍遙日記」が、『坪内逍遙研究資料第三集』（新樹社、昭和四六）で翻刻されている。ここに「貸渡し」として、逍遙が他の人物に貸した本の一覧が残されており、「ゾラ「二冊　アツソムモア／ナナ　三上参次／ゾラ「マスタルピース　美妙齋」とある。このほかにも、立命館大学が所蔵する、明治二三年一一月一九日付の逍遙から美妙に宛てた書簡で同書返却の要求がなされ、美妙が同月二二日付書簡で黒岩涙香に又貸ししてしまったことを告げているなど、「マスタルピース」をめぐっては双方でのやりとりが残っている。▼注[8]

以上の点を踏まえて、当時のVizetelly版の出版状況と、現在各大学図書館等が所蔵するVizetelly版のゾラの英訳本について調査を行ったところ、やはり美妙が逍遙から借りたのは『His masterpiece』だと考えられる。

この事実に立って「いちご姫」を読んでみると、美妙、さらには、明治二〇年代初頭におけるエミール・ゾラの理解と受容ということについて、さまざまな問題が見えてくる。

2 欲望の物語

まず「いちご姫」における最も大きな問題は、次の部分に集約されているといってよい。

今《いま》のいちごハ心《こゝろ》に主宰《しゆさい》の無《な》いものでした。主宰有《しゆさいあ》りました。が、覇《は》でした。一歩《いつぽ》あやまてば魔界《まかい》に堕《だ》落《らく》させる多情《たじやう》と勤王《きんわう》とが良心《りやうしん》を埋《うづ》めて居《ゐ》ました。

（「第二十六」）

「多情《たじやう》」とは、いちご姫が性欲を発露し、次々に男たちと肉体関係を持つことを暗示している。一方の「勤王《きんわう》」は、応仁の乱の時代に公家《くげ》の娘として生まれたいちご姫が、足利義政を討ち、王朝時代のような天皇親政と公家の栄華を取り戻したいと願うことを指している。すなわちこの小説は、いちご姫が「多情《たじやう》」と「勤王《きんわう》」という二つの欲望に突き動かされ、その欲望に対して忠実に生きる姿と、そのときの心理の動きを描いた物語なのである。

また「魔界《まかい》に堕落《だらく》させる」というように、語り手はこれらの欲望を、人間の暗部として捉えている。特に性の欲望に対しては、その思考が明確に表れる。

嗚呼《あゝ》、この一室《ひとま》の空気《くうき》、無残《むざん》な獣《けもの》と聖者《しやうじや》とがもろともに吸《す》ッて居《ゐ》ました。霧《きり》と共《とも》に紫雲《しうん》がたなびき、鳳凰《ほうわう》と共《とも》に庭鳥《にはとり》が棲《す》みました。

（「第八」）

いちご姫が、足利義政の妾《めかけ》になると見せかけ、最初に恋をした男・窟子《うろこの》太郎《たろう》に近づく場面である。窟子は禅の道を修めており、女性に興味を抱かないどころか、むしろ自分から遠ざけようとする。語り手は、このような在り方を「聖者《しやうじや》」「鳳凰《ほうわう》」に譬《たと》えることで、彼の精神的な清浄さを強調する。一方のいちご姫は、「獣《けもの》」であり、「庭鳥《にはとり》」である。この場合、性に対する欲望は、人間と「獣《けもの》」とが共通して持ち、人間の獣性を示す側面として規定されていることになる。

さらにこの問題は、いちご姫が操を奪われた直後の場面で、次のように描かれている。

思《おも》ひ切ッて心中《しんちう》の心中《しんちう》を言《い》へば、根《ね》が淫婦《いんぷ》といふだけに身《み》を汚《けが》されたのをバ深《ふか》く心《こゝろ》に其実《そのじつ》くやしがりませんでした

（「第二十五」）

手籠めにされるという屈辱的な状況の直後にもかかわらず、いちご姫は気にも留めない。それが、「根《ね》が淫婦《いんぷ》」であるためと語られている。「淫婦《いんぷ》」というのはいちご姫の本性だったのであり、それまである種の

人間的な倫理観によって抑制されていた部分が、操を失ったことで発露したものだったのである。このような描き方だけでも、「いちご姫」は少なからずゾラの『ルーゴン・マッカール叢書』を想起させるが、ここで「淫婦《いんぷ》」と形容したことは、当時の読者が「いちご姫」を読むときに、きわめて大きな意味を持っている。まず、「淫婦《いんぷ》」という語は、前述の『都の花』一八号に掲載された予告文において、「淫婦《いんぷ》であるといふのが先主眼《まづしゆがん》」と、まっ先に掲げられていた。これによって、予告文を読んだ読者は、執筆に際して美妙が逍遙から借りた本の著者である「泰西《たいせい》の小説大家《せうせつたいか》何某《なにがし》」が誰であるのか、解答を導く上での重要な手がかりを得ることができたのである。

ゾラ氏は此ほど学士会員に選挙せられたるほどの名士なるが（中略）其著書には猥褻なる者多く倫敦にて之を出版したる書肆ハ淫猥俗を乱るの廉を以て数日以前に法廷に召喚せられたり

（學堂生「仏国の小説」、『朝野新聞』「米欧漫遊記」、明治二一・一〇・六）

尾崎行雄が遊学中、『朝野新聞』に寄稿した文章である。これに限らず、明治二一年から二三年にかけては、ゾラについての言説が編成された最初のピークだった。特に『読売新聞』は、翌一〇月七日にこの記事を転載して以降、計八回にわたってゾラについての報道を行っており、そのほとんどは、ゾラの学士会員選挙やVizetelly版の発売禁止問題を、「雑報」記事として煽《あお》るように取り上げている。このような報道を通して、選挙での権力闘争に明け暮れ、淫猥な小説ばかりを書く作家だというゾラについてのマス・イメージが形成されていたとすれば、「泰西の小説大家何某」に倣って「淫婦」を描いたという「いちご姫」の予告文に触れた読者は、それだけで、「いちご姫」の種本がゾラの小説だと同定することが可能だったはずなのである。
実際には、「いちご姫」は「淫婦《いんぷ》」の問題以外にも、ゾラの小説のさまざまな要素を取り入れている。だが予告文では、「淫婦《いんぷ》」という一点だけにしか触れていない。そもそも美妙は、『国民之友』三七号附録（明治二二・一・二）における「蝴蝶」の裸体画に示されるように、早くからマス・メディアの特性を理解し、利用しようとした作家であった。したがってこのような「いちご姫」の広告の打ち方にも、『都の花』の読者を強烈に意識し、読者が知っている範囲で宣伝しようとする、美妙のメディア戦略が看取できる。

3　勤王の欲望

一方、いちご姫が持っていたもうひとつの欲望である「勤王《きんわう》」は、性に対する欲望とは異なる問題を示している。

飛鳥井家《あすかゐけ》などゝともに蹴鞠《しうきく》には縁《えん》の深《ふか》い家柄《いへがら》、また香道《かうだう》には指《ゆび》をも折《を》られた格《かく》、姫《ひめ》もをさない時《とき》から父親《ちゝおや》からそれらの作法《さはふ》を聞《き》き及《ねぼ》え、その聞《き》き及《おぼ》えのかたはら歴朝《れきてう》の様子《やうす》も知《し》ッたところ、天性《てんせい》の心《こゝろ》の雄々《をゝ》しさは終《つひ》にしばらくも武家《ぶけ》をにくむ情《じやう》をすてさせぬやうになりました。　（「第二」）

いちご姫は幼い頃から、気性が激しく男勝りな性格を持っている。これが、「武家《ぶけ》をにくむ情《じやう》をすてさせぬやうになりました」という。いちご姫は「心《こゝろ》の雄々《をゝ》しさ」を根底に持っていたからこそ、「武家《ぶけ》をにくむ情《じやう》」が身についてしまったのである。この「武家《ぶけ》をにくむ情《じやう》」が、天皇親政を実現したいという「勤王《きんわう》」の心である。「雄々《をゝ》しさ」のほか、「奇激《きげき》」「血気《けつき》」「勇壮《ゆうさう》」などの言葉は、この小説において、いちご姫の「勤王《きんわう》」の心を示す符牒となっている。そのような「勤王《きんわう》」の心を生み出した原因のひとつが「蹴鞠《しうきく》」や「香道《かうだう》」の作法を学び、「歴朝《れきてう》の様子《やうす》も知《し》ッた」という、父親によるいちご姫への教育である。

しかし、いちご姫にとって、武家の男たちは「にくむ」対象というだけに止まらない。実際にいちご姫が愛し、性の欲望を向けたのは、窟子太郎、大幸主水助《おほさちもんどのすけ》、与謝小二郎《よさのこじらう》と、すべて武家の男たちである。本来「にくむ」べき対象だったはずの彼らに愛を向けることになったのは、応仁の乱で焼け野原になった都で、零落した公家の周囲にはいつも、武家の男たちが跋扈していたからである。

> いちごの分《わ》かッたのは男《をとこ》の中《なか》の一部《いちぶ》ばかりで無く、男全体《をとこぜんたい》に及《およ》んで、馬《うま》の口《くち》を取《と》る下司《げす》も、紫《むらさき》の素襖《すはう》を着《き》る高貴《かうき》も同《おな》じやうにしか見《み》えませんでした。立《た》ち並《なら》べて鶴《つる》と烏《からす》とを比較《ひかく》すれば如何《いか》にも鶴《つる》の方《はう》が烏《からす》よりまさッたやう。が、悟《さと》れバいづれも、いちごの目《め》にハ、情《じやう》の動物《どうぶつ》でした。烏《からす》にハ烏《からす》だけの情《じやう》もあり、鶴《つる》にハ鶴《つる》だけの愛《あい》も有《あ》りました。万象《ばんしやう》いづれも公平《こうへい》に出来《でき》て居《ゐ》ました。時《とき》に不図《ふと》思《おも》ひ入《い》れバ、犬《いぬ》でも、猫《ねこ》でも、草木《さうもく》でも、もし互《たがひ》に許《ゆる》せる境遇《きやうぐう》ならやはり人《ひと》と同《おな》じやうに思《おも》はれました。
>
> （「第六」）

ここでは一見、「男《をとこ》」という存在一般について語られているように見える。しかし、「馬《うま》の口《くち》を取《と》」り、

「素襖《すはう》」を着るのは武士であり、いちご姫の興味はそこにしか向いていない。いちご姫にとっての「男《をとこ》」とは、公家の男たちではなく、武家の男たちだったのである。

語り手は、いちご姫の認識に入り込み、武士たちを動物に見立てる。その中には、「鶴《つる》」のように高貴な者から、「烏《からす》」のような下衆までいる。だが、そんな武士たちと自分たち公家、動物たちを引き比べてみれば、「境遇《きやうぐう》」によっては、すべて「同《おな》じ」だという。逆にいえば、現在の武士・公家をめぐる「境遇《きやうぐう》」が、双方に溝を作っている。

しかしいちご姫は、この「境遇《きやうぐう》」の問題を、容易に乗り越えてしまう。

かう考《かんが》へて心《こゝろ》から男《をとこ》を尊《たつと》ぶ、その極《きよく》ハいちごも自然《しぜん》に男《をとこ》らしい真似《まね》を好《この》んで来《き》ました。が、唯虎《たゞとら》を描《ゑが》いて猫《ねこ》にも似《に》せられず、却《かへ》ッて別《べつ》の異形《ゐぎやう》の物《もの》をこしらへるのが多《おほ》く有《あ》ること、皮相《ひさう》から男《をとこ》を観察《くわんさつ》していちごが男《をとこ》を学《まな》んだ結果《けつくわ》は終《つひ》に奇激《きげき》な婦人《ふじん》となりました、一寸見《ちよつとみ》たところだけ男《をとこ》に似《に》て居《ゐ》て。

（「第六」）

「かう考《かんが》へて」というのは、具体的には、引用箇所の少し前の「男《をとこ》ハ女《をんな》より思慮《しりよ》が深《ふか》い﹆男《をとこ》ハ女《をんな》より力《ちから》が有《あ》る﹆男《をとこ》の中《なか》にも美《うつく》しい人《ひと》ハ有《あ》る」（「第六」）という部分を指している。いちご姫はその美貌で知られ、父の教育によって、女性としてあるべきとされる教養を身につけていた。また、そのような自身の在り方に対し、強烈な自負心を持っている。だからこそ、いちご姫が「観察《くわんさつ》」したのは、「思慮《しりよ》」の深さ、「力《ちから》」というような、自分は持ち合わせていないと自覚する「男《をとこ》」の側面だった。すなわちいちご姫は、「にくむ」べき武士の男たちを「観察《くわんさつ》」するという行為を通して理想化し、「尊《たつと》ぶ」対象にするという、彼らに対する認識の組み替えを行っている。これによって「境遇《きやうぐう》」の問題を無化し、武家の男たちを愛を向ける対象にできたのである。

この「観察《くわんさつ》」という行為がもたらしたものは、それだけに止まらない。「いちごが男《をとこ》を学《まな》んだ結果《けつくわ》は終《つひ》に奇激《きげき》な婦人《ふじん》となりました」というように、いちご姫が生来持っていた雄々しさを増長させてしまう。このことが、「武家《ぶけ》をにくむ情」という勤王の欲望を、より強固なものへと導く。したがって、いちご姫の周囲に武家の男たちがいたという時代状況や公家と武士を取り巻く「境遇《きやうぐう》」、そして、いちご姫が武家の男を「観察《くわんさつ》」するという行為は、結局のところ、性の欲望と、勤王の欲望との両方を肥大化させ、いちご姫を武家の男たちに対する愛憎と欲望にまみれた存在にしてしまったのである。

以上のことが、次の部分に集約されている。

> 野武士《のぶし》をかたらふ其目的《そのもくてき》は外《ほか》でも無《な》く義政《よしまさ》を狙《ねら》ふといふ事《こと》に有《あ》ッたのです。すべて妄念《まうねん》ハ雪《ゆき》に凝《こ》る雲《くも》と同《おな》じもの、はじめハ雨《あめ》と降《ふ》るくらゐな処《ところ》が望《のぞ》みで後《のち》には寒冷《かんれい》の添《そ》へ物《もの》を得《え》て雪《ゆき》とまで凝《こ》りかたまります。いちごの血気《けつき》の勤王心《きんわうしん》の奴隷《どれい》となッたのもまづ此類《このるゐ》で、すなはち最初《さいしよ》の養育《やういく》と境遇《きやうぐう》とが盲《めくら》の妄想《まうざう》を一種《いつしゆ》の信《しん》に象《かたど》ッた元《もと》でした。
>
> (「第二十九」)

操を失ったいちご姫は、野武士に次々と体を許し、仲間に引き入れることで、性の欲望を満足させる。一方で、彼らを使って、足利義政を討ち天皇親政を実現するという欲望を達成しようと画策する。この原因を語り手は、「養育《やういく》と境遇《きやうぐう》」にあったという。

「養育《やういく》」を行った主体は、父の藤原夏代である。しかしより大きな問題は、ここで用いられた「境遇《きやうぐう》」という概念にある。先に引用した「第六」において、「もし互《たがひ》に許《ゆる》せる境遇《きやうぐう》なら」とあった部分も受けていると考えられるが、この「境遇《きやうぐう》」の語は、「わが非凡《ひぼん》、わが地位《ちゐ》の兎《と》に角《かく》やすらかな処《ところ》によつて宇宙《うちう》を観《くわん》じた果《は》ては終《つひ》に今日《こんにち》の境遇《きやうぐう》となりました」（「第二十六」）、「たゞ境遇《きやうぐう》に圧制《あつせい》されて仕方《しかた》なく夫婦《ふうふ》のやうに為《な》つた」（「第三十二」）、「あゝ哲女一生《てつじよいつしやう》の征途《せいと》も惟《おもんみ》れバ一度《ひとたび》境遇《きやうぐう》をあやまッて即《すなは》ち是《こ》れ」（「第三十八」）など繰り返し用いられ、いちご姫が欲望の果てに道を誤った最大の要因とされる。

だが、この言葉には、文脈によって、二つの位相が混在している。

ひとつには、「今日《こんにち》の境遇《きやうぐう》」や「境遇《きやうぐう》の圧制《あつせい》」のように、いちご姫のきわめて個人的な状況を指すものである。これは、一人の人間に焦点を当て、経済状態や家庭環境など、ある状況におけるその人自身の在り様を表す概念であり、現代語に近い用法だといえる。一方、公家と武士が「互《たがひ》に許《ゆる》せる境遇《きやうぐう》」ではないと双方の関係を位置づけることや、いちご姫の「養育《やういく》と境遇《きやうぐう》」といった場合には、いちご姫という一人の人間を取り巻く状況、周囲の環境、「時代《じだい》」など、より外在的な事項を多く含んだ語感になっている。したがって後者は、現代とは少なからず異なる内容で用いられていると考えられ、なぜこのような「境遇《きやうぐう》」という語の使い方ができたのか、本当に内容が異なるのかを、確認しておく必要がある。

4 淫婦の「境遇」

そもそも「境遇」は、漢語としての歴史が、きわめて浅い言葉である。中国の古典籍では、『大漢和辞典』や『漢語大詞典』でも用例が挙げられておらず、文康の武侠小説『児女英雄伝』（一八七八頃）の「第三十回」において、姉妹の会話の中で現代と同じような意味で用いられていることから、白話語彙であると考えられる。

日本国内においては、『英華字彙』（明治二）などはもちろん、明治初年代から二〇年代にかけて発行された漢語辞書では、用例が見られない。管見では、最初に「境遇」の語を漢語として採用したのは美妙の『新編漢語辞林』（明治三七）であり、「境涯《キヤウガイ》　ナリユキ」に続いて「境遇《キヤウグ［ママ］》　同上」とされているため、物事が推移していく経緯という程度の意味で書かれている。

さらに、翻訳語としての「境遇」ということが問題となるのだが、こちらも採用している辞書は多くない。だが、井上哲次郎・有賀長雄『哲学字彙』（明治一四）が「Circumstance　境遇」としているほか、柴田昌吉・子安峻の『英和字彙』（明治六）では「Circumstance」に対して「事《ジ》情《ジヤウ》、形勢《ケイセイ》、様子《ヤウス》、身分《ミブン》、職分《シヨク》」としか挙げられていなかったのに対し、『英和字彙』増補訂正改訂二版（明治一五）で、「事情。形勢。境遇。情由。情理。様子。身分。職分」と、ようやく「境遇」が現れる。この現象は、翻訳語としての「境遇」がもともとは学術用語であり、それが日常語としても定着していった可能性を示唆している。

以上を確認した上で、実際に同時代で用いられた用例をみていくと、やはり大きく二つの用法があったことが見えてくる。

そのひとつは、政治小説など同時代の小説におけるものである。坪内逍遙の『一読三嘆／当世書生気質』（明治一八～一九）の「第十七回」では、継原青造が倉瀬蓮作に向かい「しかし我輩《わがはい》の現今《げんこん》の境遇《きやうぐう》ハ」とし、山村からの依頼で翻訳の仕事をして原稿料が手に入ったことを述べている。したがって、「境遇」はここで、継原青造の経済状態を指して使われている。このほか、宮崎夢柳『鬼啾啾《きしゅうしゅう》』（明治一八）で、ウェラ・サシユリッチが、軍人だった彼女の父親が死んだときにまったく遺産を残してくれなかったため、現在はきわめて貧しく、毎日過酷な労働をしなくてはいけないという現状を「境遇」と表現しているのをはじめ、東海散士『佳人之奇遇』巻七、（明治一八）、渡辺治訳『政海の情波』（明治一九）にも同様の使い方が見られる。これらは、ある一人の人間に焦点を当て、その人の生活における、仕事・金銭・家族などの状態を表し、やはり現代語の「境遇」とほぼ同じ意味が与えられている。

一方、英語の翻訳語という側面が強い当時の学術的な言説を見ていくと、これらとは少なからず異なる語感で用いられている。

（境遇《キヨウグウ》）〔サアカムスタンス〕事実若クハ場合ニ伴随シテ起ル所ノ有様ヲ境遇ト云フナリ之ヲ有様ト訳スルモ可ナルベシ景情又ハ状勢ト云フモ皆同義ナリ

（『術語詳解』、明治一八）

『術語詳解』は、当時の心理学・教育学・論理学・社会学などで用いられた学術用語を集めて解説した術語集である。ここでは「境遇《キヨウグウ》」が、「サアカムスタンス」の翻訳語であることを明示した上で、あるひとつの「事実」、現象や出来事にたいして「伴随シテ起ル所」、ひとつの現象そのものではなく、その現象が起こったときの周辺の状況を指す用語とされる。

また、次の引用では、より大きな意味で「境遇」が用いられている。

されバ恋愛の清潔に且美妙に運動することは国家の為め望ましきことなりと雖も天然的、家族的、社会的、政治的併せて宗教的勢力に影響せらるゝものなれば各個人各種族ハ境遇の如何に由て其の恋愛するの方法手段及び其の情状に異なるを致すなり、

（無識庵主人『相思／恋愛の現象』、明治二四）

無識庵主人は、後に明治女学校で社会学を教える、布川孫市のことである。この本は、末兼八百吉（宮崎湖処子）『日本情交之変遷』（明治二〇）を受け、スペンサーの方法によって、文化の様相によって恋愛のあり方が異なることを指摘した当時の社会心理学であり、「境遇」が、現代であれば社会環境と翻訳するべき使い方をされている。「境遇」に同様の意味を持たせているものとして、徳富蘇峰『将来之日本』（明治一九）が挙げられる。このように、「境遇」の語が、あるひとつの「事実」や現象、出来事に対し、その現象が起こった際の周辺の状況や、社会全体の様相を表すのが、学術用語としての用法である。

この場合、「いちご姫」において「境遇」という語の内容が錯綜しているのは、これら双方の語感が、それぞれの文脈で使い分けられていると考えるべきであろう。この現象は、一見、概念規定の不充分さに起因し、小説作品としての不備、稚拙さの表出となっているように見える。しかし、ここで美妙が苦心しているのが「境遇」という語であるということにこそ、「いちご姫」という小説における試みの意義がある。

5 「いちご姫」における〈ゾライズム〉の理解と受容

まず「いちご姫」において注目されるのは、社会全体の状況や、社会環境と表現されるべき、学術用語の語感を反映した用法である。このほかにも、いちご姫は周囲の男たちを「観察《くわんさつ》」していたわけだが、この「観察《くわんさつ》」も「Observation」の翻訳語であり、「帰納推理ノ初歩ハ身辺四囲ノ事物ヲ観察スルニ在リ」（菊池大麓『論理略説』明治一五）、「心意ノ事実ヲ観察スル」（有賀長雄『教育適用／心理学』明治一八）と、心理学・論理学で使われる語彙である。このほかにも「いちご姫」では、「宇宙《うちう》」「理想《りさう》」「弁護《べんご》」「利己《りこ》」など、同時代の術語を次々に用いることで、いちご姫の心理が分析的に叙述されていく。

この点に注目すると、『百科全書』（*The Encyclopaedia Britannica*）第九版の第九冊で「French Literature」の項を書いたサインツベリーの、次のような言説が意味を帯びてくる。

> The naturalists affect to derive from Stendhal, through Balzac and Flaubert. That is to say, they adopt the analytic method, and devote themselves chiefly to the study of character. But they go farther than these great artists by objecting to the processes of art. According to them, literature is to be strictly 'scientific,' to confine itself to anatomy, and, it would appear, to morbid anatomy only.
>
> （George Saintsbury, *A Short History of French Literature*, Second Edition, 1884）

これが、ゾラについて書かれた英語圏の言説のうち、日本に入ってきたもっとも代表的なものだと思われる。「naturalists」は、直接的にはゾラとその周辺の作家を指し、作中人物を分析的に叙述した点、文学・小説が人間の分析を行う科学「scientific」となった一方、人間の病的な側面が前面に押しだされて描かれるようになった点を指摘している。すなわち、ゾラの小説においては小説に「science」（科学）をいかに取り入れるかが問題であることが、サインツベリーを通じて同時代の日本で認知されていたのである。

このほか、中江兆民訳『維氏美学』下冊（明治一七）は、「レアリスト」の一人としてゾラを挙げ、「専ラ人情ヲ模写シテ遺ス所無ク、以テ自家ノ観察ノ微密ナルコトヲ示メシテ、人ヲシテ之ヲ感ゼシム」と、人間を「観察」することによる、心理描写の緻密さを指摘している。また、森鷗外が「小説論」（『読売新聞』明治二二・一・三）で、クロード・ベルナールとの関係を説き、ゾラの小説を「学問の視察（「オプセルワツション」）と実験（「エキスペリマンタシヨン」）」に基づいて、人間の心理を分析的に叙述したものと位置づけている。したがって、学術領域で用いられた漢語によって、いちご姫の心理を叙述していくという方法が、小説に科学の言葉を持ち込もうという発想であったとすれば、これは、当時の認識における「レアリスト」の表現が反映されたものなのである。

一方の「境遇」は、改めて指摘するまでもなく、ゾラにとって重要なキーワードのひとつだった。

されば余は専ら、祖先の遺伝と境遇に伴ふ暗黒なる幾多の欲情、腕力、暴行等の事実を憚りなく活写せんと欲す。

（永井荷風『地獄の花』跋文、明治三五）

明治三〇年代に入ってからゾラの翻訳を手がけた荷風も、美妙と同じように「境遇」を用いている。この問題意識は、『実験小説論』(*Le roman experimental*) や、『ルーゴン・マッカール叢書』の第一冊『ルーゴン家の運命』(*La fortune des rougon*) の序文を見ることで、得られたものと考えるべきだろう。

しかし、ここにひとつの問題が生じる。明治三〇年代のいわゆる〈ゾライズム〉であれば、「遺伝」と「環境」「境遇」は、すでにゾラの小説を語る上で、もっとも重要な問題だと認識されている。だが美妙は、フランス語が読めず、『ルーゴン家の運命』や『実験小説論』も読んでいないものと思われる。したがって、「境遇」という問題を「いちご姫」で扱うこと自体、困難であるはずなのだ。

明治二〇年代初頭においては、前述のように、新聞などでのみ情報を得る一般的な読者は、ゾラについて、権力闘争に明け暮れ、淫猥な小説を書く作家という像を持っていたと考えられる。一方、海外の言説などにも触れることができた知識人の読者は、ゾラの小説を、小説に科学をいかにして持ち込むかという位相でしか認識しておらず、鷗外でさえ、「遺伝」と「環境」「境遇」という具体的な問題に、一切触れていないのである。

その中で、同じ時期に唯一、ゾラの小説において「境遇」が問題となることに言及していたのは、坪内逍遙が「「教師《けうし》三昧《ざんまい》」の着想《ちやくさう》ハ頗《すこぶ》るゾラの立案法《りつあんはふ》に似《に》て周囲《しうゐ》の影響《えいきやう》を重《おも》く見《み》たる所面白《ところおもしろ》し」(坪内雄蔵「新作十二番のうち/既発四番合評」・其九、『読売新聞』明治二三・一二・一五)としたものである。これは、「いちご姫」連載終了の直後、美妙が春陽堂の叢書『新作十二番』第三冊として書き下ろした『教師三昧』に向けた評で、美妙の問題意識が、作中人物の内面が「周囲の影響」によって形成されるということにあり、これがゾラに由来することを指摘している。

したがって問題は、美妙と逍遙がなぜこの問題意識にたどり着いたのかということになるのだが、それを可能としたのが、美妙が逍遙から借りた『制作』の英訳本（*His masterpiece*）である。

I shall set my men and women in a determined period of history, which will provide me with the necessary surroundings and circumstances, a slice of history——You understand, eh? a series of books, fifteen twenty books, episodes that will cling together although having each a separate framework, a suite of novels with which I shall be able to build myself a house for my old days, if they don't crush me!'

（*His masterpiece (L'œuvre), or, Claude Lantier's struggle for fame : a realistic novel by Emile Zola*,1887）▼注[9]

これは、文学青年のサンドーズが、主人公のクロードに向かい自身の文学論を語る場面である。サンドーズは、ひとつの一族を取り上げ、その構成員それぞれを研究して一五から二〇冊の叢書とするという、『ルーゴン・マッカール叢書』を思わせる本を企図している。そこでの問題意識として、まさに「circumstances」、美妙の翻訳語でいう「境遇」が挙げられている。同時代の日本で参照できたゾラをめぐる言説からでも、小説に科学を持ち込むという問題意識にはたどり着くことができた。しかし、特に「いちご姫」が作中人物の「境遇」「circumstance」を問題化したのは、美妙が『His masterpiece』を読み、そこでのサンドーズの発言を、ゾラ自身の問題意識に依拠したものと考えて、初めて可能となる。

もちろん、〈ゾライズム〉という枠組みで論じるためには、「遺伝」の問題についての理解の有無、また、〈自然主義〉や「自然」という概念をどのように捉えていたのかという検証をさらに行う必要はあるだろう。しかし、以上のように考えてみると、明治二二・二三年において、美妙と逍遙は、ゾラの小説で「境遇」「circumstance」が問題となることを確実に把握していた。逍遙が「細君」(『国民之友』三七号・附録、明治二二・一・二)ですでに小説の筆を折ってしまっていた一方で、美妙の方は、ゾラの問題意識を受容し、小説として書くレベルにまで反映させようとしていたことが明らかなのである。

6　ゾライズムと読本

以上、本節では、美妙の「いちご姫」がエミール・ゾラの「制作」に基づき、「境遇《きやうぐう》」という用語を手がかりに、ゾラの自然主義小説を持ち込もうとしていたことを確認してきた。これは、美妙が「蝴蝶」において裸体画をめぐる美学、芸術学の議論や、「高尚」「美」といった概念を輸入していたのと同じように、ヨーロッパの「知」を日本にどのように持ち込むかという試みのひとつだったといえる。また同時に、そもそもゾラの『実験小説論』と自然主義小説が、近代科学をどのように小説に持ち込むかという問題意識に沿ったものだったと考えれば、美妙が考えていた小説の方向性と少なからず合致したはずである。

一方で、「いちご姫」が、物語全体の枠組みとしては、江戸期以来の読本、合巻に典型的に見られた「毒婦物」の系譜にあることも重要だろう。こうした旧来の「小説」の枠組みを保持しつつ、その中にどのようにして新たな「知」を取り込むかという方向性を明確に示していた。その意味で「いちご姫」は、非常に日本の〈近代〉的な小説だったのである。

【注】


［1］この作品の書誌および予告文の問題については、すでに拙稿「『いちご姫』解題」（国文学研究資料館編『山田美妙著／いちご姫』リプリント日本近代文学一〇三、平凡社、平成一九年）でまとめている。

［2］高安月郊「欧州文学の渡来と影響」、『早稲田文学』二四三号、大正一四年。

［3］島本晴雄・田中知子「美妙『いちご姫』の疑問」、『比較文学』第二巻、昭和三四年。

［4］坪内逍遙談・柳田泉記「『此処やかしこ』そのほか」、『国語と国文学』第一一巻八号、昭和九年八月。柳田泉はこの逍遙の発言を、「明治歴史小説と山田美妙」（『美妙選集』上巻、昭和一〇年）、「美妙作『いちご姫』について」（『文芸復興』一巻五号、昭和一二年一〇月、のち、『続随筆明治文学』春秋社、昭和一三年）で繰り返している。

［5］吉田精一『自然主義の研究　上巻』、東京堂、昭和三〇年。

［6］吉武好孝「山田美妙翻案小説『いちご姫』とゾラ原作『ムーレ師の罪』および『ナナ』」、『武蔵野女子大学紀要』一〇号、昭和五〇年。

［7］青木稔弥「『山田美妙関係手稿』のことなど」（『日本近代文学』第七八集、平成二〇年五月）。逍遙の日記については、注［1］の拙稿でも指摘した。

［8］明治二三年一一月二二日付書簡は、『坪内逍遙研究資料　第一集』（新樹社、昭和四四年）に翻刻されている。

［9］引用は、早稲田大学図書館（中央図書館）所蔵の坪内逍遙旧蔵本。

江戸の「知」と西欧の「知」との融合――「武蔵野」

第4節では、山田美妙の「いちご姫」が、エミール・ゾラの小説をどのように受容していたのかについて考えた。この文脈で考えると、「いちご姫」はたしかに、美妙が西洋の「知」をどのように日本に輸入し、流布させるか、特にそれを小説という文章ジャンルにおいてどのように持ち込むかということに関する問題系の中にあったように見える。

しかし、一方で「いちご姫」は、江戸期以来の読本の後継、あるいは、歌舞伎の「悪婆」や仮名垣魯文『高橋《たかはし》阿伝《おでん》夜叉《やしゃ》譚《ものがたり》』（明治一二）、久保田彦作『鳥追《とりおい》阿松《おまつ》海上《かいじょう》新話《しんわ》』（明治一一）に代表される「毒婦物」と、そこで描かれる「姦婦」「淫婦」の後継という側面も持っている。その意味で、美妙は単純に西洋から入ってくる小説を単純に日本に輸入していたわけではない。

それでは美妙は、こうした江戸期以来の小説の方法や「知」に対し、どのような方向性を考えていたのか。江戸期以前の本が活字によって刊行されたことで、そうした「知」の受容はどのように変容していたのか。本節では美妙の「武蔵野」について具体的に見ていくことで、こうした問題について考えていきたい。

1　山田美妙「武蔵野」の同時代評と先行研究

山田美妙の小説「武蔵野」は、明治二〇年一一月二〇日、二三日、一二月六日の三回にわたって『読売新聞』に掲載された。これは、新田義興にしたがって足利尊氏の軍勢と戦うことになった世良田三郎《せらださぶろう》を夫に持つ女性忍藻《おしも》が、夫の帰りを待つうちにいてもたってもいられず薙刀《なぎなた》を手に一人で武蔵野へ向かったところ、自身の邸のすぐ近くで熊に食い殺されてしまうという悲劇を描いた物語である。この作品は後に、『夏木立』（明治二一）に収められた。よく知られているように、美妙はこれによって、一躍、言文一致小説の旗手、あるいは時代の寵児《ちょうじ》としてもてはやされることになった。

しかし、このときに重要なのは、『夏木立』に対して寄せられた同時代の評価が、もっぱら言文一致を用いた奇抜な文体の問題のみに終始してしまっているという点である。

> いつも乍ら悪口を言ふ様なれど美妙齋氏の文章には必要もないのに同じ事を二度繰り返すことと必要もないのに主客を転用さるゝの悪癖が有るやに見受らる、
>
> （忍月居士「夏木たち」、『国民之友』二九号、明治二一・九・七）

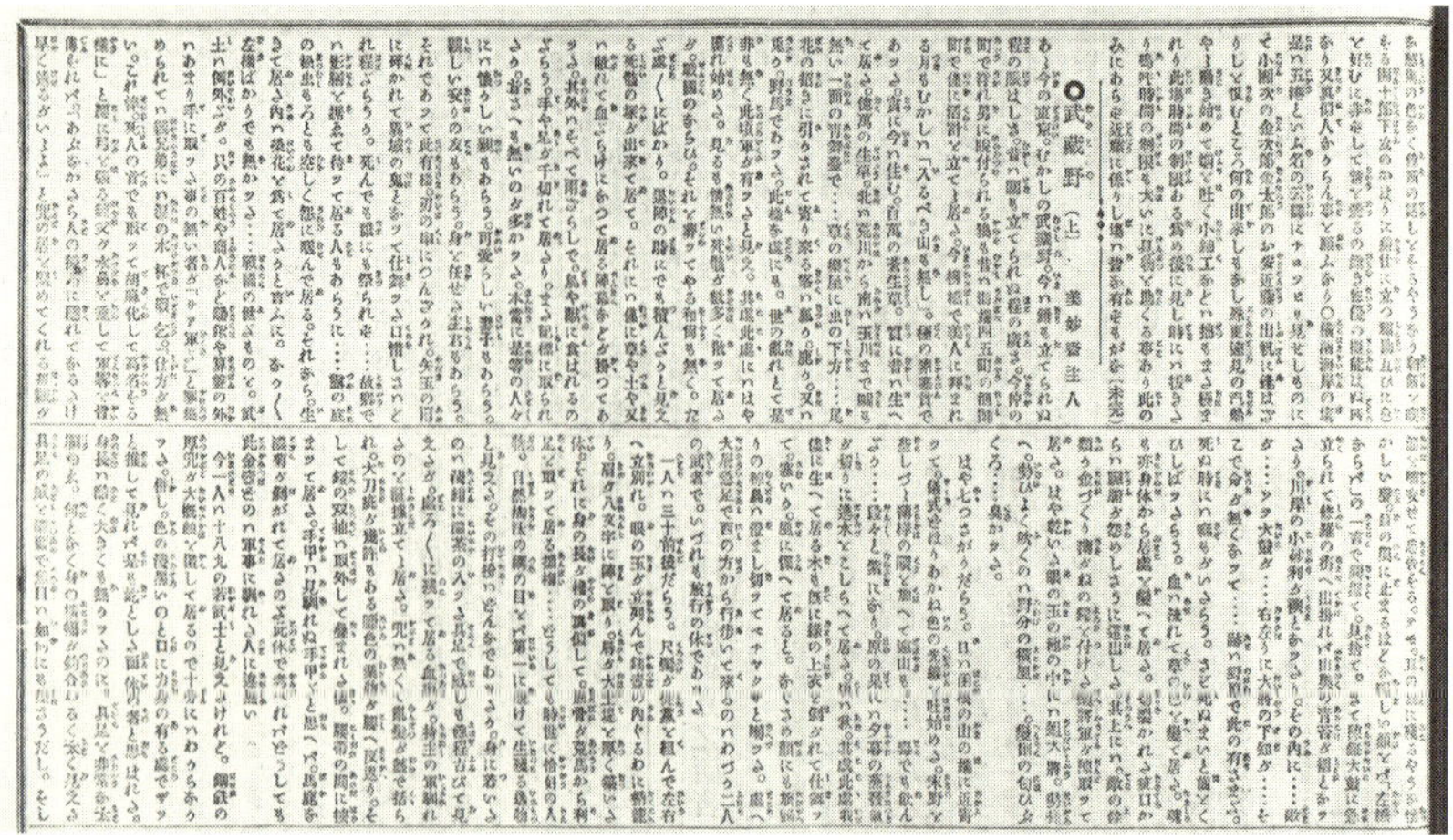

山田美妙「武蔵野」、『読売新聞』（明治二〇年一一月二〇日）掲載。明治新聞雑誌文庫所蔵。請求記号 Z19-2-1/N9-1-1：N36：K：(金庫)。

石橋忍月は、『夏木立』に収められた小説に見られる美妙独特の文章について、比喩や掛詞《かけことば》、縁語、擬人法、対句、反復などの表現技法が、あまりにも過剰に駆使されていることを批判している。同じような枠組みの言説は、「夏木立、全」（『出版月評』一四号、明治二一・九・二七）などにも見られる。このように、美妙の小説について語るためには、なによりもまず文章に焦点化がなされてしまい、その批評をしなければ済まされなかった。その結果、尾崎紅葉「社幹美妙齋夏木立」（『我楽多文庫』七号、明治二一・九・一〇）なども含めて、美妙が書いた小説について書かれた同時代評においては、物語の内容そのものにはほとんど触れられないという事態が生じることとなったのである。

同じような状況は、美妙の小説が研究対象となる段階に至ってからも、基本的には変わっていない。塩田良平は、この作品を「美妙の歴史小説の出発は本作から発してゐる」ものと位置づけたが、▼注［1］国語学研究の立場から美妙の言文一致について論じた山本正秀の研究がもっぱら文体の問題に終始していることはもちろん、▼注［2］本間久雄が「地の文が口語体で、会話が、其時代を偲ばせるやうな古い言葉遣ひをしてある点が、文体上殊に注目に値する」とし、▼注[3] 川副国基が「文章表現の上で新機軸を誇ろうといった意図」を読みとるなど、▼注[4] 美妙の「武蔵野」といえばまずは言文一致文体の問題であるという枠組みは脈々と受け継がれてきている。

一方で、柳田泉がこの作品を、「抒情詩的小品」と位置づけたほか、▼注[5] 山田有策も「〈小説〉よりも〈詩〉に近い形の〈物語〉」だったとしている。▼注[6] もちろん、美妙における詩と小説との関係という問題は、看過できないものである。なぜなら美妙は、最初の単行本である『新体詩選』（明治一九）以降も『以良都女《いらつめ》』誌上や『改進新聞』紙上などで新体詩を発表し続けているだけでなく、「日本韻文論」（『国民之友』九六〜一〇七号、明治二三・一〇・三〜二四・一・二三）をはじめとして、新体詩をめぐる発言をくり返している。たとえば坪内逍遙が「蓋《けだ》し小説《せうせつ》にハ詩歌《しか》のごとく字数《じすう》に定限《ていげん》あらざるのミか韻語《いんご》などいふ械《くびかせ》もなく」（『小説神髄』「小説総論」）とし、詩に対する小説の優位性を説いて新体詩を放棄してしまったのに対し、明治期において小説と詩との関係という問題に正面から取り組んだ稀有な作家なのである。

しかし美妙は、「武蔵野」という作品について、明確にこれが詩だと規定したことはない。したがってこういった論考は、たとえば石橋紀俊が美妙の言文一致における「文彩《フィギュール》」の多用という点に着目し、G・ジュネットやG・レイコフ・M・ジョンソンが論じたフィギュールについての見方にしたがって論じたように、論じる側が事後的に意味づけたものだという側面も少なくない。▼注[7] 事実、美妙が当時読んでいたクワッケンボスやベイン、コックスの修辞学において、フィギュールは詩の問題である以上に、より一般的な言語使用をめぐる問題系として位置づけられている。▼注[8] その意味で、美妙の文体に注目し、「武蔵野」がいかに詩であるかという方向性で論じてきた先行研究については、問題も含まれている。

むしろ「武蔵野」という作品は、美妙といえば言文一致と文体が問題だという発想からいったん離れて、作品そのものについて考えることで、明治二〇年代の文学について考えていく上でより多くの問題が見えてくるように思われる。

2　「今」という時空

作品の冒頭部分が示すように、「武蔵野」という小説は、非常に特殊な語りの構造と持っている。

あゝ今《いま》の東京《とうけい》、むかしの武蔵野《むさしの》。今《いま》ハ錐《きり》も立《た》てられぬ程《ほど》の賑《にぎ》はしさ。昔《むかし》ハ関《せき》も立《た》てられぬ程《ほど》の広《ひろ》さ。今仲《いまなか》の町《ちやう》で浮《うか》れ男《を》に睨付《にらみつ》けられる鴉《からす》も昔ハ海端《うみはた》四五町《ちやう》の漁師町《れうしまち》で僅《わづか》に活計《くらし》を立てゝ居《ゐ》た。今柳橋《いまやなぎはし》で美《び》人《じん》に拝《おが》まれる月《つき》もむかしハ「入《い》るべき山《やま》も無《な》し」。極《ごく》の素寒貧《すかんぴん》であった。

江戸が「東京」という名称に変わったのは、明治元年七月に出された「江戸ヲ称シテ東京ト為スノ詔書」によってである。したがって、「あゝ今《いま》の東京《とうけい》、むかしの武蔵野《むさしの》。」という部分は、作品の語り手が読者と同時代としての明治期に存在し、その時空から小説の舞台となる南北朝時代を描き出したものであることを示している。その上で、江戸期を経て繁華街となった「今《いま》の東京《とうけい》」と一面に草が生い茂っていた南北朝時代とを引き比べつつ、物語の舞台となる「武蔵野《むさしの》」を作り出している。すなわちこの作品は、明治という時空に存在する語り手が、自身がその時代に持った視点や価値観から、物語世界である南北朝の時代を照射するという小説なのである。

このような物語世界の作られ方は、次のような記述に結実している。

それから二人《ふたり》ハ今《いま》の牛《うし》ヶ淵《ふち》あたりから半蔵《はんざう》の壕《ほり》あたりを南《みなみ》に向《むか》ッて歩《ある》いて行《い》ッたが。其頃《そのころ》ハまだ此辺《このへん》ハ一面《いちめん》の高台《たかだい》で遥《はるか》に野原一面《のはらいちめん》をも見過《みすご》せる処《ところ》であッたから。二人《ふたり》が途《みち》での話《はなし》も大抵四方《たいていしはう》の景色《けしき》から起《おこ》ッて居た。年《とし》を取《と》ッた武者《むしや》は北東《きたひがし》に見《み》えるカタソギを指《ゆび》さして若《わか》いのに向《むか》ひ、

「誠《まこと》に広《ひろ》いでハおじやらぬか。何処《いづこ》を見《み》ても原《はら》ばかりぢや。おぬしなどハまだ知《し》りなさるまいが。ソレ那処《あそこ》のカタソギ。喃《のう》。あれが名《な》に聞《きこ》えた神田《かんだ》の御社《みやしろ》ぢやそのまた北東《きたひがし》にハ浜成《はまなり》たちの観世音《くわんぜおん》が有《あ》るが、こゝから八草《くさ》で見《み》えぬワ

「噂《うわさ》に聞《きこ》える御社《みやしろ》とはあの事《こと》でおじやるか。見《み》れバ太《いた》う小《ちい》さなものぢや。……」

世良田三郎《せらださぶろう》と、その養父であり義父に当たる秩父民部《ちちぶみんぶ》との会話である。二人は、「牛《うし》ヶ淵《ふち》」すなわち現在でいう九段下に当たる場所から半蔵門の方に向かって南下し、その途中で北東方向に目を向ける。このとき秩父民部が「あれが名《な》に聞《きこ》えた神田《かんだ》の御社《みやしろ》ぢや」と指摘をしたのは神田明神のことであり、これに対して「浜成《はまなり》たちの観世音《くわんぜおん》」と読んだのは、浅草寺のことを指している。

現在の神田明神は御茶ノ水よりもさらに北側にあり、九段下からではちょうど駿河台を越えたところに当たるため、見ることができない。この点について、美妙は『夏木立』に所収される際に加筆された作品の末尾で次のように述べている。

序《ついで》ながら此頃《このころ》神田《かんだ》明神《みやうじん》は芝崎村《しばざき》といッた村《むら》にあッて其村《そのむら》は今《いま》の駿河台《するがだい》の東《ひがし》の降口《おりくち》の辺《へん》であッた。それゆゑ二人《ふたり》の武士《ぶし》が九段《くだん》から眺《なが》めても直《すぐ》に其社《そのやしろ》の頭《あたま》が見《み》えた。もし此時《このとき》其位置《そのゐち》が只今《ただいま》の様《やう》であッたなら決《けつ》して見《み》える訳《わけ》は無《な》い。

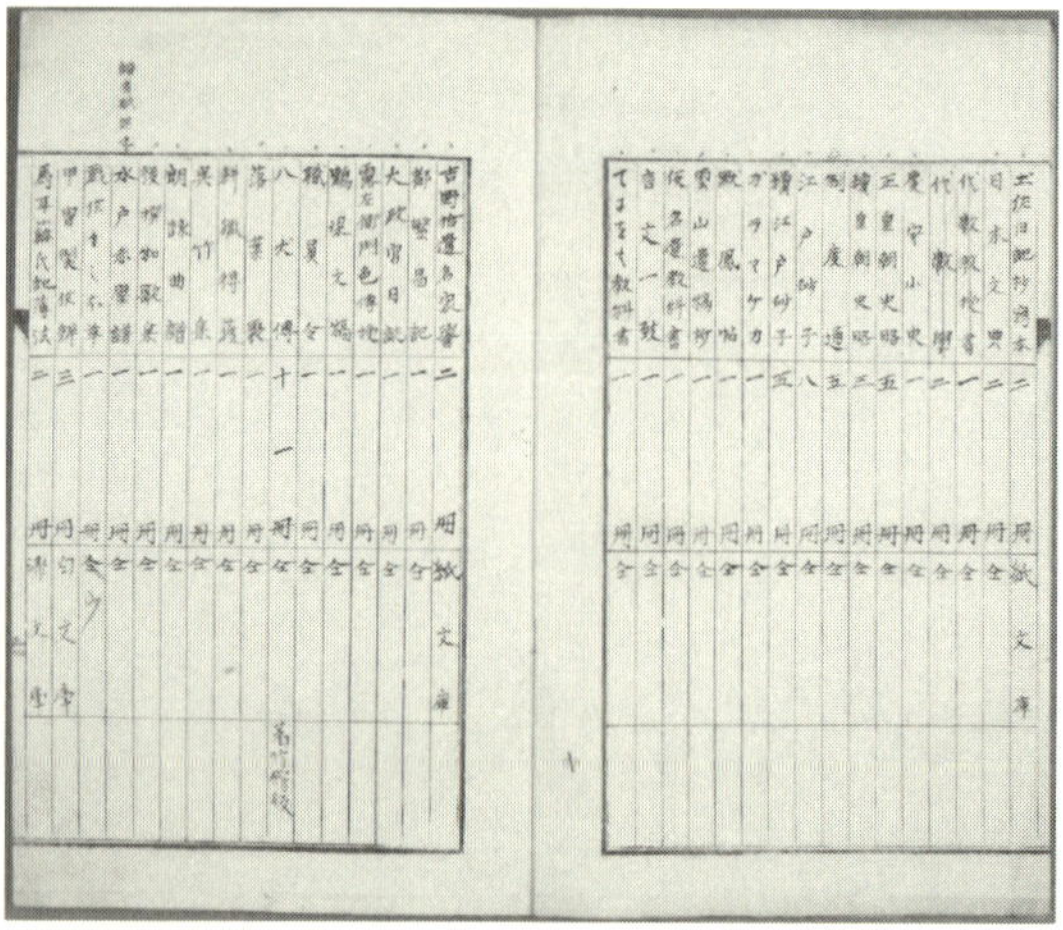
美妙斎蔵書もくろく／和漢（早稲田大学図書館蔵）
請求記号 : 文庫 14 A42

当時の美妙が歴史的な考証を行う際にまず最初に参照したのは、本章第2節において「蝴蝶」について考えたときと同様に、明治一四年に近藤瓶城が刊行をはじめた『史籍集覧』であろう。この中で神田明神についての記述が出てくるのは、第一一一冊にある『北条五代記』で神田明神が平将門を祀ったものであることを述べた上で、「武蔵国豊島郡」にあったとする記述、および、第九一冊に収められた『永享記』の「太田道灌之事」で、神田の「牛頭天王」と呼ばれた神田明神が安房洲崎明神と一体であり、一方で、平将門の霊を祀っているとされた記述である。しかし、これ以外に神田明神について触れたものは、明治一四年から一八年にかけて出された最初の『史籍集覧』では確認できず、神田明神が「芝崎村」にあったという記事も見られない。

したがって、美妙が読んだのは別の資料だったと考えられるが、このような記述は、菊岡沾涼『江戸砂子』（享保一七）や、斎藤幸成らの『江戸名所図会』巻五（天保六）などで確認できる。早稲田大学図書館（中央図書館）本間久雄文庫が所蔵する手稿『美妙齋蔵書もくろく／和漢』（請求記号：文庫一四―A四二）によれば、美妙は『江戸砂子』を『続江戸砂子』とあわせて蔵していたことが確認でき、おそらくこれを見て「武蔵野」を書いたのだろうと推察される。

往古ハ神田《みとしろ》とて一ヶ国に二ヶ所三ヶ所の御田ありて大神宮へ初穂の神供を収《おさ》む当国ハ豊嶋郡芝崎村にあり大巳貴命ハ五穀の神なれは其所に多く此神を幣る也当国足立郡に神田《かんだ》村と云ありこれもその類ひならんか

（菊岡沾涼『江戸砂子』、享保一七）

これによれば、もともと神田明神は一般にいわれているような平将門と関係のある神社ではなく、武蔵国で収穫された初穂を「大神宮」すなわち伊勢神宮に納めるための祭礼を行う場所だったのだという。以下、将門が合祀《ごうし》されるに至る過程を述べた上で、次のように書かれている。

芝崎村ハ今の神田橋の辺なり社の旧地《きうち》今酒井家のやしきの所也今に至りて祭礼の砌ハ此所にしはらく神輿《しんよ》とゝまり奉幣《ほうへい》あり神職の芝崎氏も此在名也元和二丙辰当所にうつる

（同）

「今の神田橋の辺り」にある「酒井家」というのは、姫路藩の上屋敷を指すと考えられ、現在の東京都千代田区大手町一丁目二番地一号、三井物産ビルがある場所に当たる。ここにかつての神田明神があったとすれば、たしかにこの位置でなら、九段坂から南東の竹橋方面を見下ろすようなかたちになる。したがって美妙が述べたように、「九段《くだん》から眺《なが》めても直《すぐ》に其社《そのやしろ》の頭《あたま》が見《み》えた」ということは充分に考えられる。

美妙はこのように、作中人物である秩父民部が「あれが名《な》に聞《きこ》えた神田《かんだ》の御社《みやしろ》ぢや」とたったひとこと述べるときの視界を作り出すために、いちいち史料を参照して事実関係を確認している。美妙の「武蔵野」には、史料を収集し、そこに書かれた事実を作品に取り込んで、語りに反映させていくという小説の方法があったのである。

たしかに実作者である美妙は、衒学《げんがく》的な考証を好んでよくしていたようである。このことは、立命館大学人文系文献資料室が所蔵する手稿『那津こだち』に示されている。

この標題は単行本の『夏木立』を想起させるが、関係性はない。本章第1節で触れた美妙が明治一九年に書いたと思われる初期草稿と同じく、三栄堂製の罫紙に書いた手稿類を袋綴じにした冊子に、単行本と同じ名前がつけられたものである。この中には、『日本大辞書』（明治二五～二六）で示された日本語のアクセントについての考察や、その執筆の際に書かれた明治二四年一〇月一七日の日付を持つ「日本辞書稿本備考」が収められており、日本語学の視点からも興味深いものである。一方で、最初の二九丁は「俗曲の流行せし模様」「古代の舟」「尺度」など、四五編の考証が書かれている。「武蔵野」や「蝴蝶」の内容に関わるものは見られないものの、「武蔵野」における神田明神についての記述は、美妙が『那津こだち』の手稿を書いたときに行った作業の延長線上にあったと考えるべきであろう。

3 「武蔵野」の会話文

美妙が「武蔵野」において、神田明神について調べたのと同じように歴史的な調査によって作り出されていると考えられるのが、「おぢやる」を基調とした独特の会話文である。

「見なされ。是《こ》れは足利《あしかゞ》の実紋《ぢやうもん》［ママ］ぢや。ハテ心地《こゝち》よいワ」。と言はれて若《わか》いのもうなづいて。
「さうぢや。酷《ひど》い有《あり》さまでおじやるワ。あの先年《せんねん》の大合戦《おほがッせん》の跡《あと》でおじやらうが。跡《あと》を取収《とりおさ》める人《ひと》も無《な》くて……」

このような作中人物の口調については、作品を『夏木立』に所収した際に書き加えられた緒言で、美妙自身が解説を加えている。

此武蔵野《このむさしの》は時代物語《じだいものがたり》ゆゑ、まだ例《れい》は無《な》いが、その中《なか》の人物《じんぶつ》の言葉《ことば》をば一種《いつしゆ》の体《てい》で書《か》いた。此風《このふう》の言葉《ことば》は慶長頃《けいちやうごろ》の俗語《ぞくご》に足利頃《あしかゞごろ》の俗語《ぞくご》とを交《ま》ぜたものゆゑ大概其《たいがいそ》の時代《じだい》には相応《さうおう》して居《ゐ》るだらう。

この記述には、さまざまな問題が含まれている。第一に、語り手の言葉と作中人物の言葉とを、分けて考えようとするものである。「武蔵野」の語り手は明治期としての「今《いま》」という時空にいるわけだから、その時代に用いられている言葉で物語を語らなくてはならない。一方で作中人物は、南北朝の時代に設定されている。そのため、「大概其《たいがいそ》の時代《じだい》には相応《さうおう》して居《ゐ》る」言葉を話さなくてはならないというのである。

　したがって、ここでの記述は一面において、美妙が作中人物を物語世界において独立した存在として見なしていたことを表している。これはたとえば、坪内逍遙が『小説神髄』で「作者《さくしや》が人物《じんぶつ》の背後《うしろ》にありて屡々《しばしば》糸《いと》を牽《ひ》く様子《やうす》のあらはに人物《じんぶつ》の挙動《きよどう》に見《み》えなばたちまち興味《おもしろみ》を失《うしな》ふべし」（「小説の主眼」）として、馬琴の小説を批判した文脈を想起させるものであろう。たしかに馬琴の小説やそれを模した同時代の小説では、作中人物の会話は地の文の中に組み込まれていた。読本を想起させる時代小説において作中人物の会話を独立させた「武蔵野」の書き方は、当時としては新しさを持っていたのである。

　一方で、「武蔵野」における会話文のあり方について、美妙は「一種《いつしゆ》の体《てい》で書《か》いた」と述べている。たしかに、現実問題として「武蔵野」という小説を書くのは、実体としての作者である美妙自身にほかならないわけだが、この問題を語りの位相で考えると、作中人物の言葉は必ずしも物語世界で話された言葉そのものではなく、語り手によって恣意的に作られた言葉であることになる。したがって「武蔵野」という小説は、語り手による作為性がきわめて強固なものとして読むこともでき、作中人物の台詞《せりふ》も、語り手の言葉によって規制されたものだと考えることができる。

　以上の点を確認した上で、美妙が述べた「慶長頃《けいちやうごろ》の俗語《ぞくご》」という点について確認したい。これと同じ指摘を、美妙は「言文一致論概略」（『学海之指針』八〜九号、明治二一・二・二五〜三・二五）で行っている。

後期の最初ハ既に南北朝の戦争をも経て居ましたから、言語の変化ハ実に烈しく、今日の俗語ハ大抵爰で芽を出しました。（一休和尚の狂歌など其頃に出来た俗語の文章、参考）人に因ツてハ大《ママ》平記や徒然草などを持出して其頃の俗語の手本として見せることもありますが、それハ無識な誤謬で、言文一致の思想ハ全く其頃の人の脳にハ無く、文ハ全く古文に基づき、俗語ハそれと離れて居たといふ眼目を見過ぐして居る議論、取るべき物でハ有りません。是から幸にも世ハ戦乱の雲に鎖されましたので、語法の変化の途も開け、終に慶長の頃に至ツてハそれ迄の言葉も十分に変化の上、幹を作ツて枝を出しました。（おあん物語、玉音抄、真田氏大坂陣略記など証拠ハ沢山有ります）

（「言文一致論概略」、『学海之指針』八〜九号、明治二一・二・二五〜三・二五）

これは、言文一致の第一期を「太古から後醍醐天皇の頃まで」、第二期を「後亀山天皇の頃から今日まで」とした上で、第二期としての「後期」について述べたものである。同様の記述は、明治二〇年六月に書かれた草稿「自序」にも見られ、美妙の認識では、南北朝の前後で「俗語」が大きく変わるという。▼注9

以上のように考えた場合、「武蔵野」の作中人物は、語り手とは異なる言語体系で話しているという点で、語りからは切り離されている。一方でその会話文は、「慶長頃《けいちやうごろ》の俗語《ぞくご》」について美妙が調査し、考証した成果を披露するための、ひとつの場として機能していた。そこで行われた考証に基づいて仮構された言葉だったのであり、単に物語の作中人物を表現主体とした直接話法による言語表出ではなく、地の文の位相にある語りによって規定されたものだったのである。

またこのとき、『玉音抄』『真田氏大坂陣略記』が、ともに『史籍集覧』に収められた史料だったことは重要であろう。美妙のこうした言文一致についての枠組みと、「武蔵野」の会話文は、これらの史料が活字化され、容易に閲覧できるようになって初めて、作り出されたものだったといえる。

4　歴史的事実と小説

これまで見てきたように、「武蔵野」という小説には、物語の語り手が存在する「今」という時空において行われた調査によって得られた知識が大きく反映されている。いわば、明治期における「知」としての歴史的史料によって編成された小説なのである。しかし、このように得られた事実だけを連ねても、小説を書くことはできない。問題は、その事実をどのようにして物語へと作り変えていくかということになる。

美妙がその方法の一端を示しているのが、『夏木立』に収められた「籠《かご》の俘囚《とりこ》」である。これは、『夏木立』のために書き下ろされた作品であり、ティトゥス・リーウィウスの『ローマ建国史』（Tirus Livius, *AB Urbe Condita Libri*,1C.）の第三冊において、紀元前四四九年の出来事として記載されたアッピアスとヴァージニアの記事に基づき、貴族「圧ぴあす」に「馬あじにあ」が強姦されたことから、彼女の父親が名誉を守るために「馬あじにあ」を殺害してしまうという悲劇を扱っている。

このアッピアスとヴァージニアの物語自体は、チョーサーの『カンタベリー物語』（Geoffrey Chaucer, *The Canterbury Tales*, 14C.）に収められた「医師の話」（*The Phisiciens Tale*）や、ジョン・ガワー『恋する男の告解』（John Gower, *Confessio Amantis*, 1386-1393）、リチャード・ボーワー『アッピアスとヴァージニア』（Richard Bower, *Appius and Virginia*, 1563）と共通しているため、美妙がこれらのいずれかを参照している可能性もある。しかし、作品の内容と、この時期の美妙の読書状況を考えれば、美妙が参照していたのは小説ではなく、あくまで歴史書だったと思われる。

美妙がこの時期に読んでいた歴史書は、日本近代文学館塩田良平文庫に収められた手稿「学業履歴書」で知ることができる。

西洋歴史　ドレーパー欧州知識発達史─学教争闘史、マコーレー批評及史論──英国史、ギゾー欧州史──英国革命史、ハラム中古史、ローリンソン古代史、外に英、仏、米、諸国の小史

（「学業履歴書」、明治二〇頃）

しかし、ここで挙げられた書籍の中には、アッピアスとヴァージニアについての記事を収めたものが確認できない。一方で、美妙が『ローマ建国史』そのものを読んでいたのであれば、この中に書名が挙げられるはずであろう。したがって「英、仏、米、諸国の小史」とされている中に、『ローマ建国史』に関わる記事が含まれていたと考えるべきである。

この場合、同時代においてもっとも流布しており、手に入れやすかったと考えられるのが、文部省が教科書として発行していた大槻文彦編訳『羅馬史略』巻二（明治七）である。

特生比利《「テセムビリ」》ノ一人ニ、亜比斯《アツピウス》、革老丟斯《クヲウテイウス》ナル者アリ、亦同時ニ羅馬ニ於テ、其同僚ニ斎シキ暴行アリ、初メ、亜比斯日ニ衛署ニ朝シ、行路公会場ヲ過グル毎ニ、ビルジニアト云ヘル義艶ナル処女ヲ見テ、大ニ之ニ

恋々ス、然レドモ、ビルジニアハ、既ニイシリウスト云ヘル、嘗テ一タビ民長タリシ者ト、婚姻ヲ約セシガ故ニ、亜比斯ト相見ズ、又其言フ所ヲ聴カザリシカバ、亜比斯ハ、竟ニ此女ヲ強奪セントシ、先ヅ其従属馬爾古《マルロス》ナル者ニ命シ、ビルジニアヲ捕ヘシメ、（後略）

（大槻文彦編訳『羅馬史略』巻二、明治七）

引用箇所はアッピアスとヴァージニアの記事の部分であり、おそらく同時代に出版されていた英訳本の『ローマ建国史』を参照して書かれたものと推察される。「籠の俘囚」では、父親がヴァージニアを殺害するに至るまでの経緯が、基本的にそのままたどられている。たとえば、「其従属馬爾古ナル者ニ命シ、ビルジニアヲ捕ヘシメ」という記述は、「籠の俘囚」で次のように書かれている。


「「馬《ば》あじにあ」を何《だ》うするのだ。［ママ］」

「召捕《めしと》ッて連《つ》れてまゐれバ最早其跡《もはやそのあと》ハ殿《との》さまの御自由《ごじゆう》で厶《ござ》いましやう」。

　「黒《くろ》おぢあす」ハ誇貌《ほこりがほ》。「圧《あツ》ぴあす」ハ苦笑《にがわらひ》。

「まァ左様《さう》だ。けれど些《すこ》し聞《きこえ》が変《へん》だな」。

「なんの殿《との》さま。殿《との》さまの御権勢《ごけんせい》で殿《との》さまが為《な》さることですものを」。

「はゝ、左様《さう》言《い》へバ左様《さう》だけれど……何《なに》しろあの可愛《かあい》らしい人《ひと》が吃驚《びつくり》するのが可哀相《かあひさう》だ。が、宜《い》いわ、黒《くろ》おぢあす、左様《さう》してくれ」。

ここでは、アッピアスがクローディアスに「命《めい》シ」る場面が、具体的な二人の対話として描き出される。

（「籠の俘囚」、『夏木立』、明治二一）

このように「籠の俘囚」は、事実を列挙するかたちで叙述された歴史を題材とし、歴史に書かれた人物たちの具体的な表情や行為、会話、それが行われた場面を補っていくという作業が、そのまま小説を書くという行為になっているのである。ここには、同時代言説において編成されていた時代小説の書き方が、色濃く反映されている。

小説《せうせつ》の正史《せいし》に異《こと》なる所以《ゆゑん》ハ如意《によい》に脱漏《だつろう》を補《おぎな》ひ得《う》る事《こと》と親昵《しんじゆつ》を擅《ほしいまゝ》にする事《こと》とにあるなり脱漏《だつろう》を補《おぎな》ふとハ正史中《せいしちう》に脱漏《だつろう》せる事実《じゞつ》を作者《さくしや》の想像《さうぞう》をもて補《おぎな》ふことをいふ親昵《しんじゆつ》とハ作者《さくしや》が小説中《せうせつちう》の人物《じんぶつ》（正史中《せいしちう》にも在《あ》る人物《じんぶつ》なり）の言行《げんかう》を叙《じよ》するにきはめて精細周密《せいさいしゆうみつ》にして読者《どくしや》をして作者《さくしや》と小説中《せうせつちう》の人物《じんぶつ》と朝々暮々《てう〳〵ぼゞ》相親《あいしん》昵《じゆつ》するの感《かん》あらしむるをいふなり正史家《せいしか》の事《こと》を叙《じよ》するや一事件毎《じけんごと》に其由《そのよつ》て来《きた》る所《ところ》なかるべからず而《しか》して小説家《せうせつか》に於《おい》ては大《おほい》に之《これ》と異《こと》なり実際《じつさい》に於《おい》てハ決《けつ》して成《な》し得《え》がたき人心《じんしん》の解剖《かいばう》をも自在《じざい》になしあるひハ猥《みだり》に出入《でいり》するを許《ゆる》されざる上臈《じやうらう》の深閨《しんけい》にも闖入《ちんにう》して其上臈《そのじやうらう》の挙動《きよどう》を説《と》きあるひハ門戸《もんこ》の開《ひら》かざると襖障《ふすましやう》子《じ》の内外《うちと》を論《ろん》ぜず其景況《そのありさま》を写《うつ》しいだすハ我小説家《わがせいせつか》の自由《じゆう》にして敢《あへ》て其由来《そのゆらい》をくだ〳〵しく説《とき》いだすこと要《えう》せざるなり

（坪内雄蔵『小説神髄』「時代小説の脚色」）

逍遙によれば、「時代小説《じだいせうせつ》」を書くためにはあくまで「正史《せいし》」に書かれた「事実《じゞつ》」に基づいた上で、それを補うというかたちでなくてはいけない。また、「作者《さくしや》の想像《さうざう》をもて補《おぎな》ふ」と明確に述べられているように、そのときに機能するのが「想像《さうざう》」であり、具体的には、「人心《じんしん》の解剖《かいばう》」や「上臈《じやうらう》の挙動《きよどう》」において発揮される。すなわち逍遙は、作中人物の内面描写や、歴史では語られなかった人物の生のあり方などを「想像《さうざう》」によってより詳細に記述することに、歴史的な叙述と小説との差異を見いだしていたのである。

亀井秀雄が指摘したように、このような枠組みは、同時代に輸入された英語圏の修辞学から得られたものであろう。▼注[10]

> Historical Novel are those in which the events of history are introduced, and historical persons are represented as talking and acting. The most celebrated historical novels are those of Sir Walter Scott. The historical novel may be made very interesting, and may help dull and unimaginative reader in forming a more distinct conception of past events, but it is very unsafe as a guide in studying history. The novelist naturally shapes the facts to suit history, instead of shaping his story to suit the facts. The great mass of novels, however, are of a domestic character, the incidents being such as occur in private life.
>
> (John S. Hart, *A Manual of Composition and Rhetoric: A Text-Book for Schools and Colleges*, 1872)

ハートの修辞学は、逍遙が『小説神髄』「小説の種類」で「仮作物語《つくりものがたり》」を「尋常《よのつね》の譚《ものがたり》（小説《ノベル》）」と「奇異譚《きいのものがたり》（羅《ロウ》マンス）」に分類した際、参照していたと考えられるものである。▼注[14]特に注目されるのは、ハートが「unimaginative reader in forming a more distinct conception of past events」とした記述である。ハートは、時代小説における作り手の作為性を大きく認めており、小説として書く以上は、作中人物をめぐる個人的な出来事が描かれうるという方向性を示している。このときに作家が駆使する作為性に当たるのが、「talking and acting」である。すなわちハートは、歴史的な事実に作中人物の会話や具体的な行為を補っていくことで、歴史を小説へと変換していくという方法を示していたのであり、これを敷衍したのが逍遙の『小説神髄』だったと考えられる。このように考えた場合、美妙が書いた「籠の俘囚」は、まさに『小説神髄』や同時代に英語圏から入ってきた修辞学の枠組みで書かれていたといえる。

5 悲劇の創出

『小説神髄』やハートの修辞学で示された小説における「知」のあり方から「武蔵野」を見た場合、その基盤となる「知」としての「歴史」の典拠となるのは『太平記』である。

しかし、忍藻をはじめとした主要人物は、歴史には登場していない。したがって「武蔵野」は、忍藻をヒロインに据えた時点ですでに歴史からは大きく逸脱していたのであり、同時代言説によって示された時代小説の枠組みとは別のところで書かれていたことになる。このときに用いられたのが、『江戸砂子』であり、『史籍集覧』だった。すなわち美妙は、ひとつの歴史を端緒としてそこに現れる人物の会話や動作を補っていっただけでなく、複数の歴史的記述をひとつの物語の中に組み込んでいくことで、基盤となる歴史から離脱し、新しい物語として組み替えていたのである。

一方で美妙は、物語を作りあげるに当たって歴史とは異なる「知」、すなわち「いちご姫」や「蝴蝶」に見られたような、ヨーロッパから入ってきた新しい「知」も援用している。

思入《おもい[ママ]》ッてハこらへかねて坐《そゞろ》に涙《なみだ》をもよほした。無論荒誕《むろんくわうたん》の事《こと》を信《しん》じた世《よ》の人《ひと》だから夢《ゆめ》を気《き》に掛《か》けたのも無理《むり》でハ無《な》かッた。思《おも》へバ思《おも》ふほど考《かんが[ママ]》ハ遠《とほ》くへ走《はし》ッて、それでなくても中々《なか〱》強《つよ》い想像力《さうざうりよく》が一入《ひとしほ》跋扈《ばッこ》を極《きは》めて判断力《はんだんりよく》の力《ちから》をも殺《そ》いた[ママ]。早《はや》く此処《こゝ》でその熱度《ねつど》さへ低《ひく》くされるなら。別《べつ》に何《なん》のことも無《ない》が、中々通常《なか〱つうじやう》の人《ひと》にハ其様《そのやう》に自由《じいう》な事《こと》ハたやすく出来《でき》ない。不思議さ。忍藻《おしも》の眼《め》の中《なか》にハ三郎《さぶらう》の面影《おもかげ》が第《だい》一に現《あらは》れて次《つぎ》に父親《ちゝおや》の姿《すがた》が見《み》えて来《く》る。青《あお》ざめた姿形《すがた》があらはれて来《く》る。血《ち》……血《ち》に染《そ》みた姿形《すがた》があらはれて来《く》る。

夫と父親の帰りを待つ忍藻が、二人を案じるあまり、しだいに追い詰められていく様子を描いた場面である。ここでもっとも重要なのは、「強《つよ》い想像力《さうざうりよく》が一入《ひとしほ》跋扈《ばッこ》を極《きは》めて判断力《はんだんりよく》の力《ちから》をも殺《そ》いた[ママ]」という記述であろう。このとき、「想像力《さうざうりよく》」や「判断力《はんだんりよく》」というのは、明らかに、「今《いま》」という時空にある語り手の語彙である。たとえば「判断」は、特に同時代の心理学において「judgment」の翻訳語とされており、次のように用いられる。

判断ハ二箇ノ念ヲ結合シテ生ズル者ニシテ、初メノ念ヲ題目［サブゼクト］ト名ケ、後ノ念ヲ解釈［プレヂケート］ト名ク、此二者ヲ合セテ作リ出セル者ヲ判断ノ形式［コピュラ］ト名ク、例ヘバ雨ハ（初ノ念、即チ題目）草木ノ生長ヲ助クル者（後ノ念、即チ解釈）ナリ、此初念ト後念トノ結合スルノ働ハ、判断ヲ為

スタメノ思考（未成ノ判断）ニシテ、二個ノ結合ヲ定ムル者ハ則チ判断（已成ノ判断）ナリ、

（西村茂樹『心学講義』、明治一八～一九、［ ］印は割注を示す。）

ここで西村が解説しているのは、文法学や論理学において主語（subject）と述語（predicate）によって構造化される、論理そのものを示す概念と同じものである。同じ用法は普及社の『術語詳解』（明治一八）などにも見られるが、有賀長雄『教育適用／心理学』（明治一八）、井上円了『心理摘要』（明治二〇）などでは「断定」と翻訳されている。しかし、心理学や論理学、教育学の文脈で用いられる「判断」「断定」という用語は、「想像」との関係性が稀薄《きはく》になってしまう。むしろ、「武蔵野」に見られたのは、より一般向けの書籍や、教育学の領域で示されていた文脈であろう。

想像力ノ作用ノ、旺盛ナルヲ調和規矩スルニハ、理性アリテ関発ス、理性ハ真理ヲ見レバ之ニ接著シテ離ルヽコトナシ、総ベテ理性ハ、互ニ相連結補益スル両作用ヲ包羅ス、之ヲ甄別スレバ即チ断定ト推理ト是レナリ、

断定ハ、孤離セル物体ヲ知覚スルニ止マラズ、異種ノ物体ヲ連結スル関係ト、之ヲ区別スル形質トヲ瞭知ス、

（Ambriose Rendu 原著、土屋政朝訳、大槻文彦閲『刪訂／教育学』巻二、明治一六）

ここでは「判断」ではなく「断定」が用いられているが、「理性」としての「断定」の力に対して教育を

施すことにより、子どもの「想像力」があまりに過剰になってしまうという状況を解決することができるという。同じ文脈は、次の言説にも見られる。

> 徳行教訓ノ要旨ハ只空シク想像ヲ以テ生徒ノ精神ニ牢記セシメントスルトキハ其ノ全体ノ目的ヲ達スル能ハザルナリ故ニ能ク之ヲシテ種種実際ノ境遇ニ注意セシメテ其ノ行為ノ性質ヲ判断スルコトニ熟セシムベシ
>
> （東京日日新聞訳『教育叢書　第二編』、明治一八）

このように同時代の教育学では、心理学で論じられる「判断」「断定」と「想像」とを取り込んでいた。このとき、「判断」「想像」は現実的な「境遇」に即した理性的な思考の働きであり、それに対して「想像」は観念の作用そのものと位置づけられている。その上で、双方を対比的に捉え、観念的思考としての「想像」を、理性的思考としての「判断」「断定」によって乗り越えていくという文脈が示されていたのである。逆に、「想像」が「判断」「断定」に勝ってしまうという状態は、現実的な状況に応じた適切な思考が阻害され、「生徒ノ精神ニ牢記セシメントスル」可能性があるという。

美妙が「武蔵野」において、「想像力《さうざうりよく》が一入跋扈《ひとしほばッこ》を極《きは》めて判断力《はんだんりよく》の力《ちから》をも殺《そ》いた[ママ]」というのは、まさにこのような状況であろう。すなわち、ただでさえ「荒誕《くわうたん》の事《こと》を信《しん》ずる」南北朝時代の人間である忍藻が、「想《さう》像力《ざうりよく》」によって行動してしまうというあり方は、自らの悲劇を招く危険を充分に帯びていた。語り手はそのような忍藻を、「今《いま》」という時空で得られた「知」から解釈し、批判的に叙述しているのである。

また、「武蔵野」の語り手の記述に即して考えれば、忍藻はここで「判断力《はんだんりょく》」を失ってしまったからこそ、「想像力《そうぞうりょく》」から生じた不安に駆られ、薙刀を手に外に飛び出してしまった。その結果として、熊に食い殺されるという悲劇に見舞われてしまう。すなわち、語り手が存在する「今《いま》」という時空の「知」に基づいて切り取った忍藻のあり方は、物語が持つ悲劇そのものを創り出す基盤ともなっていたのである。

6　江戸の「知」と西欧の「知」との融合

これまで考えてきたように、美妙は「武蔵野」において「今《いま》」という語りの時空を設定し、その時空で得られた「知」をもって時代小説の物語世界を切り取っていくという方法を採っていた。そのことで、歴史と小説との関係という問題性に取り組んだだけでなく、作中人物の会話文、さらには作中人物の心理の描き方というように、作中人物の作り方においても、多様な試みを行っていたのである。

坪内逍遙が『小説神髄』「時代小説《じだいせうせつ》の脚色《きやくしき》」において、作中人物に対する「人心《じんしん》の解剖《かいばう》」の必要性を説いていたことを考えれば、美妙の「武蔵野」は一面において、『小説神髄』の枠組みのもとに書かれていたともいえるかもしれない。しかし一方で、逍遙が『小説神髄』の実践として示したのが世話物である『一読三嘆／当世書生気質』（明治一八〜一九）だけだった。美妙はその実践を時代小説で行っただけでなく、さらに忍藻という架空の人物を作ることで虚構の歴史を作り、悲劇として構成している。このような視点から考えれば、美妙が「武蔵野」で行った試みには、一定の評価が与えられるべきである。

さらにいえば、美妙が小説の中に取り込んだ「知」が、『江戸砂子』という江戸期以来の歴史史料だけでなく、近代的な史料データベースとしての『史籍集覧』や、同時代に西洋から入ってきた心理学、教育学と多岐にわたっていた点は、より注目すべきであろう。

美妙は明治期において得られる多様な「知」を小説に導入して時代小説である「武蔵野」を書いていたのであり、その意味でこの作品は、美妙の小説改良が言文一致を中心とした文体の問題だけでなく、作中人物の造形や小説全体の構造といった具体的な小説の書き方そのものにまで及んでいたことを示している。これを実践したという意味で、「武蔵野」は美妙が職業作家として身を立てていく上での問題意識を示した意欲作であり、二葉亭四迷の『浮雲』（明治二〇〜二二）と並んで近代文学の幕開けを示す先駆的な作品なのである。

このように美妙は「知」「情」「意」という西周以降の同時代の議論を受け、小説において「知」をどのように組み込んでいくかという問題に取り組んでいた。それは、江戸期の「読本」においては漢文脈にしばしば衒学的な要素も含めた雑然とした「知」としてあったわけだが、美妙はそれを引き継ぎつつ、新たに加わった『史籍集覧』のような史料データベースも持ちながら、一方で大学予備門と東京大学とを中心とした明治期の文化圏において学ばれていたヨーロッパから次々に入ってくる新しい「知」を導入していく。このことでいわば双方の融合を図ろうとしているのであり、その土台となったのが、「武蔵野」において典型的に見られる「今」という時空において語る語り手の存在だったのである。逆にいえば、こうした衒学的な部分も含めた「知」を介入させる方法を持たなかった人情本、滑稽本などの世話物では、美妙の方向性は難しくなってしまう。だからこそ美妙は、時代物の小説において成果を出すことができたということもできる。

それでは、こうした美妙の問題意識は、いわゆる言文一致の問題とどのように接続しているのか。次の第2章では、いわゆる言文一致文体の基盤となった「文体」「文法」という問題についての考察から、この点について考えていきたい。

【注】

［1］塩田良平『山田美妙研究』、人文書院、昭和一三年。

［2］山本正秀『近代文体発生の史的研究』、岩波書店、昭和四〇年。

［3］本間久雄『明治文学史 上』、東京堂、昭和一〇年。

［4］川副国基「美妙・紅葉の軍記的歴史小説」（『軍記物語とその周辺 ―佐々木八郎博士古稀記念論文集―』、早稲田大学出版部、昭和四四年）。

［5］柳田泉「明治歴史小説と山田美妙」（『美妙選集 上』、立命館出版、昭和一〇年）。

［6］山田有策「美妙ノート・4 近代文学成立期における〈物語〉と〈小説〉 ――「武蔵野」をめぐって」（『文学史研究』五号、昭和五一年一一月）。

［7］石橋紀俊「初期・山田美妙の文彩《フィギュール》 ――「武蔵野」再読の可能性――」（『人文学報』、二八二集、平成九年三月）。

［8］G.P.Quackenbos, *Advanced Course of Composition and Rhetoric*, 1854。Alexander Bain, *English Composition and Rhetoric a manual*, 1877。W.D. Cox, *The principles of Rhetoric and English Composition for Japanese Students*, 1882。

［9］早稲田大学図書館（中央図書館）本間久雄文庫蔵（請求記号：文庫一四―A一六一）。この草稿については、山本正秀が『近代文体形成史料集成 発生篇』桜楓社、昭和五三年）で翻刻を行っている。

［10］亀井秀雄『「小説」論 『小説神髄』と近代』、岩波書店、平成一一年。

［11］ハートが示した「Fiction」を逍遙の「仮作物語」に当てはめ、以下、「Romance」を「奇異譚《きいのものがたり》（羅《ロウ》マンス）」、「Novels」を「尋常《よのつねの》の譚《ものがたり》（小説《ノベル》）」、「historical」を「現世《いま》（世話《ソシャル》）」、「domestic」を「往昔《むかし》（時代《ヒストリカル》）」と当てはめていくと、ハートの分類と逍遙の分類は完全に重なり合う。

第2章

言文一致再考

――「文法」「文体」と「思想」の表現

第1節

「翻訳文」という文体——初期草稿から

これまで第1章では、明治二〇年前後の時期に、「小説」という文章ジャンルがどのように捉えられていたのかを確認した。その上で、坪内逍遙が西周以降の「知」「情」「意」という枠組みにおいて、『小説神髄』では「知」を「小説」に取り込んでいくことを企図していたものの、その後は哲学を中心にした論説的な文章を「知」、小説や詩を「情」を表現するものとして捉えて分節化していったのに対し、美妙をはじめとした同時代の書き手たちはむしろ「知」と「情」とをどのように「小説」の中に持ち込み、関係づけるかという問題意識を持ち続けていたことを確認してきた。その中で美妙の時代小説は、特に江戸期の「読本」に見られた衒学的な書き方に西洋の「知」を導入していくという方向性を示していったと考えられる。

それでは、こうした「小説」のあり方は、いわゆる言文一致の問題と、どのように接続するのだろうか。

本章ではこの問題について、まずは「文体」「文法」という視点から考えてみたい。なぜなら、この時期の言文一致は、たとえば坪内逍遙の「人情」論を端緒として〈内面〉の表現へと至るというような、単純なものでは決してなかった。あくまで文章語としての「文体」という枠組みの中のひとつとして位置づけられるものだったのである。

そこで本章では、こうした言文一致の問題について再考するために、文章語における「文体」「文法」を美妙がどのように扱っていたのかを確認していく。その端緒として本節では、言文一致の問題と親和性が高い「翻訳文」という「文体」について、分析、考察を進めることから始めていきたい。

1 「翻訳文」という「文体」

美妙が最初に「翻訳文」の問題を取り上げるのは、第1章第1節で取り上げた、明治一九年に書いたと考えられる草稿Bにおいてである。これは冒頭にある書簡体の部分を除いて、そのほとんどが同時代に書かれていた「翻訳文」について批評し、それらに対する『竪琴草紙』の内容的、文章的な優越を説いたものになっている。具体的には、次のような箇所に、その論点が表れている。

当時の訳文は言はゞ紀律もなきものなれば蓋し野蛮の文にて文明世界の文にあらず啻に是のミならずして和文上にて世界中第一等の妙文なる掛詞縁詞の奇彩も無く事物を形容するといへども全く文をも形容せず豈称するに足るべけん
（草稿B）

ここでは「訳文」という用語が用いられているが、全文を通しては「翻訳文」の語が用いられており、これらは同じ内容を示しているものと思われる。

このとき「翻訳文」という用語は、美妙が独自に作り出したものとは考えがたい。なぜなら、「翻訳文」「訳文」「訳文体」、あるいは「翻訳書」「訳書」「翻訳」の文章と用語はさまざまだが、西欧の言語の翻訳文体に関わる議論は、明治一〇年前後からすでに新聞や雑誌などで多く見られるものだった。したがって問題は、「翻訳文」という文体を美妙がどのような文体として捉えたのかということになる。

引用箇所では、翻訳した文章に対して「紀律」を求めるという発想に加え、「掛詞縁詞」が問題化されている点は看過できない。また、もう一つ重要な点として、この「翻訳文」という問題を、坪内逍遙が『開巻悲憤／慨世士伝』の「はしがき」や『小説神髄』で問題化していないことが挙げられる。

この草稿の発見者である本間久雄は、草稿Bから『竪琴草紙』に向けた美妙の「作家的努力」をという以上の意味を見いだしていない。▼注[1] また、一連の美妙研究を行った山田有策も、これらの草稿について特に『小説神髄』を意識した発言に注目し、「美妙は逍遙の文学観を下敷きにしてしか文学を語りえない」として、美妙がいかに逍遙の影響下にあったのかということを述べている。▼注[2]

しかし、同時代における「翻訳文」をめぐる言説から考えた場合、美妙はこの問題をむしろ坪内逍遙の『小説神髄』からいったん離れたところで考えていると捉えるべきだろう。そこで、まずは「翻訳文」という文体が、同時代においてどのように考えられていたのかを具体的に確認し、その上でこれが美妙にとってどのような問題であったのか考えていくこととする。

2　明治初年代の「翻訳文」

翻訳文体を論じた比較的早い言説は、明治初年代にすでに見られる。たとえば、「吾曹先生」こと福地源一郎による言説が挙げられる。

現ニ世上ニ行ハル、文体ヲ人別シテ三種トナサヾルヲ得ズ論説。記事。尺牘コレナリ

（「文論」、『東京日日新聞』、明治八・八・二九）

『東京日日新聞』における無署名の記事だが、「吾曹」を一人称の主語として書かれた社説であることから、福地の文章と考えられる。

ここではまず、同時代における文体を「論説」「記事」「尺牘」の三つに大別している。さらに手紙文である「尺牘」は男女の別を持ち、「記事」には「片仮名体」「軍記体」「稗史体」「草双紙体」があるという。本文では「記事」のそれぞれを定義することはなされていないが、これらは随筆などで用いられた漢文訓読体、軍記物語や実録の文体、読本の文体などの文体的な差異を表したものと考えられる。この時期においては文章のジャンルごとに文体が異なっていたのであり、逆にいえば、文体を見ればその文章がどのジャンルに属するかを把握することができたのである。

その上で、「論文体」について次のように論じている。

論文ニ至リテハ千種百様各々ソノ字面ヲ異ニシ文体ヲ同ウセザレドモ其ノ趣向ノ発生スル所ハ皆漢文ニ根拠スルヲ以テ逈カニ記事尺牘ノ上ニ突出シ平常ノ文学ニ通ジタリトモ漢籍ノ力ナキ輩ニハ決シテ草シ能ハザル所ト成リ取モ直サズ漢語ヲ排列スルニ日本ノ文法ヲ以テスル丈ケノ事ナリ然ルニ近来洋書ノ訳文体ナル者アリテ世上ノ論文体ヲ一変ス之ヲ分析スルニ全文ノ結構ハ英。使用ノ語辞ハ漢。而シテ接続ノ文法ハ日本ナレバ之ヲ名ケテ和漢洋合体ノ鵺文ナリト云ハザルヲ得ズ吾曹ガ日々稿スル所ノ文モ亦実ハ此ノ文タルニ付キ窃カニ自カラ愧ルコトアルノミ（中略）吾曹ガ今窃カニ愧チ暗ニ患フル所ノ点ハ現時流行ノ文体ヲ修ムルヲ以テ（記事論文尺牘ヲ合シ）果シテ能ク達意ノ目的ヲ充分スルニ足ルベキカヲ知ラザレバナリ　（同）

福地によれば、「論文」はもともと「千種百様各々ソノ字面ヲ異ニシ」ていた。「尺牘」や「記事」のように決まった様式がなく、ただ「漢語ヲ排列スルニ日本ノ文法ヲ以テスル」ものだったという。そこへ「論文体」として用いられるようになった新しい文体が「訳文体」である。福地自身が「吾曹ガ日々稿スル所ノ文」として認めているということは、まさにこの「文論」で用いられている文体がそれに当たる。

したがって「訳文体」とは、漢字片仮名交じりで書かれたものということになる。それに加え、「結構ハ英。使用ノ語辞ハ漢。而シテ接続ノ文法ハ日本」であるという。ここで「接続」とは語と語をつなげる部分としての助詞や助動詞、それに対する「語辞」は文章において使用される語彙、特に自立語の部分と考えてよい。

また、「結構」は、「語辞」と「接続」のまとまりをどのように配列し、組み立てていくかという統語論の問題であろう。すなわち「訳文体」は、同じように漢字片仮名交じりで書かれていた漢文訓読体とは、少なからず異なったものとして認識されていたのである。

実際に文章が書かれる段階では、翻訳であれば文章が元の欧文にある程度拘束される可能性があるのに対し、「論文」ではそれがないぶんだけ自由度が高く、言葉の位相は異なっているはずである。したがって、福地のいうように「訳文体」がそのまま「論文体」と同じであるということにはならない。だが、少なくともここから、翻訳文体が翻訳語としての漢語に日本語の助詞・助動詞を補う形で書かれたもの、として捉えられていたことは確認できる。

また、このような「現時流行」の新文体では、なかなか思うように自分の考えを表現することができないという福地の認識も重要である。これは、ジャンルごとに様式化された文体を把握することが文章理解につながるという磁場にあっての判断である。したがって、そのような文章を理解・表現できない原因は、いまだに「訳文体」が様式化されるほどに定着していないということを示しているのである。

このような翻訳文体をめぐる認識は基本的に明治一〇年代に入っても持ち越されている。

> 其ノ（論者注・漢学者を指す）子弟ガ翻訳書中ニ引用スル経語ノ疑ヲ質セバ忽チ叱テ曰ク何ゾ論孟ヲ読マザルヤト其ノ片仮名文ヲ綴ツテ用字ノ穏ヤカナラザルヲ見レバ之ニ諭テ曰ク何ゾ文章軌範ヲ一読シテ文章ノ規律ヲ学バザルヤト
>
> （末広重恭「文学論」、『朝野新聞』、明治一二・四・一七〜四・二〇）

これは『朝野新聞』に四回にわたって連載されたもので、末広重恭（鉄腸）が、明治一〇年代に入ってから漢学が流行し、洋学が停滞したことを批判した文章である。

ここでも翻訳文体は「片仮名文」、すなわち漢字片仮名交じり文として捉えられている。また、それは漢学者たちから文章の規律を批判されるという点で、漢文訓読体とは異なった文体として位置づけられている。一方で、中国の経典に現れる語彙を翻訳語に用いていたという、この時期の翻訳における発想のあり方もよく表している。

その上で鉄腸は次のように述べている。

試ミニ今日許多ノ翻訳書ヲ視ヨ地理歴史ヨリ経済法律ニ至ルマデ止ダ汗牛充棟ノミナラズ然ルニ其ノ間ニ於テ能ク人ヲシテ一読瞭然ナラシムル者ハ果シテ幾許カアルヤ（中略）翻訳ノ不完全ナル此クノ如キハ幾分カ罪ヲ訳者ノ才学ナキニ帰セザル可カラズト雖ドモ亦其ノ文字言語ヨリ文章ノ組織ニ至ルマデ全ク其ノ体裁ヲ異ニシ国字ヲ以テ洋文ヲ模写スルノ不適当ナルニ因ツテ之ヲ致タスニ非ズヤ故ニ泰西ノ学術ヲ修メ其ノ堂ニ上ボリ其ノ室ニ入ラント欲スレバ仮令ヒ之ヲ学ブノ困難ナルモ何ゾ其ノ文ヲ読ミ其ノ書ヲ講ゼズシテ可ナランヤ（同）

同時代における翻訳文に対する批判の多くは、翻訳者の学習不足や、日本語が西欧の言語に較べて劣ったものであるという言語観に基づいていることが多い。これに対して鉄腸は、日本語と西欧の言語が「其ノ文字言語ヨリ文章ノ組織ニ至ルマデ全ク其ノ体裁ヲ異ニシ」というように、翻訳の文章を理解しにくいのは、語彙や言語の構造が異なるためだとしている。そしてこのような差異が、「国字ヲ以テ洋文ヲ模写スルノ不適当ナル」状態を生み出すという。鉄腸が最終的に「何ゾ其ノ文ヲ読ミ其ノ書ヲ講ゼズシテ可ナランヤ」と、洋学を学ぶためには労苦を惜しまず外国語そのものを学ぶべきだという結論に達していることを考えれば、ここから翻訳文の不完全さを克服し、外国語で書かれた内容を完全に日本語に翻訳することは不可能だという認識が読みとられる。

もちろん同時代の人々が、必ずしも鉄腸と同じような態度であったというわけではない。たとえば大森惟中『初学／翻訳文範』(明治一五)のような、欧文和訳のための文例集が出版されている。

そもそも「文範」という発想自体がこの時期の文章表現を考える上では大きな問題となる。鉄腸の「文学論」でも漢文の「文章軌範」ということが話題となっていたが、これらは歴史的に名文とされてきた文章のアンソロジーであり、そこにある文体を音読し、模倣して書くことがそのまま文章を学ぶという行為になっていた。これは漢文だけに限らず、稲垣千頴編『本朝文範』(明治一五)や里見義編『和文軌範』(明治一六)など、和文についても類書が多く出版されている。文章の文法を分析的に把握することによる文章表現・理解を促すというよりも、文体を人為的に様式化してそれを流布させ、共有することで、文章表現・理解を可能にしようという方向性が、同時代における文章の学習法だったのである。

大森の『翻訳文範』はこのような文脈の中で、翻訳文体はまだ充分に改良する余地があり、一定の様式を与えることによって原文が内包している意味や内容を、翻訳文においても表現可能な文章になるはずだという見通しに基づいているということができる。

明治一〇年代には翻訳小説が数多く出版されていたが、直訳に近いものからより日本語の小説に近い文体まで、さまざまな様式で書かれていた。その中で、明治一〇年代における翻訳文をめぐる認識として、大きく二つの枠組みが確認できる。

第一には、翻訳文といった場合まず想起されたのが漢字片仮名交じり文、特に、翻訳語としての漢語に日本語の助詞・助動詞を補うことで書かれた文体であるという点である。第二に、そのような新しい文体としての翻訳文は、文体差がジャンルの違いに結び付くという磁場にあって、まだ必ずしも様式化され、規律を持った一文体としては見なされていなかった点である。

3 美妙の「翻訳文」

これまで述べてきた同時代における翻訳文の捉え方と、美妙が初期の草稿で示した方向性とは、少なからず重なり合っている。たとえば最初の引用箇所で「当時の訳文は言はゞ紀律もなきものなれば」と書かれていたのは、文章に「紀律」を持たせることが、原文が内包している意味や内容を正確に表現することにつながるという発想である。また美妙は、翻訳文を次にように定義している。

維前以後西洋より稍く新書舶来して翻訳の事起るに訳者は渾て旧幕府時代漢学修行の人のミなれば和文の法は更に知らず輙ち漢文の法に因り之を翻訳せんとするにもとより漢と欧米と文法頗る殊なれば訳

文渾て意の如くならず之に反して日本の語法は正俗共に欧米と相似たる処多きを以て輙ち俗調を並用し現今いはゆる片仮名体即ち翻訳文なるもの漸く其芽を芴したり

（草稿Ｂ）

ここで美妙は「片仮名体即ち翻訳文」としており、翻訳文に漢字片仮名交じり文を想定している点では、やはりこれまでの言説と共通している。だが美妙は、これを「俗調を並用」することによって生まれた文体とし、それ以前に「漢文の法に因て」翻訳した文体があったことを認めている。これはたとえば福沢諭吉の文章がそうであったように、明治一〇年代に入ってより俗語を多く交えた平易な漢字片仮名交じり文が現れたことを示していると考えられる。したがって、美妙は漢文脈をより多く排除した新しい翻訳文を、西洋の言語が翻訳可能な文体として位置づけていた。

このように「漢文の法」に対する日本語の「俗調」という発想が、美妙が翻訳文と和文をあわせて論じるという方向性の出発点になっている。ここから、翻訳文が未完成であるのは翻訳者たちが漢学のみを学んだために「和文の方を更に知ら」ないためとしているのであり、翻訳文に和文としての「紀律」を持たせることが文体改良につながるという意見を導いているのである。

具体的には、次のような内容がそれに当たる。

翻訳文にはてにはの法を備へるものある事なく仮名の用法は全く誤り読句の法も亦違ひ「は」「が」の二後詞に区別なく言語の真意を得るもの無し例へば翻訳文体にて

「哀レトコソハ云フベキナリ」の句の如き前に「コソ」と点じて「ナリ」と止むる法あらんや是即第一に和文を知らざる誤なり　（草稿B）

「後詞」は、小学教科書である古川正雄の『絵入知慧の環　初編下・詞の巻』（明治三）で、格助詞を示す「あとことば」の品詞名とともに「後詞ともいふ」との注記が見られるが、中根淑《きよし》『日本文典』（明治九）など特に洋学系の文法書で用いられており、これは英語の「Postposition」を翻訳して日本語の助詞や助動詞に当てはめたものと考えられる。したがってここで想起されるのは、たとえば福地源一郎が「文論」において翻訳文体を「接続ノ文法ハ日本ナレバ」としていた点である。

美妙は、翻訳文の中の日本語らしい要素としての助詞・助動詞や仮名遣い、あるいは係り結びなどについて不備を指摘しているのであり、これが翻訳文に和文としての規律がないという批判に結び付いている。すなわちこの草稿における翻訳文と和文との関係は、文章中に助詞・助動詞や係り結びなどの日本語表現が見られる以上、それは和文としての「紀律」に沿った文章であるべきだとして位置づけられていることになる。さらに美妙は、和文であるからには縁語や掛詞のような修辞性も必要であるとしている。ここには論理の飛躍が認められるものの、美妙が想定している翻訳文は、同時代において一般に考えられていた翻訳文と、少なからず内容を異にしていたことは確認することができる。

ここで示された美妙の意見の正否はともかく、より大きな問題は、なぜ美妙がこれほどまで和文にこだわったのかという点にあると思われる。そこで、次の箇所が問題となる。

翻訳文は多く是れ彼の妙処を写すに難しかゝれば文の妙よりも寧ろ事実を主眼とすべし然りといへども此言は翻訳文に就て言ふのミ別に自家の脚色を起し編成したる物に於ては此言を適用すべからず何となれば既に彼の文の訳すに非ず随て其行文は是自家の自由のミ之をも事実と並行に修飾せざる事を得んやもしそれ修飾せざる者は是れ文才の足らざるなりもしそれ修飾せんとすれば純然規律の定まるありて且掛詞と縁詞の妙ある和文に勝るものあるべからず

（草稿Ｂ）

ここで「事実」というのは、翻訳文の原文が内包する意味や内容という程度の意味であろう。これまでの文脈から考えれば、翻訳文も助詞、助動詞や係り結びの改良により和文としての規律を持たせ、縁語や掛詞といった修辞性を加えれば、原文が持つ「文の妙」をも与えることができる。しかし、美妙はそれを「写すに難」いものとして保留している。その上で、あくまで原文に書かれている内容を日本語に置き換えることを中心に据えているのである。

このような翻訳文に対して掲げられているのが、「自家の脚色を起し編成したる」文章である。これは美妙にとって、翻訳文では実現しえなかったような修辞性を持ち、一定の規律を伴った和文であるはずだ。また「脚色」という以上、それは実用文系統の文章ではなく、小説の文章を指していると考えられる。創作による小説の文体は、翻訳のように原文の制約もなく、あくまで自由だというのである。

このように考えてみると、草稿Ｂの問題は、翻訳文についての議論を出発点とし、最終的には、小説を翻訳として書くか創作として書くかという問題に至っているといえるだろう。一方で翻訳小説に対する創作という発想は、この時期に書かれたもうひとつの草稿、第1章第1節で草稿Aとした文章においても見ることができる。

此頃の世にあらハるゝ小説は汗牛充棟啻ならねども、大抵西洋小説の単訳にあらざれば、政事小説の翻案なり。文は拙にて見るに足らず、趣向古くして取るにも足らず。之を天保の小説と比較するも五十歩百歩の差になん。かくて哲学の師導となるべきや。（草稿A）

「西洋小説の単訳」というのは関直彦訳『春鶯囀《しゅんおうでん》』（明治一七）や井上勤らによる比較的原文を強く意識した翻訳を、また「政事小説の翻案」は、桜田百衛『仏国革命起源／西洋血潮小暴風《にしのうみちしおのさあらし》』（明治一五）のように、原文からある程度はずれ、訳者の理解した内容をまとめた政治小説を指すと思われる。このように翻訳や翻案に頼っていたのでは日本の小説は進歩することができず、それゆえ日本の小説の現状を「天保の小説」と変わらないとして批判している。ここで、「かくて哲学の師導となるべきや」というのは、草稿Aの冒頭部分を受けたものである。

そもく詩と小説とは世にいふ美術の第一位に位するものといふよしは学者の許せる処なり。もとより是主眼とするところは哲学の真理を描くものなれば、いやしくも文明世界に於て其時代に対しても恥かしからぬ大原をものせんにはかならず哲理に通暁して宇宙を己れに集めたる者ならでは之を能くすべくもあらず。

（草稿A）

このように考えてみると、美妙の翻訳文の問題は、翻訳かと創作かという問題を経て、日本語の小説にいかに芸術性を持たせていくかという議論に展開していると考えられる。ここで美妙は、翻訳文の改良を保留し、創作として小説を書いていくという方向性を選び取っていた。特に草稿Bにおいて、そのために採用された文章が和文だったのである。

この時の和文とは、翻訳文に対する創作の文体であり、同時に、文章そのものが芸術的な根拠を持ちうる文体でなくてはならなかったはずだ。そこで草稿Bにもう一度目を向けてみると、美妙にとっての和文という問題について、より詳しく言及されていることがわかる。

近来世には純粋なる和文を作る者も無く別に求むるところもなけれバ且止むを得ず且巧否の真点をさへ暁り得す之に加ふるに作者の因循或は時流に一歩を進めて世間の文の妄を説かばかの遁辞に巧妙なる新聞記者に駁せらるゝを慮り絶て論ずる事も無ければ世間の妄は愈深かり是即小生が純粋和文（古体和文ニアラズ）を好む所以竪琴草紙の自序に於ても亦此事を論ぜんと腹按しつゝ在りしものなり

（草稿B）

「竪琴草紙の自序」という文章は、現在確認されていない。しかし、『竪琴草紙』の序文で美妙が「純粋和文」について論じようとしていたということは、作品に対する美妙の自負がこの点にあったということである。「純粋和文」は美妙の造語と考えられるが、この草稿の論旨があくまで翻訳文にあるのであれば、ここで「純粋」というのは、翻訳語としての日本語に対する、日本語である。すなわち、創作の文体としての和文ということを示していると考えられるのであり、和文として表現が洗練され、「文の妙」をはじめとした、文章そのものとしての芸術性を求めうる文体ということを示していると考えられる。しかもそれは、「古体和文」ではないという点で、改良を加えた日本語の新文体である。だからこそ「純粋和文」は、美妙にとって新しい創作の文体となりうるのであり、小説表現の文体として選ばれるべきものなのである。

4　おわりに

明治一〇年代は翻訳文や和文をはじめ、漢文訓読体、候文など、いまださまざまな文体が混在していた。また、文体的な差異によって、文章のジャンルが認識されていた。言文一致運動はいわば、そのような文体差を克服していくというものだったのである。

しかし、言文一致の文章が突如生まれてくるはずはない。二葉亭四迷が三遊亭圓朝の落語速記本に依拠したように、この時期は何らかの文体を模倣し、文章語に作り替えていかなくてはならなかった。

その意味で、これらの草稿を通して美妙が行ったことは、さまざまに混在する文体の中から和文という文体を選び取るという行為であったはずであり、ここに、たとえば四迷とは異なる言文一致の可能性があったはずである。美妙がもっとも大きく依った物集高見の『言文一致』（明治一九）が、国学者らしく日本の古典の文章の特に助詞や助動詞を当時としての現代語に書き換えていくという方向性を持っていたことも踏まえれば、これらの草稿で翻訳文という問題意識から出発して和文が選び取られたということを無視しては、この後の美妙の文学を考えていくことはできないだろう。

以上のことを確認した上で、第2節では、美妙が実際に行った「翻訳」の作品について考えていきたい。

【注】

［1］ 本間久雄『新訂／明治文学史』、人文書院、昭和一〇年。

［2］ 山田有策「美妙ノート・1　初期美妙の文学観—「竪琴草紙」をめぐって」（『文学史研究』昭和四八年七月）、のち「初期美妙の文学観—「竪琴草紙」」と改題の上、『幻想の近代　逍遙・美妙・柳浪』（おうふう、平成一三年）に所収。

第2節

美妙の〈翻訳〉——「骨は独逸肉は美妙／花の茨、茨の花」

第1節では、美妙の初期草稿に見られる「翻訳文」という用語の問題について考えてきた。これは、漢字カタカナ交じりの文体として認識される一方で、漢文訓読とも異なる、ある種異様な文体として位置づけられていた。その中で美妙は、「翻訳文」ではなく「和文」による翻訳という方向性を示していたのである。

しかし、このような「和文」による翻訳は、どのようにして可能だったのだろうか。本節では、美妙の数少ない「翻訳」作品といえる「骨《ほね》は独逸肉《どいつにく》は美妙《びめう》／花《はな》の茨《いばら》、茨《いばら》の花《はな》」について分析していく。そのことを通して、美妙が初期草稿で示していた「翻訳」、あるいは文体の問題について、より具体的に考えていきたい。

1　翻訳の時代における山田美妙

明治二〇年代の文学について考えるとき、西洋から次々に輸入されてくる小説の翻訳という視点を欠かすことはできない。森田思軒や二葉亭四迷、黒岩涙香、坪内逍遙、森鷗外などはもちろん、嵯峨の屋おむろ、内田魯庵、巖谷小波、尾崎紅葉など、ある程度外国語に触れたことのある小説の書き手であれば、何らかの形で翻訳や翻案に手を染めている。また、これらの作品については、柳田泉[注1]をはじめとし、吉武好孝[注2]、秋山勇造[注3]、高橋修[注4]などによって、数多くの先行研究も行われている。

このような状況を踏まえると、山田美妙が非常に特異な作家だったということが見えてくる。美妙の翻訳、翻案という問題については、吉武好孝が「いちご姫」（『以良都女』一九～三九号、明治二二・七・二一～二三・五・一八）をエミール・ゾラ『ナナ』（Émile François Zola, *Nana*, 1879）の翻案と位置づけている[注5]。しかし、第1章第4節で指摘したように、「いちご姫」はエミール・ゾラ『制作』（Émile François Zola, *L'œuvre*, 1886）のVizetelly版英訳本（*His masterpiece*, 1887）を坪内逍遙から借覧した上で創作されたと考えられるものであり、これを翻案と位置づけた吉武好孝の論は首肯できないものである。また秋山勇造は、「骨は独逸肉は美妙／花の茨、茨の花」（活字非売本『我楽多文庫』一五～一六集、明治二〇・一二～二一・二）や「籠の俘囚」（『夏木立』明治二一）を原拠不明の翻案作品と位置づけた上で、翻訳作品としてディランド女史（Margaret Deland, 1857-1945）の詩を翻訳したという「夜の霧」（『以良都女』二一号、明治二二・三・一五）、トマス・キャンベル（Thomas Campbell, 1777-1844）の「アリンスダーター」（*Lord Ullin's Daughter*）を翻訳した「迷の淵」（『以良都女』一～二号、明治二〇・七・九～八・一三）、ウィリアム・シェイクスピア『ハムレット』（William Shakespeare, *The Tragedy of Hamlet, Prince of Denmark*, 1600-01）の冒頭部分のみを翻訳した「正本はむれッと」（『以良都女』一一、一四、一五号。明治二一・五・一二、八・一五、九・一五）を挙げている。▼注[6]

美妙は明治三〇年代になると、フランスのジャーナリストだったマックス・オレールが書いた女性論の英語版を翻訳した『御婦人殿下』（明治三六、原著はMax O'Rell, *Sa majesté l'Amour: petites études de psychologie humoristique*, 1901。英語版は*Her Royal Highness, Woman: And His Majesty*, 1901）や、フィリピン独立運動の英雄だったホセ・リサールの小説『我に触れるな』を翻訳した『小説／血の涙』（明治三六、原著はJosé Rizal, *Noli me tangere*, 1900）など、内外出版協会から翻訳作品を出版している。また、よく知られているように、美妙は英語が非常に堪能だった。▼注[7] しかし明治二〇年代を通じて美妙が自身の「訳」として明確に示したのは、ごく短い詩と、「正本はむれッと」だけだった。同時代の書き手たちが次々と翻訳や翻案の作品を発表していく中で、美妙はほとんど手をつけなかったのである。

一方で、それでは美妙が翻訳に対する問題意識を持っていなかったのかといえば、それはむしろ逆であろう。第1節で指摘したように、明治一九年に書かれたと考えられる草稿で、美妙は「翻訳文」を問題としている。ここでは、外国語の翻訳を行うときには同時代にしばしば見られた漢字カタカナ交じりの漢文訓読体ではなく、「和文」を用いなくてはならないとしている。しかし、翻訳文体として「和文」を求めることと、翻訳に対する問題意識を持っていながら敢えてそれを行わなかったこととのあいだには、まだ大きな位相差が残されている。この場合、美妙は翻訳の問題について、「和文」のような視点とはまったく異なる位相の考え方も持っていたと考えるのが自然であろう。

それでは、美妙は翻訳という営為を、具体的にどのように捉えていたのか。

そこで本節では、美妙の「骨ハ独逸肉ハ美妙／花の茨、茨の花」について、この作品がどのような書かれ方をしていたのかという視点から見ていきたい。その上で、この時期に美妙が書いたその他の文章なども踏まえて考察を行う。このような作業を通じ、美妙にとっての翻訳がどのような問題として捉えられていたのか、その考え方がどのように位置づけられ、そこにどのような意味があったのかということを明らかにしていきたい。

2　「骨ハ独逸肉ハ美妙／花の茨、茨の花」とその原拠

美妙の小説「骨ハ独逸肉ハ美妙／花の茨、茨の花」（以下、「花の茨、茨の花」とする）は、活字非売本『我楽多文庫』の一五集（明治二〇・一二）から一六集（明治二一・二）にかけて掲載され、その後、単行本『夏木立』（明治二一）に収められた。▼注[8]これは、羊飼いの少年が城に幽閉された王子と仲良くなって城の中に入るものの、やがて王子が謀殺され、少年は危うく城から逃れ出るという物語である。

この作品については、本間久雄や塩田良平の研究において、早くからドイツで書かれたメルヘンの英訳本からの重訳、または翻案であろうという推測がなされていた。▼注[9]しかし、山田有策が「もしかしたら、当時の英語の教科書であったかもしれない」としているように、作品の原拠については明らかになっていなかった。▼注[10]

そこで、本論を執筆するにあたって行った調査によると、早稲田大学図書館（中央図書館）の本間久雄文庫に、美妙が書き残した英文のノートが所蔵されている（請求記号：文庫一四―A八四）。その中に、「*The Shepherd and the Prince*」と題された一編があり、これが美妙の原拠とした文章だったと考えられる。

この小品は、チェンバースが刊行していた『英語読本』第五冊（W.&R.Chambers, *Chambers's Standard Reading Books, book 5*: Chambers Educational Course, 1872）に掲載されていたものである。美妙のノートは冒頭部分を書き写したものであり、タイトルは同じだが、チェンバースの教科書では目次に「From the German」という注記が書かれている。したがって、角書きにある「骨ハ独逸」というのは、この目次に見られる記述にしたがったものであろう。

物語の概要において、「*The Shepherd and the Prince*」と美妙の「花の茨、茨の花」とのあいだに大きな差異はない。しかし、美妙の作品は単純な逐語訳ではないし、概要を示した意訳でもない。このことは、たとえば羊飼いの少年が王子と出会う場面などを見れば明らかである。

笛《ふえ》の音《ね》が響始《ひゞきはじ》めるや否《いな》や、毎《いつ》でも対岸《むかふぎし》の城《しろ》の窓《まど》が開《あ》いて其処《そこ》から美《うつく》しい、小《ちい》さな顔《かほ》が出《で》る。是《これ》も年齢《としごろ》ハ牧羊児《ひつじかひ》とおなじほどだらうけれど、其顔形《そのかほかたち》ハ猶麗《なほうるは》しくて、姫君《ひめぎみ》と見違《みちが》へられるばかり。多分是《たぶんこれ》ハ此城《このしろ》の若君《わかぎみ》でもあらうが、たゞ顔色《かほいろ》ハ浮立《うきた》ッて居《ゐ》ず、さながら心《こゝろ》に深《ふか》い愁《うれひ》が有《あ》る様《やう》で、その有《あり》さまハ這方《こちら》の岸《きし》から現然《あり〱》と見《み》える。それで笛《ふえ》の音《ね》が響亘《ひゞきわた》ッて段々《だん〱》佳境《かきやう》が出《で》て来《く》るときバかり微笑《ほゝゑみ》の痕《あと》が其眼口《そのめくち》の辺《へん》に顕《あらは》れるのハ実《じつ》に一日《いちにち》バかりの事《こと》でハ無《な》く、毎日毎日《まいにちまいにち》かならず左様《さう》であッたから自然《しぜん》牧羊児《ひつじかひ》も我知《われし》らず笛《ふえ》に骨《ほね》を折《を》るやうになると、城《しろ》の人《ひと》ハまたいよ〱耳《みゝ》を澄《す》まして聞《き》くやうになり、終《つひ》に此二人《このふたり》の間《あひだ》に早晩親愛《いつしかしんあい》の情《じやう》が出《で》て、はるかに二人《ふたり》が顔《かほ》を見合《みあ》ハせる時《とき》にハ二人《ふたり》とも必笑《かならずゑみ》を含《ふく》み終《つひ》にまた其量《そのかさ》が多《おほ》くなッて互《たがひ》に黙礼《もくれい》をするやうになッた。

（「花の茨、茨の花」）

美妙がこのように書いた部分は、「*The Shepherd and the Prince*」で、次のように記されている。

When the sounds of the shepherd's flute resounded so sweetly along the lonely shore, and the silence carried them to the opposite bank, a little window in the old castle was opened, and a pale but pleasant face looked out towards the shepherd-boy until twilight came, and the little musician drove his flock homeward. But with the morning dawn he appeared again, and he was glad, when he saw the pale face of a boy at the window, listening with pleasure to the sounds.

（「*The Shepherd and the Prince*」）

原拠となった英文では、舞台となるスイスで、羊飼いの少年が城に近づいてフルートを吹く。すると青白い顔をした王子が窓を開く。そうして二人が顔を合わせるやりとりが、何度か繰り返されていく。これに対し美妙の「花の茨、茨の花」では、たとえば「pale but pleasant face」という描写が「顔色《かほいろ》ハ浮立《うきた》ッて居《ゐ》ず、さながら心《こゝろ》に深《ふか》い愁《うれひ》が有《あ》る様《やう》で」とあるように、より詳細に書かれている。さらに、「其顔形《そのかほかたち》ハ猶麗《なほうるは》しくて、姫君《ひめぎみ》と見違《みちが》へられるばかり」といった王子の中性的な容姿についてや、「此二人《このふたり》の間《あひだ》に早晩親愛《いつしかしんあい》の情《じやう》が出《で》て」という内面的な関係の変化までが具体的に叙述される。このような肉付けを全編にわたって行ったのが、「花の茨、茨の花」なのである。

これはまさに、「骨ハ独逸肉ハ美妙」という角書きによって示される改変であろう。この場合「骨」というのは物語の梗概であり、「肉」というのは物語の具体的な叙述や、原文にはない羊飼いの少年と王子との会話によるやりとりを指していることになる。すなわち美妙にとってこの作品を書くという営為は、原文を日本語に置き換えた上で、さらに具体的な内容を書き加えていくという作業そのものだったのである。

第1章第5節で指摘したように、美妙は「籠の俘囚」（『夏木立』、明治二一）を書くにあたってローマ史を記述した歴史書を参照していたと考えられ、事実として書かれた歴史に対し、作中人物の具体的な言動や内面の叙述を書き加えていくことで小説へと変換していくという方法を持っていた。これは、坪内逍遙が『小説神髄』（明治一八～一九）で示した時代小説の方法の実践だったと考えられる。逍遙が『小説神髄』の実践を『一読三嘆／当世書生気質』（明治一八～一九）という世話物で行ったのに対し、美妙は時代小説でその具体的な方法を示そうとしたのである。

このように考えた場合、「花の茨、茨の花」における美妙の試みは、もともとの題材を歴史に拠るか物語に拠るかという差異はあるものの、「籠の俘囚」と同じものだったように見える。また現在の枠組みから見れば、「花の茨、茨の花」はチェンバースの英語読本に所収された「*The Shepherd and the Prince*」の翻案作品だったと位置づけられるだろう。

しかし、美妙が持っていたと考えられる〈翻訳〉観と照らし合わせた場合、「花の茨、茨の花」は、必ずしも単純に翻案作品として位置づけることはできない。むしろ、美妙が行っていたのは、あくまで〈翻訳〉だった可能性が生じてくる。

3 「和文」による翻訳

それでは美妙は、翻訳という営為についてどのように考えていたのか。この問題については第1節において、美妙が「和文」を用いた外国語の翻訳という問題を扱っていたことに触れた。また、この草稿は美妙が残した現存するもっとも古い小説である『竪琴草紙』の出版依頼という形式を持っている。『竪琴草紙』は翻訳作品ではないものの、美妙が「二世曲亭馬琴」を自称するほど、みごとな馬琴の文体模倣によって書かれている。この場合、美妙が草稿で論じたような「和文」を実際に書いて見せたのが『竪琴草紙』だったはずであり、美妙が「和文」による外国作品の翻訳といった場合には、読本の文体を採用することを念頭に置いていたと考えられる。

しかし、翻訳において読本の文体を採用するという考え方は、決して珍しいものではない。むしろ、同時代の書き手たちに、少なからず共有されていた枠組みだった。

青海原《あをうなばら》をうち眺《なが》め。岸《きし》の岩《いは》間《ま》に唯独《たゞひとり》。過《すぎ》来《こ》し方《かた》を思《おもひ》やり。胸《むね》に満来《みちく》る汐時《しおとき》の。浪打際《なミうちぎハ》を眺望《ミわた》せば。壊《やぶれ》し舟片楫棹《ふなくづかぢさを》に檣《ほばしら》纜《ともづな》片々《きれ〴〵》て。磯辺《いそべ》の浪《なミ》に打揚《うちあげ》けり。浩《かゝ》る時《をり》しも向《むかう》より。二個《ふたり》の漢子《をのこ》の影見《かげミえ》たり。一人《ひとり》は年《とし》も六十余《むそぢあま》り。白髪緑眼《はくはつりよくがん》《しらがみどりのまなこ》威《ゐ》ありて猛《たけ》く。一《ひと》くせ有《ある》べき面魂《つらたましひ》。一人《ひとり》の年《とし》ハ二十歳《はだち》に足《たら》ず。まだうら若《わか》き少年《せうねん》にて。品相温順気高《ひんさうをんじゆんけだか》く見《ミ》ゆ。加之其人《しかのミならずそのひと》ハ先《さき》に此地《このち》を解纜《ふなで》せし。雄竜士《ゆりす》が顔《かほ》に彷彿《さもに》たり。

（宮島春松『欧州小説／哲烈禍福譚』巻一、明治一一～一二）

『欧州小説／哲烈禍福譚《てれまくかふくものがたり》』は、陸軍省などで翻訳に携わっていた宮島春松がフェヌロン『テレマコスの冒険』（Fénelon, *Les Aventures de Télémaque*, 1699）を翻訳したものであり、現在確認されているところでは、比較的流布しているアルベール・カエン校訂による一九二〇年版における巻一から巻五に当たる部分までが訳出されている。したがって、テレマコスがメントールの姿に身をやつしたミネルヴァとともに、カリュプソーが住む島にたどり着くまでの艱難辛苦《かんなんしんく》を語る物語となっている。

引用は、メントールを連れ立ったテレマコスとカリュプソーとが出会う場面であり、「少年」と呼ばれているのがテレマコス（哲烈）である。宮島春松の場合はフランス語と英語との両方ができたと考えられ、フランス語の原書から翻訳したのか、英語からの重訳なのかはわからない。しかし、たとえば当時見ることができたフランス語の原書で、この部分は次のように記述されている。

> Tout à coup elle aperçut les débris d'un navire qui venoit de faire naufrage, des bancs de rameurs mis en pièces, des rames écartées çà et là sur le sable, un gouvernail, un mât, des cordages flottants sur la côte; puis elle découvre de loin deux hommes, dont l'un paroissoit âgé; l'autre, quoique jeune, ressembloit à Ulysse.
>
> （引用は Fénelon, *Aventures de Télémaque*, Peytieux, 1826）▼注[11]

引用箇所の冒頭を見てみると、これは「突然女神は、難破の跡がなまなましく残る船の残骸や粉々に砕けた漕ぎ手の腰掛け、櫂が砂浜のあちらこちらに散乱しているのをみつけた。また水際には、舵や帆柱、索が漂っているのをみつけた」（訳：大橋）と翻訳される箇所であろう。これを宮島春松は「過来《すぎこ》し方《かた》」に対するカリュプソーの心境を書き加えた上で、中国の白話語彙に傍訓を施した生硬な七五調の文体に書き換えている。すなわち、美妙が草稿で論じていたのと同じように、馬琴を模した読本の文体、あるいは、その後継としての合巻で用いられた文体によって翻訳が行われているのである。

当時の陸軍省が刊行した『法朗西陸軍律』（明治九、一一）や『瑞士陸軍律』（明治一二）は、漢字カタカナ交じりの漢文訓読体で訳出されていた。したがって陸軍省に所属していた宮島であれば、たとえば井上勤がジュール・ヴェルヌの『月世界旅行』(Jules Verne, *De la Terre à la Lune*, 1865) を翻訳した『月世界一周』（明治一六）などのように、漢字カタカナ交じりの文体を用いて翻訳することも充分に可能だったはずである。それでもこのような翻訳文体が採用されたことには、宮島の次のような文体観が作用している。

素《もと》より学芸正則《がくげいせいそく》の書《ふみ》に非《あら》ざれバ語詞《ことば》を採《とら》ず専《もつはら》其意《そのい》を意《い》として本文《ほんふん》を解《かい》し預《あらかじめ》看官《みるひと》の倦《う》まんことを防《ふせ》ぎ哲烈禍福譚《てれまくくわふくものがたり》と題《だい》し三十六巻《くわん》にて全局《ぜんきよく》を結《むす》び樛《つが》の木《き》の弥陸続《いやつぎ〴〵》に巻《まき》を改《あらた》め編《へん》を更《か》へ終《つひ》に来日《みらひ》を待《まち》て団円《おはらん》

（『欧州小説／哲烈禍福譚』緒言）

ここには、「語詞《ことば》」を正確に翻訳するのは「学芸正則《がくげいせいそく》の書《ふみ》」だけであり、小説においては「其意《そのい》」を日本語に置き換えることがまずは第一義で、それ以上の精密さは必ずしも必要でないという認識が表れている。すなわち、漢文訓読体によって訳出する学術書においては逐語訳を用いるべきだが、小説の場合はむしろ漢文訓読体から離れ、「看官《みるひと》の倦《う》まんことを防《ふせ》」ぐことが優先されるというのである。

このときに問題となるのは、どのような小説文体で『テレマコスの冒険』を翻訳するのかということであろう。同時代においては、読本や合巻、滑稽本、人情本をはじめ、小説文体はジャンルごとに編成され、様式化されていた。このとき『哲烈禍福譚』が古代ギリシャ神話の物語であることから、歴史的な題材を扱うことのできる読本の文体が採用されたと考えられる。

この場合、『哲烈禍福譚』と同じ問題意識で翻訳されたのが、坪内逍遙『開巻悲憤／慨世士伝』（明治一八）だったといえる。逍遙はリットンの『リエンツィ』(Lord Lytton, *Rienzi*, 1835) を翻訳するに当たり、基本的には宮島と同じように読本の文体を採用している。ここで重要なのは、『慨世士伝』が次のような問題意識の下で翻訳されていたことである。

> 其他《そのた》に訳書《やくしよ》ハ夥《あまた》あれども概《おほむ》ね意訳中《いやくちう》の意訳《いやく》にして西《にし》の小説《せうせつ》の主眼《しゆがん》を写《うつ》さで皮相《ひさう》を訳《やく》せし者《もの》に似《に》たれバ泰西稗史《たいせいはいし》の一班《いつぱん》をも窺《うかゞ》ふにたる料《れう》とも思《おも》はずされバ小説《せうせつ》の新著新版《しんちよしんぱん》もとより尠《すくな》きにあらざるものから真《まこと》に新奇《しんき》と称《たゝ》ふべきハ僅《わづか》に屈指《くつし》に過《すぎ[ママ]》ぎざるのミか真《しん》に稗史《はいし》の主旨《しゆし》を解《かい》して稗史《はいし》を編《あ》む者殆《ものほとん》どなし
>
> （坪内雄蔵『開巻悲憤／慨世士伝』はしがき、明治一八）

『慨世士伝』の「はしがき」は、「小説《せうせつ》の主髄《しゆずゐ》とすべきハ只《たゞ》彼《か》の人情世態《にんじやうせいたい》のミ」などの記述から、『小説神髄』「小説の主眼」との関係性について論じられることが多い。しかし、ここで逍遙は、「小説の主眼」とは異なる位相で、『慨世士伝』の原書であるリットンの『リエンツィ』について重要な認識を示している。すなわち、「真《しん》に稗史《はいし》の主旨《しゆし》を解《かい》して稗史《はいし》を編《あ》む者殆《ものほとん》どなし」といった同時代に見られる日本の小説群に対し、「小説《せうせつ》の主眼《しゆがん》」を見いだすことのできるのが『リエンツィ』であるというだけでなく、この『リエンツィ』があくまで「稗史《はいし》」だというものである。

改めて述べるまでもなく、「稗史《はいし》」といった場合には、馬琴や京伝を頂点とした読本が想起される。なぜなら、逍遥は「小説《せうせつ》といひ稗史《はいし》とだにいへバ」「近来刊行《ちかごろかんかう》せる小説稗史《せうせつはいし》ハ」と『小説神髄』で繰り返し「小説《せうせつ》」と「稗史《はいし》」とを並べ、同時代に次々に出版されていた馬琴作品の粗悪な模造品としての「稗史《はいし》」を繰り返し批判することになるからである。『慨世士伝』は、このような同時代の「稗史《はいし》」に対する「泰西稗史《たいせいはいし》」だった。したがって、たとえ『慨世士伝』がリットンの『リエンツィ』を翻訳したものであったとしても、その文体は「稗史」の文体、すなわち読本の文体を選ばざるを得なかったのである。

このことは明治一〇年代において、ジャンルごとに様式化された文体が、いまだに強固な規制力を持っていたことを示している。小説である以上、たとえそれが海外作品の翻訳であったとしても、それが日本でいう読本や合巻なのか、滑稽本なのか、人情本なのかといった判断が必要となり、その判断に合わせた文体が採用されたのである。

また逍遥の立場をこのように考えた場合、美妙が初期の草稿で翻訳における「和文」の採用を主張したことは、やはり逍遥との関係性を無視して考えることはできないであろう。山田有策が繰り返し指摘したように、美妙が明治二〇年前後の時期に少なからず逍遥の影響下にあったことは否定できない▼注[12]。

しかし重要なのは、『竪琴草紙』を書いた時期に「和文」による翻訳を主張していた美妙が、なぜ「花の茨、茨の花」のような翻訳を行ったのかということである。この作品は明らかに「和文」の枠組みから逸脱しているのであり、むしろこの作品にこそ、明治二〇年代に美妙が持っていたより重要な文体観、言語観が表れているように思われる。

4　美妙の〈翻訳〉

それでは、「花の茨、茨の花」は、どのような問題意識で書かれたものだったのか。この点については、「正本はむれッと」（『以良都女』一一、一四、一五号。明治二一・五・一二、八・一五、九・一五）の緒言として美妙が書いた文章が参考になる。

そして文は従前の日本の脚本よりハ言文一致体に近づいて居ますから時に変に聞える処が有るかも知れません

（「正本はむれッと」緒言）

美妙はまず、シェイクスピアの『ハムレット』を翻訳するに当たっては、これが戯曲として書かれている以上、本来は「脚本」の文体でなくてはならないという認識を示している。このときどのような「脚本」を念頭に置いていたのかは不明だが、たとえば美妙が明治三〇年代に注釈をつけることになる近松門左衛門の浄瑠璃の「脚本」や、同時代における河竹黙阿弥の「脚本」などを想定してよいと思われる。この場合、美妙は初期の草稿で「和文」による翻訳を主張していたときと同じように、ジャンルごとに文体を書き分け、脚本であれば「脚本」の文体で翻訳するべきだという枠組みを持ち続けていたとも考えられる。

しかし、このように作品ジャンルと密接に結び付いた文体様式の力学を断ち切ることになったのが、「言文一致体」だった。なぜなら、「言文一致体」はそもそも、読本や合巻、滑稽本、人情本といった文体の様式を伴っていない新しい文体である。そのため、美妙は「言文一致体」を採用した瞬間、既存の文体様式に自身の作品を当てはめることができなくなり、結果として翻訳においても、「脚本」や、かつて「二世馬琴」を自称するほどまで心酔していた「和文」の文体を使うことができなくなってしまった。すなわち、文学作品において「言文一致体」を用いることは、同時代に当然のものとして存在していた作品ジャンルごとの文体様式の解体を意味していたのであり、その成果として翻訳され、実際に「言文一致体」を用いたのが「正本はむれッと」だったのである。

　この問題は、二葉亭四迷による言文一致体を用いた小説の翻訳や、森田思軒のいわゆる「周密訳」と通底するものであろう。思軒が逐語訳を突き詰めた結果として作り出した「周密訳」は、「我々が脳髄の手本とする西洋人の文体に由るよし外なかるへし」（森田思軒「日本文章の将来」、『郵便報知新聞』、明治二一・七・二四〜二八）という発想から生み出されたものである。すなわち、小説を読本や合巻、滑稽本、人情本をはじめとしたジャンルごとに規制される文体様式の枠組みから離脱させようという問題意識が、そのまま近代小説の編成へと結び付いていたのである。

　一方で美妙の翻訳には、まだ大きな問題が残されている。美妙は「花の茨、茨の花」で、単純に英語を日本語の言文一致文体に翻訳するだけでなく、これを翻訳と位置づけるかどうか躊躇《ちゅうちょ》されるほど、過剰なまでに文章を書き加えていた。

　牧羊児《ひつじかひ》ハまだ小児《こども》。まだ経験《けいけん》にも乏《とも》しいから従《したが》ッて判断《はんだん》の力《ちから》も薄《うす》い。何《なに》が「美《び》」やらよく知《し》らない。それで居《ゐ》ながら「美《び》」を見《み》れば自然《しぜん》に愛《あい》する心《こゝろ》を起《おこ》す。すなハち「美《び》」をば知《し》らないで而《そ》して「美《び》」に眩《くら》むのだ。

（「骨ハ独逸肉ハ美妙／花の茨、茨の花」）

ここでは、なぜ羊飼いの少年が王子に惹きつけられたのかが、語り手の認識として語られている。語り手によれば、子どもは本来「美《び》」を直覚する力を持っており、その力が羊飼いの少年に、王子へと目を向けさせたのだという。

このような「美《び》」という概念をめぐって行われた語り手による認識の表出は、原文ではごく短い一文で、大きく違った書かれ方がなされている。

But beautiful as the songs were, kind words though he gave, and though he beckoned with all his heart, everything was in vain.

（「*The Shepherd and the Prince*」）

少年は歌のように美しく優しい言葉を王子に向かって語りかけたが、王子にはそれが通じなかったという。けれども、この後、最終的に王子と羊飼いの少年とは通じ合い、関係性を持つことになる。

この二つの文章を読み比べると、美妙がここで原文から翻訳して「花の茨、茨の花」に記述したのが、「beautiful」という一単語だけだったことが見えてくる。もちろん、美妙は先に引用した初期の草稿で、小説の翻訳においては「其行文は是自家の自由のミ之をも事実と並行に修飾せざる事を得んや」という態度を持つことを認めていた。「花の茨、茨の花」がその延長線上にあるとすれば、ここで美妙が行ったのは、小説を「自家」の作品へと書き換えるための「修飾」の一環だったということになる。

また同時代において、坪内逍遙の『慨世士伝』や宮島春松の『哲烈禍福譚』でも、単純に翻訳しただけでは同時代の日本の読者に通じにくい部分について、より詳細な説明を書き加えることは少なくなかった。特に黒岩涙香は、『巌窟王』（明治三四～三五）の冒頭に当たる「前置」のように、翻訳に際して多くの加筆を施していた。したがって、翻訳におけるこのような書き換えは決して珍しいものではなかったと考えることもできる。

しかし、美妙が「花の茨、茨の花」で行った試みは、坪内逍遙や黒岩涙香、宮島春松のものとは位相を異にしている。むしろここで敢えて「美」という概念だけを原文から残し、「花の茨、茨の花」に取り込んだことにこそ、大きな意味があったのではないだろうか。

日本デハ古事記、万葉ノ昔カラ之ヲ「な」（名）トイヒ、英デハ之ヲ「ねえむ」（Name）トイヒ、さんすくりつとデハ之ヲ「にやまん」トイヒ、拉丁デハ之ヲ「のおめん」トイフヤウナ、イヅレモ是ダケハNノ音ヲ大方出スノモ或ヒハ又何カノ点ニ於テ相一致関係スル所ハ有ルカモ知レヌ。ヨシサウデ無イ処ガ、兎モ角此命名法ハ何レノ国、何レノ人民ヲ問ハズコトゴトク皆一様ノ法則ノ下ニ在ツテ行ハレル処デ、サテサウシテ出来タ、所謂「名」トイフモノハ実際ドウイフ性質ノ物カ？

スデニ其本来ガソレゾレノ固有ノ点ヲ出来ルダケ取ツテ「名」トハスル。ガ、其固有ノ点ヲ取ツタバカリデハマダ「名」ノミニハ必ラズ限ラヌ。動詞、形容詞ナドノ他ノ語デモ固有ノ点ハ何レモ取ル。
（『日本大辞書』緒言「日本辞書編纂法私見」、明治二五）

ここには、美妙が持っていた翻訳、さらには言語そのものに対する重要な問題意識が示されている。美妙によれば、名詞によって表される概念を翻訳するというのは、たとえば英語のような特定の言語における名詞が、日本語でいうとどの名詞に当たるかといった二つの言語間における概念の対照によって行われるものではない。サンスクリット語やラテン語なども含め、名詞によって表象される対象は、「皆一様ノ法則ノ下」で「固有ノ点」に焦点化することによって概念化されるものであり、このような概念の言語による表出は、名詞に限らず、動詞や形容詞などでも可能だという。

すなわち、美妙にとって〈翻訳〉という営為は、多様な言語や国家を超えて人間が持つ概念の一般的共通性や言葉が持つ法則を探り、抽出していくということそのものだった。言い換えれば、美妙がここで「beautiful」を「美」と〈翻訳〉したときには、「花の茨、茨の花」という作品で用いられた日本語、その原拠である「*The Shepherd and the Prince*」が書かれた英語、さらにはその英語の文章が原拠としたと思われるドイツ語、作品の舞台となったスイスで用いられるフランス語、イタリア語、ロマンシュ語と、それらの言語を用いている人々の想念までが想定されている。美妙の認識では、その中で共有されるのが少年と王子とのあいだで通じ合った「美」であり、いわばその部分だけが〈翻訳〉可能な領域だったのである。そして「和文」による翻訳という初期草稿に書かれた問題意識が示していたように、それ以外の部分は日本語の文章にしてしまった以上、あくまで日本語で書く物語として再編成しなくてはならなかった。その結果として採られたのが、「骨ハ独逸肉ハ美妙」という角書きとして示された、「骨」に「肉」を書き足していく〈翻訳〉の方法だったのである。

5　おわりに

これまで見てきたように、明治一〇年代から二〇年代にかけての翻訳においては、翻訳文としてどのような文体を選び取るかということが非常に大きな問題となっていた。その中で美妙は坪内逍遙と同じように読本で用いる「和文」によって小説を翻訳するという問題意識を持っていたものの、言文一致の問題に携わったことで従来の文体の様式から離脱し、新しい表現を生み出していくこととなった。このように翻訳の問題は、同時代における文体の枠組みから見たときに、美妙が用いた言文一致体がどのように位置づけられるのかをもっともよく示している。その中で既存の文体のあり方を大きく覆したという意味で、美妙の言文一致は日本語表現の革命だったのである。

【注】


［1］柳田泉『明治初期翻訳文学の研究』、春秋社、昭和三六年など。

［2］吉武好孝『明治・大正の翻訳史』、研究社、昭和三四年など。

［3］秋山勇造『翻訳の地平　翻訳者としての明治の作家』、翰林書房、平成七年など。

［4］高橋修『主題としての〈終り〉　文学の構想力』、新曜社、平成二四年など。

［5］吉武好孝『近代日本翻案史　近代文学の中の西欧』、教育出版センター、昭和四九年。

［6］注［3］に同じ。

［7］　たとえば、正岡子規は「墨汁一滴」（『日本』、明治三四年六月一四日）の記事において、「ある時何かの試験の時に余の隣に居た人は答案を英文で書いて居たのを見た。」とし、以下、美妙の英語力が非常に高かったことについて記している。
［8］　単行本に所収される際に改稿が加えられている。活字非売本『我楽多文庫』の本文には問題が多いため、本稿では『夏木立』に所収された本文を扱うこととする。
［9］　本間久雄『明治文学史　上巻』、東京堂、昭和一〇年。塩田良平『山田美妙研究』、人文書院、昭和一三年。
［10］　山田有策・猪狩友一・宇佐美毅校注『硯友社文学集』（新日本古典文学大系　明治編二一）、岩波書店、平成一七年。
［11］　引用は、国立国会図書館蔵の鮫島尚信旧蔵本。明治八年に当時の東京図書館に寄贈されたものであり、宮島が翻訳に当たって実際に参照したものである可能性が高い。
［12］　山田有策による美妙に関する一連の論考は、『幻想の近代　逍遙・美妙・柳浪』（おうふう、平成一三年）に収められている。

第3節
美妙の「文法」

第1節から第2節にかけて、美妙の言文一致について考える上で前提となる、同時代の「文体」についての枠組みを確認してきた。一方、美妙の言文一致の特徴のひとつとして、「文法」を問題化し、言文一致文体にいかに規範的な「文法」を見いだしていくかという問題意識があったことが挙げられる。

そこで本節では、美妙が「文法」といった場合にはどのような問題を論じていたのか、まずはその枠組みについて確認していきたい。その上で、これらの問題がどのように言文一致に接続したのかについて、その方向性を探っていくこととする。

1　日本語学における美妙の扱い

山田美妙が日本語学、国語学の文脈において語られるときにまず問題とされるのは、山本正秀が繰り返し指摘した文末「です」を基調とするいわゆる言文一致の問題と、[注1]『日本大辞書』（明治二五～二六）を中心とした辞書編纂の業績であろう。その中でも、特に『日本大辞書』の附録に収められた「日本音調論」で東京語のアクセントについて記したことは早い時期から評価されており、国語学会編『国語学大辞典』（昭和三〇）で「アクセント研究史上に一基礎を置いたものとして高く評価されている」と記述されている。このほか近年では、佐藤喜代治編『国語学研究事典』（昭和五二）と飛田良文ほか編『日本語学研究事典』（平成一九）で美妙についての項目執筆を担当した橋浦兵一が、地の文における白ゴマ点の使用や、「武蔵野」（明治二〇）の会話文における、中世の「俗語体」の問題について指摘している。

また、研究事典ではなく具体的な研究論文のほうに目を向けてみると、菅野謙が『日本大辞書』のアクセントの問題について論じており、[注2]岡崎晃一が白ゴマ点の問題を取り上げている。[注3]このほか近年では、服部隆が言文一致文体における時制の問題を分析しているほか、[注4]菊田紀郎[注5]や平弥悠紀[注6]が、大槻文彦の『言海』（明治八）と『日本大辞書』との対照を試みている。

一方で、美妙には日本語文法の問題を扱っている文章があるものの、管見では、美妙の「文法」論について扱った先行研究は確認できていない。しかし、美妙にとって「文法」論は、非常に重要視されていたもののひとつだったと考えられる。

歴史といひ、語学といひ、文法といひ、哲学といひ風皆文学の中に属するものは皆こと〲く幼稚なる、之をさへ奮起して開略せんと思ふにて、すなはち第二の目的は日本文を改良する事〻第二の大事を行ふには正に日本文法を編まさるべからず。第三の目的は日本の歴史を作る事。第四の目的は日本語の大辞彙を作る事。是等は目下急用の件。たゞ畢生の力を尽して完成せんと思ふなり。

（草稿A、明治一九頃）

本章第1節で扱った草稿Aでは、「歴史」「語学」「哲学」と並んで「文法」が挙げられているだけでなく、なぜ「文学」に携わるのかという問題について、「詩と小説」に続く「第二の目的」として「日本文を改良する事」を挙げている。そのためには「日本文法を編」むことが必要だというのである。

2　三つの「文法」

ここでまず確認しておく必要があるのは、美妙が「文法」という用語で語ろうとするとき、この語自体が明治初年代から二〇年代にかけて、現在とは少なからず異なる語感を持っていたことである。この点についてはすでに十川信介が指摘しているが、▼注[7]本論において「文法」という用語の概念をどのように捉えるのかということを示すという意味でも、具体的に確認しておくこととする。

同時代において「文法」といった場合には、大きく三つの枠組みがあったと考えられる。そのひとつとして挙げられるのは、ごく大まかに、文章の書き方という程度の意味合いで用いられる場合である。

論文ニ至リテハ千種百様各々ソノ字面ヲ異ニシ文体ヲ同ウセザレドモ其ノ趣向ノ発生スル所ハ皆漢文ニ根拠スルヲ以テ迥カニ記事尺牘ノ上ニ突出シ平常ノ文学ニ通ジタリトモ漢籍ノ力ナキ輩ニハ決シテ草

シ能ハザル所ト成リ取モ直サズ漢語ヲ排列スルニ日本ノ文法ヲ以テスル丈ケノ事ナリ

（福地源一郎「文論」、『東京日日新聞』、明治八・八・二九）

福地源一郎が述べているのは、文章には「論文」「記事」「尺牘」など、文章の種類によって決まった様式があり、その枠組みに沿って書き進める必要があるという認識である。これらの様式が「文体」である。このとき、「論文」という「文体」においては「趣向ノ発生スル所ハ皆漢文ニ根拠スル」というように漢文において形成された様式に沿って書かれる漢字カタカナ交じりの漢文訓読体で書く必要があるものの、漢文の能力を持たない書き手が「論文」を「日本ノ文法」に沿って書いてしまうということを批判的に記述している。このときの「文法」というのは、「漢文」に対して日本語の文章を指す「日本文」の書き方という程度の枠組みである。

同じような「文法」の枠組みは、「文法ノ緊要ナルハ譬ヘハ音楽ニ曲節アルカ如シ若シ」とした服部誠一「文法略説」（『東京新誌』七号、明治九・六）や、「我輩今ノ文法ヲ製センニ其何レノ者ニ拠ラント言ハヾ我輩ハ其中ニ就キ先ツ其原格ヲ竹取空穂源氏等ニ採テ其古迂ヲ去リ盛衰記太平記等ヲ採リ之ニ華麗ヲ加ヘ更ニ変フルニ今ノ通俗言ヲ以テシ以テ其変化ノ用ヲ採ラバ初メテ燦然一定ノ者ヲ得ベシト信ズル也」とした、末広鉄腸が書いたと推察される『朝野新聞』社説の「日本文章論」（明治九・二・二五）などにも見られる。特に、「日本文章論」が『竹取物語』や『源氏物語』を基盤とした和文脈を基盤として「今ノ文法ヲ製セン」ということを主張していたのは、この枠組みが同時代において作文の書き方を学ぶための教科書として機能していた、文章規範と接続していたことを窺わせる。

此書三欄《ラン》ニ分《ワカ》チ上層《ソウ》ニハ作文ノ大意《タイイ》ヨリ作文ノ法《ハウ》及ヒ文法ヲ詳細《ショウサイ》ニ掲載《ケイサイ》シ中欄ニハ序、題跋、賛銘、書、祭文等ヲ輯録《シウロク》シ下段ニハ普通書牘《フツウショトク》文ニ雅《ガ》文ヲ交《マジ》ヘ次《ツギ》ニ記事、記遊、論説、祝文、紀戦等ノ文ヲ記載ス

（福井淳『記事論説文体軌範』自序、明治一九）

福井の『記事論説文体軌範』はいわゆる往来物に典型的な二段組ではなく、三段組で版面が組まれている。上段はたとえば上巻では「作文三稿法《サクブンサンカウハウ》」「草稿《サウカウ》の書法《ショハウ》」「造語《ゾウゴ》ノ蒼勁則《ソウキヨウソク》」「四字連用則《ヨジレンヨウ》」「譬喩《ヒユ》ノ則」「文章ヲ潤色《ジュンショク》スルノ法」「多《オホ》ク文ヲ作《ツクリ》テ精熟《セイジュク》ノ法」「文思ヲ錬磨《レンマ》スルノ法」といった項目であり、文章を書く上での心得や「草稿」の考え方、修辞法の問題などが文章で概説されている。一方、中段は『明治人物誌』や『商法必携』の序文を集めた「序門」、「楠公画像ニ題ス」「四君子図ニ題ス」などの題字を集めた「題図」以下、「賛銘」「書後」といった、既存の文章を引用したアンソロジーであり、下段は手紙文の例文を示した「書牘門」、記事文の例文を示した「記事門」以下、いわゆる文章規範の書籍になっている。

この場合、福井の自序で「作文ノ法《ハウ》」といっているのは、明治一九年の「小学校令」および「教科用図書検定条例」の制定まで刊行されていた「作文」の教科書を意識した枠組みである。したがって、使い方としては文章規範の書籍群にしたがい、例文として記載された文章を模倣することで同じような文章を再生産していくことにその目的があり、そうした文章の書き方の様式自体が「作文ノ法《ハウ》」「文法」という用語の概念だった。

このように「文法」という用語はもともと、文章の書き方、さらには現代の用語でいえば文章の様式性を指す問題系としての文体の問題を、少なからず含んでいた概念だったと考えられる。これに対して現代語の「文法」と近い枠組みで用いられているのが、次のような言説である。

今ノ時ニ当リテ日本文法ヲ制定セントスルハ実ニ紛乱ノ糸ヲ治ムルガ如シ故ニ此法ヲ制定セントセバ先ヅ我国ニ行ハル、所ノ数種ノ文体ニ就キ其類属ヲ分チ以テ漸クニ其端緒ヲ求メザル可ラズ抑古今ノ文体其類亦多シト雖ドモ概シテ之ヲ論ズレバ和文漢文ノ二系ニ外ナラズ今爰ニ其略ヲ挙ゲム

（大槻文彦「日本文典編輯総論」、『朝野新聞』、明治一〇・一・一六）

大槻文彦は「文体」が多様に分化しているという状況を指摘し、まずはその「文体」を整備していくことが必要だと指摘する。そのためには「日本文法」が必要であり、「文法」が制定されることで、やがては「文典」の編纂も可能になるという考え方を示している。

ここで「文典」というのは箕《み》作《つくり》阮《げん》甫《ぽ》『和蘭文典』（安政四、嘉永元）などをはじめ、幕末以来、文法書の意味で用いられている用語である。特に明治五年に学制が発布された際に「綴字」「単語」「会話」「読本」「習字」「文法」「書牘」の七科が設置されたことで「文法」の授業のために日本語の文法書が数多く刊行されており、黒川真頼『皇国文典初学』（明治六）、田中義廉《よしかど》『小学日本文典』（明治七）といった尋常小学校向けの文典や、中根淑『日本文典』（明治九）のように、小学校で授業をすることになる師範学校の学生に向けた「文典」が次々と刊行されている。この場合、まず「文典」といった場合には書籍としての「文法書」を指し、また学

校で学ばれる規範文法を記した「文法書」を指していた。「文法」といった場合には、その中に記述される具体的な内容、言葉に関する法則そのものを指していたことになる。

これらの明治初期の「文典」については古田東朔の論▼注[8]や山東功による一連の研究に詳しいが▼注[9]、本稿で特に注視したいのは、いわゆる洋学系文典、特に英語を学ぶ文法書の構成と、その中での文法論の位置づけである。

同時代に日本に入ってきていた英語圏の修辞学においては、たとえばハートの修辞学（John S. Hart, *A Manual of Composition and Rhetoric*, 1872）がコンマやピリオドなどのパンクチュエーションの問題からはじめて、語彙論や文の概念について概説し、文の構造や文章の構成、各文章ジャンルによる様式的差異にいたるまでを論じている。また、クワッケンボスの修辞学（G.P.Quackenbos, *Advanced Course of Composition and Rhetoric*, 1875）では、パンクチュエーションについての記述の前に英語という言語の歴史や起源についても触れており、学術に携わるための前提となる基礎教養のうち特に言語の記述に関する領域について体系的に学ぶことが求められている。

一方で、ベインの修辞学（Alexander Bain, *English Composition and Rhetoric a manual*, 1877）や、当時の大学予備門で使われていたコックスの修辞学（W.D. Cox, *The principles of Rhetoric and English Composition for Japanese Students*, 1882）がフィギュールの問題から入っているのは、これらの教科書が文法の教科書を学んだ上で用いることが前提とされているためであろう。たとえば大学予備門で用いられたコックスによる文法の教科書（W.D. Cox, *The Grammar of the English language for Japanese Students*, 1880, 1881）では、語の問題と文の概念から入って、各品詞についての概説や、シンタックスによる文の構造化の問題に入っていくことになる。当時比較的流通していたスウィントンの文法書（William Swinton, *A Grammar Containing the Etymology and Syntax of the English Language*, 1885）やピネオの文法書（Timothy Stone Pinneo, *Pinneo's Primary Grammar of the English Language, for Beginners*, 1849）も同様の構成であり、大学南校で用いられていたクワッケンボスの文法書(G.P.Quackenbos, *First Book in English Grammar*, 1870。および、G.P.Quackenbos, *An English Grammar*, 1873)も、品詞論と文の構造化の問題を含んでいる点に修辞学との差異がある。したがって、あらゆる教養の基礎としての言語を一貫して学ぶリベラルアーツのプログラムの中で、各品詞の使い方や文の構造化について学ぶのが文法論であり、パンクチュエーションの使い分けによる文章上の効果や、フィギュールの問題、文体の様式と文章全体のあり方について学ぶのが修辞学として位置づけられていたことがわかる。

この場合、たとえば前掲の中根淑『日本文典』が、言語の起源から入って日本における文字の輸入を説き、文字論から「文」の概念を扱わないままいきなり品詞論に飛躍しているというのは、同時代に流通していた英語の「文典」の発想として少なからず奇異なものに見える。この構成が開成所版の『英吉利文典』(慶應二)に依っていること、またそのために「文」の概念やシンタックス(syntax)の問題を扱えなかったことは、早くから古田東朔による指摘があるが、▼注[10] これと同様の問題は、中根が参照したと考えられる田中義廉の文典をはじめ、黒川真頼らの国学系文典などにおいても少なからず生じている。

このことは、同時代の英語教育で学ばれていた修辞学と文法論との境界が、日本の「文典」においては充分に機能していなかったことを示している。言い換えれば、日本語の「文典」において記述される具体的な内容としての「文法」といった場合には、それが文法論の範疇《はんちゅう》に収まるものなのか、あるいは、修辞学で学ばれる文章構成法に至るまでの枠組みを示しているものなのかは、必ずしも「文法」という用語によって一般化できるものではなく、それぞれの論者が示した枠組みによって判断していくことが求められていたことになる。

さらにいえば、里見義『雅俗文法』(明治一〇)、藤井惟勉『日本文法書』(明治一〇)、関治彦『語格階梯／

日本文法』（明治一二）など、文法書に「文典」ではなく「文法」の語を冠して「文典」と同等の意味で用いられているより現代に近い用例もあり、これが「文法」の三つ目の意味だったと指摘することもできる。

3　「言文一致論概略」における時制

それでは、以上のように「文法」という用語が用いられる中で、美妙はどの位相を問題にして「文法」を論じていたのだろうか。

美妙が「文法」の問題に触れているものとしてもっともよく知られているのは、「言文一致論概略」（『学海之指針』八〜九号、明治二一・二・二五〜三・二五）における記述であろう。

> 第三「今日の俗語ハ不完全な物で文法も何も持ッて居ない。」是ハ世の学者といふ学者達が得意で主張する説ですが、些と疎漏でハ有りませんか。果して此人達ハ俗語の性質を十分に研究した上で斯う言出した事ですか。
>
> （「言文一致論概略」、『学海之指針』八〜九号、明治二一・二・二五〜三・二五）

この「俗語」に「文法」がないという批判をめぐる問題は、「俗語」が「陋しい」という「第四」の問題点に先立って書かれている。第5節で詳しく触れるように、言文一致についての言説において前掲の山本正秀に代表される「です」を基調とする文末の待遇表現の問題が前景化する形で語られるようになるのは高松正道（茅村）の『明治文学／言文一致』（明治三三）前後の時期からであり、明治二〇年代においてはこのような「俗語」の待遇表現以上に、「文法」の問題が重要視されていた。

引用箇所を見てみると、美妙は「俗語」には「文法」が定まっていないという批判に対し、「俗語」にも「一定の規則」があると主張する。さらに「俗語の時《テンス》」を具体的に取り上げ、英語には六種類の「時《テンス》」があるのに対し、「現在＝解く。／過去＝解いた。／小未来＝解くだらう。／大未来＝解いたらう。」などの例を掲げて、日本語の「俗語」にも四時制が認められると論じている。その上で「名詞の規則、代名詞の定律」など、動詞の時制以外にも日本語の「俗語」にはさまざまな「文法」があると主張しているのである。

ここでまず問題になるのは、英語に六時制があるという美妙の認識である。たとえばスウィントンの文法書では、次のように記述されている。

> 115. Tense is a grammatical form of the verb denoting the time of the action or event asserted and the degree of its completeness.
>
> 116. Primary Tense.—There are three divisions of time to which an action or event may be referred —the present, the dast［ママ］, and the future. Hence arise three primary or absolute tenses: Ⅰ. THE PRESENT Ⅱ. THE PAST Ⅲ. THE FUTURE.
>
> 117 . Secondary Tenses.—An action or event may be spoken of as completed, or perfected, with reference to each of the three divisions of time. Hence arise three secondary or relative tenses: Ⅰ. THE PRESENT PERFECT Ⅱ. THE PAST PERFECT Ⅲ. THE FUTURE PERFECT.

（William Swinton, *A Grammar Containing the Etymology and Syntax of the English Language*, 1885）

ここでは一般的な時制として「現在（PRESENT）」「過去（PAST）」「未来（FUTURE）」の三時制を、さらにそれとは異なる「Secondary Tenses.」として「現在完了（PRESENT PERFECT）」「過去完了（PAST PERFECT）」「未来完了（FUTURE PERFECT）」を想定しており、これを合わせて六時制が存在するという解説になっている。このほかにも、大学予備門で使われていたコックスの文法書では「Imperfect」と「Perfect」としてそれぞれ「現在（present）」「過去（past）」「未来（future）」を設定しているなど、用語の差異はあるものの、基本的にこのような六時制という考え方は、同時代の英文典においては一般的に見られる認識である。

これらの時制の呼び方については、さまざまな用語で翻訳されている。たとえば同じスウィントンの英文典を翻訳したものであっても、栗野忠雄『英文典直訳』（明治二〇）や斎藤八郎『英文典直訳』（明治二〇）では「THE PRESENT」が「現在」、「THE PAST」が「過去」、「THE FUTURE」が「未来」、「THE PRESENT PERFECT」が「半過去」、「THE PAST PERFECT」が「大過去」、「THE FUTURE PERFECT」が「大未来」となっており、蘆田束雄『英文典直訳』（明治二〇）や渡辺松茂『英文典講義』（明治二三）では同様に「現在」「過去」「未来」「充分現在」「充分過去」「充分未来」、石川録太郎『英語学新式直訳』（明治二一）では「現在」「過去」「未来」「半過去」「大過去」「充分未来」、伴野乙弥『英文典直訳』（明治二一）や太田次郎『英文典直訳』（明治二一）では「現在」「過去」「未来」「完全現在」「完全過去」「完全未来」、平井広五郎『英文典講義』（明治二二）では「現在」「過去」「未来」「現在完成」「過去完成」「未来完成」とされている。それぞれの翻訳語にかなりの大きなゆれが認められるのである。

これは、スウィントンの英文典の翻訳に限ったことではない。コックスの英文典やクワッケンボスの英文典などをはじめ、当時の英文典は多く翻訳がなされているが、これらの用語はほとんど統一されておらず、混沌とした状況になっている。

国学系文典では時制の問題は「辞」の語尾変化として捉えるのが通常だが、一方で、英文典から時制の概念を取り込んだ同時代の洋学系日本語文典にも、同じような用語の混乱が見られる。

たとえば田中義廉『小学日本文典』(明治八)は巻三の第二八章「動詞の時点」において「第一現在」「第二現在過去(半過去)」「第一未来」「第二未来」という四時制を認めている。このとき、「第二現在過去」は「他国ニ行キシ」「鐘ヲ撞チヌ」など現在の文法用語でいえば過去や完了の助動詞を伴う形、「第一未来」は「他国へ行カン」「人ヲ止メン」といった意志の助動詞「む」を含む形、「第二未来」は「朝来ルデアラン」「終ルコトモアルナラン」と未来推量の形を想定している。

また、中根淑『日本文典』では「置カレシ」のような過去の助動詞を伴う「充分過去」、「建テリ」のような完了の助動詞を伴う「不充分過去」、「現在」、「読ミタリ」のように完了・存続の助動詞を伴った「充分現在」、「終ラン」のように意志の助動詞を伴う「充分未来」、「為シヌヘシ」のように強意の助動詞「ぬ」などを伴った推量である「不十分未来」の六時制を認めている。

このほか、藤井惟勉『日本文法書』(明治一〇)では「充分過去」「不充分過去」「充分現在」「不充分現在」「充分未来」「不充分未来」の六時制、阿保友一郎『日本文法』(明治一五)では「現在」「第一過去」「第二過去」「第三過去」「第一未来」「第二未来」の六時制を認めるなど、英文典で記述される六時制を日本語に横滑りさせる形で記述しつつ、用語の問題についてはそれぞれの論者で異なっている。

この中で美妙が用いていた「大未来」「小未来」という用語は、英文典の翻訳で「THE FUTURE PERFECT」が「大未来」と呼ばれていたのに対し、「THE PERFECT」を「小未来」としたものであろう。このことは、英語が六時制であるのに対し、日本語の「俗語」であっても四時制が認められるという論理に、その由来があったと考えられる。

4 「日本文法草稿」について

一方で美妙はこれ以外にも、日本語の「文法」に関する発言をしばしば行っている。その中でも特に注目されるのが、「明治十九年二月十五日」という日付を持つ手稿「日本文法草稿」である。

この手稿は本間久雄の発見によるものであり、現在は早稲田大学図書館（中央図書館）の本間久雄文庫に収められている（請求記号：文庫一四―A八八―一）。楮紙八枚を重ねて二つ折りにし、中央部に二つ穴を開けて紙縒《こより》で仮綴にした一六丁の美妙自作の冊子に薄墨で罫を引いて墨書したものであり、大きさは縦二〇・九センチ×横一六・六センチである。表紙に当たる一丁オモテには「日本文法草稿」の外題が美妙の自書によって記されている。その左側に「美妙齋」と署名がなされており、表紙の左肩には「明治十九年二月十五日」という日付が書かれている。

内容は、表紙に当たる一丁を除いた残り一五丁のうち、最初の七丁が美妙が日本語の「文法」について記した「日本文法草稿」に該当する部分、その後三丁に渡って美妙の所蔵と思われる草双紙類のリストが記載されている。以下、残りの五丁には何も書かれていない。

そもそも、草稿であるにもかかわらず、一丁を表紙として外題を作り、署名の上日付まで記してあるというのは、異様ですらある。もっとも、同じ時期に書かれたほかの草稿でも、美妙は「日本歴史」（明治一八・五）、自撰歌集「はなかがみ」（明治一八）と、同じように表紙を作ったものを残しているので、単に美妙のマニアックな側面が現れただけという可能性もある。

「文法」について記述された内容は、「名詞に属する後詞」「動詞に属する後詞」「順用動詞の語尾変化」の三点である。「後詞」は現在の文法用語でいう助詞に当たるが、それぞれ「単用」「重用」「三重」としており、「単用」は名詞や動詞のあとに助詞がひとつしかつかない場合、「重用」は名詞や動詞のあとに助詞が二つ続く場合、「三重」は三つが続く場合を表している。たとえば、「名詞に属する後詞」の「単用」は次のように記述される。

> 名詞に属する後詞　単用
> ハ、ニ、ヘ、ト、ヲ、カラ、ガ、ヨリ、ダニ、ダモ、ゾ、ナド、ナガラ、ナン、ノ、ノミ、ヤ、ヤラ、マデ、コソ、サヘ、モ、スラ
> （「日本文法草稿」）

「後詞」という語は、古川正雄『絵入知慧の環』（明治三）の「あとことば」、南部義籌《よしかず》『横文字綴日本文典初学』（明治七）の「Atokotoba」ほか、山田俊三『山田氏文法書巻一』（明治六）、中根淑『日本文典』、小笠原長道『日本小文典』（明治九）、安田敬斎『日本小学文典』（明治一〇）、藤田維正ほか『日本文法問答』（明治一〇）、藤井

惟勉『日本文法書』(明治一〇)、平野甚三『小学日本文典問答』(明治一〇)と、特に明治一〇年前後に出版された文法書で、しばしば見られるものである。

一方で、「後詞」の「単用」「重用」という用語は非常に珍しいものであり、管見ではこれを採用している文法書は、中根淑の『日本文典』と、阿保友一郎『日本文法』しか確認できていない。しかし、阿保友一郎は、現在の自立語と付属語の枠組みに当たるいわゆる「詞」と「辞」という使い分けにしたがって「後詞」ではなく「後置辞」という用語を使っている。これに対し、美妙が示した「後詞」は中根の『日本文典』と共通しているだけでなく、中根によって示された「後詞」の配列と、引用箇所以外のものも含めた美妙の「日本文法草稿」の配列とは、ほぼ重なり合っている。また、美妙が用いている「順用動詞」「逆用動詞」という用語も、中根の文典において用いられているものと共通しており、「順用動詞」は自動詞を、「逆用動詞」は他動詞を指している。したがって、以上の点を踏まえれば、美妙の手稿は、中根の『日本文典』を参照したものと考えて間違いないように思われる。

以上の点を踏まえた上で、「日本文法草稿」で記された六時制について確認していきたい。美妙はここで、「大現在」「小現在」「大過去」「小過去」「大未来」「小未来」の六時制を設定している。具体的には、「大現在」が「たり」「なり」と、現在の学校文法用語でいういわゆる存続や断定の助動詞に当たり、「小現在」は動詞の終止形と「つつ」だということになる。また、「大過去」は過去の助動詞「き」「けり」と完了の助動詞「り」、「小過去」は完了の助動詞「ぬ」「つ」、「小未来」は「けり」に助動詞「む」「べし」がついて「けむ」や「つべし」などの形になったものであり、「大未来」は「ゆくべし」など、動詞にそのまま推量の助動詞がついた形が想定されている。この六時制はちょうど、スウィントンなどによって書かれた英文典で記述されていた六時制をそのまま日本語に当てはめたものであり、同時代の洋学系日本語文典と同じ発想で記述されている。

一方で、「大現在」「小現在」「大過去」「小過去」「大未来」「小未来」という用語は「後詞」のところで参照していた中根淑『日本文典』の「充分過去」「不充分過去」、「現在」、「充分現在」「充分未来」「不十分未来」とは異なる用語で書かれている。その意味でも、美妙が独自に行った分析という側面が強い。また「言文一致論概略」において「現在」「過去」「大未来」「小未来」という「俗語」の四時制と用語が共通しているということを考えれば、ここで行われた分析をそのまま「俗語」に適用させたのが、美妙の言文一致論における「文法」についての議論だったと考えるべきであろう。

5　美妙の「文法」

このほかにも、美妙とその周辺では、しばしば「文法」や、それに関わる問題が取り上げられている。たとえば、美妙が編集に関わっていた婦人雑誌『以良都女』では、文部省編輯局が編んだ『送仮名写法』（明治一五）を名詞、動詞、代名詞、形容詞と品詞別に解説した「内閣官報局新訂送仮名法」（『以良都女』二六〜二七、二九、四〇、四二号。明治二二・八・一五〜九・一五、一〇・三〇、二三・一・三〇、二三・二・一五）や、句読点、三点リーダ、二倍ダーシ、パーレンなどそれぞれの文章符号を誰が日本語で使い始めたのかをまとめた「文章符号の解釈」（『以良都女』三四号、明治二二・一二・八）、「ある」「ゐる」「をる」の使い分け方について論じた「普通語「ある」の意味」（『以良都女』三五号、明治二二・一二・一五）、言文一致文体は「普通語法」にしたがうべきであり、特に「ウツクシイ花」「ウツクシキ花」のような形容詞の使い方が重要だと説いた、山田美妙「言文一致を学ぶ心得（一）」（『以良都女』五六号、明治二三・六・一〇）などが挙げられる。

しかし、『以良都女』で美妙が執筆する場合には署名記事になっていることが通常であるため、それ以外の無署名記事については、実質的な編集人だった新保磐次《しんぼいわじ》によるものだった可能性を想定しておくべきであろう。一方で美妙に目を戻せば、その文法論は『日本大辞書』（前掲）に収められた「語法摘要」に結実していたといえる。美妙はここで「此辞書ニ於テハ日本語ヲ第一、名詞﹆第二、代名詞﹆第三、数詞﹆第四、動詞﹆第五、形容詞﹆第六、助動詞﹆第七、副詞﹆第八、接続詞﹆第九、テニヲハ﹆第十、感歎詞﹆第十一、接頭語﹆第十二、接尾語﹆第十三、根詞ノ十三種ニ分類シテ取リアツカフ。」とし、特に用言については「将然言」（「不十分連続法」「Subjective Imperfect」）、「連用言」（「現在分詞」「Participle Present」）、「熟語法」「Compound Form」）、「名詞法」「Gerund」）、「終止言」（「直接法」「Indicative」）、「連体言」（「分詞法」「Verbal Adjective」）、「已然言」（「充分連続法」「Subjunctive Perfect」）、「希求言」（「命令法」「Imperative」）と、それぞれの活用形をモダリティ（「法」、mood）の問題として捉え、活用表と活用の種類とを示している。

動詞の活用を「将然言」「連用言」などをはじめとする活用形で捉えていくという発想は、里見義『雅俗文法便覧』（明治一〇）、堀秀成『語格全図』（明治一〇）などの国学系文典や、阿保友一郎『文典初歩　一名・十四種活用図解』（明治一一）のように国学と洋学との折衷的な位置にある文法などに早くから見られるものである。一方、これをモダリティの問題として明確に記述するという立場は、大槻文彦が『言海』（明治二二）の巻頭に掲載した「語法指南」（明治二二）に見られるものである。ここでは「裁断」「終止」を「直説法」（Indicative mood）、「連体」を「分詞法」（Participial mood, or Verbal Adjective）、「已然」と「将然」を「接続法」（Subjunctive mood)、「連用」「仮体」を「折説法」(Participle, present)「熟語法」(Compound form)「名詞法」(Gerund)、「希求」を「命令法」(Imperative mood)と記述しており、美妙の「語法摘要」とほぼ重なり合っている。したがって、この時期に美妙が論じていた「文法」は、中根淑が『日本文典』で示した枠組みから大槻の「文法」論に大きく接近していた。

一方で「語法摘要」は、美妙の文法論としてはもっともまとまりのあるものだが、大槻の「語法指南」のように各品詞ごとの詳細な解説には立ち入っておらず、動詞の活用例を一覧表にして示すところで止まっている。また、「言文一致論概略」「日本文法草稿」で述べていたような時制の問題や、『以良都女』誌上で主張されていたような形容詞の使い分けには言及がなく、大槻の文法論が『広日本文典』(明治三〇)、『中等教育日本文典』(明治三〇)、『日本文法教科書』(明治三四)のように、品詞論から主語・述語によって文を構造化する統語論の問題にまで至っているものは見られない。

そのため美妙の「文法」が、どのような位相で論じられていたものだったのかということが、ここで非常に大きな問題となる。というのも、たとえば美妙の「文法」が言文一致文体の「文典」までを想定していたとすれば、それは単純に言文一致による日本語の文章を記述文法として分析しただけのものではなく、ともすると規範文法的に普及させることで、そこに記述された「文法」にしたがって構造化する方法を広めようという方向性を持っていたことになる。一方で、これらが単純に「今日の俗語ハ不完全な物で文法も何も持ッて居ない。」(「言文一致論概略」)という批判に応えて「俗語」あるいは当時としての現代語にも「文法」があるということを主張するために論じられたにすぎないものであるならば、美妙の言文一致は「文法」を論じる一方で、それに基づいた日本語の記述を想定してはおらず、「文法」的な記述とは異なる位相で言文一致の普及を図っていたことになるからである。

このような問題を考える手がかりとなるのは、美妙が明治三〇年代に入ってから次々に刊行した『言文一致／文例』（全四冊、明治三四〜三五）、『日用書翰文・記事論説文／言文一致作例』（明治三五）、『言文一致／新文例』（明治三八）といった言文一致文体の文章規範書である。明治期の特に女子教育においては、文章規範書に示された文体を学び、それに倣った文章を再生産するという江戸期以来の教育が続いていた。美妙の言文一致文章規範はこのような発想に基づき、言文一致体をひとつの様式的な文体として普及しようとした企図が見て取られる。その意味で、言文一致の「作文法」を示していたともいえるわけだが、一方で美妙は、言文一致の「作文法」と「文法」「文典」の問題は、切り離して考えていた。

> 日本の言文の一致を図るためには文典制定の必要も有れば言語調査の必要も有る。それに就いては通音の理を究める必要も起こる。
>
> （『言文一致／文例』第一編、「此書物編纂の趣意」、明治三四）

美妙によれば、これらの言文一致文章規範はあくまで明治三四年三月九日に開かれた言文一致会で白鳥庫吉らが提出した「悔みの文」に対し、美妙が「どのやうに言文一致体を操るかとの模範」を示すことが目的だった。このような文章規範に対して、「文典制定」は別に制作する必要があるという発想を持っていたのである。しかもこの「文典制定」については第三編に収められた「敬語と普通語と」において「文典の本願は殊さら無趣味な規則や典型をこしらへて、天晴活動するもの丶其活動を圧制するものでない。その放縦な活動、すなはち不規律な運動を制して中庸その適宜に赴かせるのである。」と述べている。また、ここで「文典」を問題化するに当たり、この時期ようやく美妙が「敬語」と言文一致における敬体の問題を本格的に扱っていることも、確認しておく必要があるだろう。

6 「文法」から言文一致へ

しかし改めていうまでもなく、美妙のこのような日本語改良に向けた試みは、最終的に言文一致の「文典」を作り、そこに示された「文法」のとおりに日本語を記述できるように規範化するという段階にまでは至らなかった。しかし、「文法」という規範に基づいて日本語を記述するという問題意識は、少なからず『以良都女』を購読していた女性たちには示されていたといえる。

一方、美妙が「日本文法草稿」で参照した『日本文典』の編者である中根淑（香亭）が新保磐次とともに金港堂で『都の花』の編集に携わるようになるのは、明治二一年のことである。したがってこの手稿を書いた時期に美妙と中根とのあいだに直接的な交友関係があったとは考えがたい。しかし、美妙の文法論はこの時期に少なからず中根の文法論と接続しており、また、明治二〇年に『以良都女』を創刊して編集に携わっていく中で、言文一致論の基本的な考え方は新保磐次が「談話上ノ語ハ多ク俗語ヲ以テセリ」（「例言」）として「談話体」文体が多く採用して編纂した『日本読本』（明治一九）や『日本普通文如何』（明治二〇）と問題点を共有していくことになる。そのことで美妙の言語観は、金港堂で編纂される教科書を媒介として、同時代の学校教育、女子教育と接続していったものと考えられる。『日本大辞書』の「語法摘要」が大槻の文法論に接近していたことも、この文脈の中で解されるべきであろう。

以上のように、美妙の「文法」論と言文一致論は、二葉亭四迷のような実験的な言文一致の試みという以上に、近代日本語の成立そのものと通底する問題点を少なからず抱えていたものと思われる。したがってこの問題については、第5節で具体的に検証していくこととしたい。


【注】


［1］山本正秀『近代文体発生の史的研究』、岩波書店、昭和四〇年。『言文一致の歴史論考』、桜楓社、昭和四六年など。

［2］菅野謙「山田美妙のアクセントと現代共通語のアクセント」、『大正大学大学院研究論集』第一三集、平成元年二月。

［3］岡崎晃一「山田美妙の白ゴマ点」、『解釈』第五二号、平成一八年五月。

［4］服部隆「山田美妙「武蔵野」における文末時制——節（Clause）を用いた文体分析の試み（5）」、『上知大学国文学科紀要』第三〇集、平成二五年三月。

［5］菊田紀郎「大槻文彦と山田美妙の言語観　『言海』・『日本大辞書』の編纂にかかわって」、『日本学研究』第五号、平成二二年七月。

［6］平弥悠紀「『日本大辞書』の音象徴語」、『同志社大学日本語・日本文化研究』第一二号、平成二六年三月。

［7］十川信介『いちご姫・蝴蝶　他二篇』「解説」、岩波書店（岩波文庫）、平成二三年。

［8］古田東朔「日本文典に及ぼした洋文典の影響——特に明治前期における」、『文芸と思想』、第一六号、昭和三三年一〇月、「明治前期の洋風日本文典」、『国語と国文学』第七九巻第八号、平成一四年八月など。

［9］山東功『明治前期日本文典の研究』、和泉書院、平成一四年。

［10］注［8］に同じ。

第4節
歴史と想像力——「笹りんだう」

美妙の言文一致小説というと、まず最初に挙がるのは「武蔵野」や「蝴蝶」であり、あるいは『夏木立』に収められた「柿山伏」（初出は「嘲戒小説天狗」、活字非売本『我楽多文庫』明治一九・一一・一〜二〇・七）であろう。たしかに早い時期に言文一致小説として書かれ、同時代評や文学史で取り上げられたのは、これらの作品だった。しかし、この問題について考えるとき、より美妙の言文一致においてはどのような点が問題となっていたのかを端的に示しているのが、「解剖的小説」と呼ばれる、美妙が明治二四年前後に書いた一連の作品群だと思われる。

本節ではその中から主に「笹りんだう」を取り上げ、美妙の言文一致について考えるための手がかりを探っていきたい。

1　「笹りんだう」について

山田美妙の小説「笹りんだう」は、植村正久が主催していた雑誌『日本評論』の第二一号（明治二四・一・一〇）、第二二号（同一・二四）、第二三号（同二・一〇）と三回にわたって連載された。これは、一人称の語り手「己《おれ》」を名乗る源頼朝と、三人称の語り手とが、頼朝の心境を語ることを通じて権力者として実権を握るための秘訣を示すという物語である。

この作品が雑誌に連載されたとき、三回にはそれぞれ「第一の上」「第一の中」「第一の下」と見出しがつけられていた。しかし「第二」以降の続編は発表されておらず、未完の作品だった可能性もある。そのためか、本間久雄、▼注[1]塩田良平、▼注[2]山田有策▼注[3]などによる先行研究では、まったくといってよいほど触れられてこなかった。

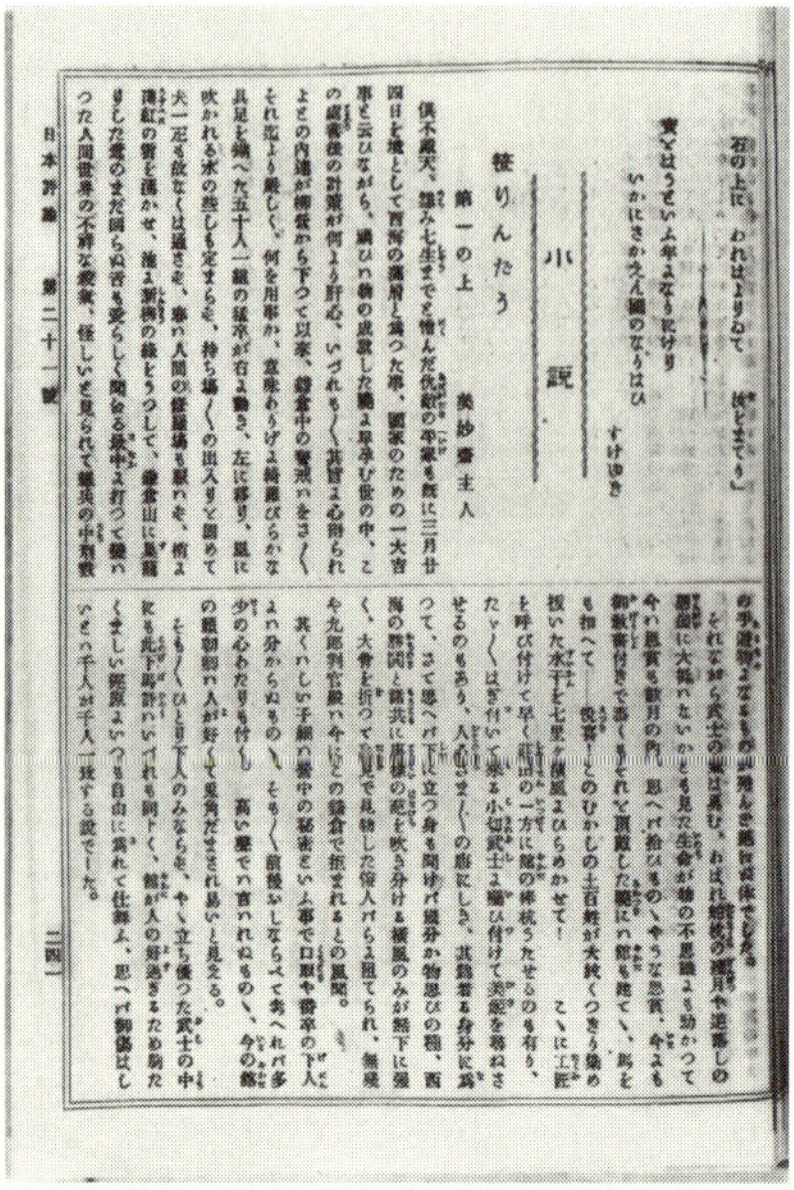

山田美妙「笹りんだう」、『日本評論』第 21 号（明治 24・1・10）掲載。明治新聞雑誌文庫所蔵（コピー版を所蔵）。請求記号 Z02:N778。

一方で近年、十川信介が本文校訂し、論者が注釈を分担執筆した岩波文庫版の『いちご姫・蝴蝶　他二篇』▼注[4]に収められたほか、二〇一二年から臨川書店が刊行を始めている『山田美妙集』の第二巻（山田有策校訂）にも収録されている。このとき十川信介は、「森鷗外の「舞姫」と同じ年に執筆されたとおぼしいこの一人称体は、頼朝の胸底を暴露したとしても、そこに「己《おれ》」の反省が欠けているため、小説末尾の彼が感じるのと同様な、うそ寒い印象が残る」として、一人称小説としての不備を指摘した。[注5] また山田有策は、「発想は面白いがこれ以上展開できなかった点に美妙の構想力の欠如がみてとれる」と、源頼朝による一人称小説という構造を評価しつつ、中絶してしまったことを批判的に扱っている。[注6]

しかし、作品が中絶するというのは必ずしも作家本人の責任ではなく、発表媒体の側の事情が関わっていることが少なくない。したがって、中絶したということだけをもって、この作品の評価を定めることはできないはずである。また、たとえ小説としての難点があったにせよ、この小説が公にされている以上、どのように意味づけることができるのかという視点を欠かすことはできないであろう。

その上で本文を読んでみると、この作品には、美妙が試みようとしていた言文一致小説のあり方という点で、ひとつの重要な問題が見いだされるものと思われる。そこで本稿では、まずは小説を具体的に読解するという基礎的な作業を行うこととする。その上で、この時期に美妙が書いた小説にどのような問題点があったのか、具体的に考えていきたい。

2　語り手と源頼朝との関係

まず、この「笹りんだう」という小説は、きわめて特殊な語りの構造を持っている。したがって、まずはこの点を確認しておかなくてはならない。

其くハしい子細は営中の秘密といふ事で口取《くちとり》や番卒の下人《げにん》にハ分からぬものゝ、そも〳〵前後おしならべて考へれば多少《せう》の心あたりも付く。高い声でハ言ハれぬものゝ、今《いま》の館《やかた》の頼朝卿ハ人が好《よ》くて兎角だまされ易いと見える。

そも〳〵ひとり下人のみならず、やゝ立ち優つた武士《ぶし》の中《うち》にも此下馬評《このげばひやう》ハいづれも同じく、館《やかた》が人の好過《よす》ぎるため胸たくましい梶原にいつも自由に為《さ》れて仕舞ふ、思へば御傷はしいとハ千人が千人一致する説でした。

（「第一の上」）

作品の冒頭に当たる「第一の上」では三人称の語り手が登場し、主人公である頼朝を「頼朝卿」と称している。この語り手によれば、頼朝は平家を討ち滅ぼすという宿願を達成したものの、まだ戦乱の世は続き、武士の社会は不安定なままである。そんな中、頼朝があまりに人が良すぎるということが、下人たちのあいだで流れている噂話としてだけでなく、頼朝側近の武士たちのあいだでも問題視されている。そのことが「梶原にいつも自由に為《さ》れて仕舞ふ」要因となっているのだという。

こうした語り手による頼朝についての評価は、「第一の上」の最後のほうに「元より梶原の胸中ハ九郎憎しでほと〳〵沸《に》え立《た》つ、それで讒言の発当人の名をふりかぶつて何とも思ハず」という記述が見られることから、梶原景時が一一八五（元暦二／寿永四）年の「壇ノ浦の戦い」において義経の傲慢さを頼朝に報告した、いわゆる「梶原景時の讒言」などを指していると考えられる。したがってこの語り手は、少なくとも『吾妻鏡』や『平家物語』などを読むことができる時代に存在し、それらを参照しながら事後的に語っていることがわかる。

第1章第5節で指摘したように、美妙の時代小説の特徴は、明治時代に存在する語り手が、自身がその時代に持った視点や価値観から過去の時空にある物語世界を解釈し、語るというものである。したがって「笹りんだう」の場合も、「第一の上」では同じような構造を持っていたと考えられる。すなわち「第一の上」に現れる三人称の語り手は頼朝が実際に生きた時代よりはるか後世に在り、『吾妻鏡』をはじめ『平家物語』や『源平盛衰記』『義経記』などをはじめとしたさまざまな資料を参照しながら、源頼朝という一人の人物を再現し、意味づけようとしているのである。

一方で、「第一の中」に現れる「己《おれ》」を自称する源頼朝も、あくまでこの「第一の上」の語り手を前提としたものとなっていることも重要である。

> 頼朝に為つて見れバちやんちやら可笑《をか》しい。欺したつもりで欺されて、知らぬ顔をしてみれバ何処《どこ》までも知らぬと考へる、まことに〱世の中ハ訳の無い妙なものとハ、是れまた頼朝一人《いちにん》以外に曽て言ハなかつた意中ながら、兎に角夜更《よるふ》けて風しづかな時、一人静座した時の胸でした。
>
> （「第一の上」）

「第一の上」末尾の部分である。ここでは、「頼朝に為つて」という部分に注意したい。通常であれば「頼朝にとって」とするところだが、そこにあえて「為つて」という表現が用いられている。すなわち「第一の中」「第一の下」において「己《おれ》」を自称する頼朝の語りは、「第一の上」の語り手が実際に「頼朝に為」ることで成立している。このことで、風のしずかなある晩、「曽て言ハなかつた意中」、すなわち、これまで誰も知り得なかった源頼朝という人物が心の裡で思っていることを三人称の語り手が解釈し、仮構し、一人称の語りを用いながら語り出すという小説なのである。

3　「寝惚け」る頼朝

美妙はこの時期、春陽堂が刊行していた叢書『文学世界』の第二冊として発表した「猿面冠者」（明治二四）においても、同じように豊臣秀吉が一人称で自身の心境を吐露する小説を書いている。後で触れるように、これらは同時代において美妙の「解剖的小説」と呼ばれていた。

それでは、このような「解剖的小説」の方法によって、頼朝がどのような人物として語られたのか。それはひとことでいえば「寝惚けた顔してさて人にハ寝惚けたやうな、また寝惚けぬやうに見迷はせる、それだけの覚悟を心得る」（「第一の中」）人物なのだという。

寝惚けぬ顔を常に粧へば、一旦千慮の一失が有ッても直にそれハ人の目に立つ。万緑叢中の紅《かう》一点は紅中《こうちう》の紅《こう》よりハ人目に付く。『人皆盲なら』それこそ『盲者《めくら》は』誰だか知れぬ。常に分からずに居れば毎《いつ》までも分からぬ。こゝを思ふと、ヘン！　何の義仲！　何の範頼！　何の〱くだらぬ義経！　どれも〱訳のない奴《やつ》！

（「第一の中」）

引用箇所のような「己《おれ》」を自称する頼朝による一人称の語りでは、彼の「寝惚け」というのが、きわめて戦略的なものだったことが明らかにされている。

木曽義仲や源範頼、源義経は、周囲の人望をよく集めていた。三人称の語り手によれば、これは「愛で人気を攬る」（「第一の下」）手法である。しかし頼朝によれば、このような義仲たちのあり方は「くだらぬ」ものにすぎない。なぜなら、周囲の人々から愛されるためには、常に「寝惚けぬ顔」を見せなくてはならないからである。この場合、才知や武芸に優れ、突出した能力を持つ人間として振る舞わなくてはならない一方、「一旦千慮の一失が有ッても直にそれハ人の目に立つ」というように、ほんのわずかな失策であってもそれが失脚の要因となってしまう。

実際に義仲は死に、義経は鎌倉から排除され、範頼もやがて頼朝自身の手によって修善寺に幽閉されることとなった。三人称の語り手によれば、これらの三人に対し、頼朝は「寝惚け」ていたことで、「欺きやすい頼朝の下に付いた方が安全であらう」（「第一の上」）という評価を周囲から受けていた。また、梶原、北条、畠山、和田といった諸豪族に囲まれながら、「平等公平《びやうどうこうへい》に物を見る特質」（「第一の下」）によって、苦労してその境遇を乗り越えた。このように三人称の語り手は、「己《おれ》」を自称する頼朝の一人称によって語られる心境を、歴史書に記されたその後の史実も踏まえながら意味づけていく。それが、「寝惚け」という、頼朝に対する評価に収束されているのである。

一方で、この物語における頼朝は、ただ義仲、範頼、義経を戦略的に陥れ、権力者として成功しただけの存在ではない。頼朝の「寝惚け」というあり方には、これとはまったく別の位相にある内面が含まれている。

つまりは義仲範頼両人が藉って以て人気を取る固有の長処を両つながら己《おれ》ハ持たず、却ッて両人が短所とする其短所を両つともに持つ。人に乞ハれて己《おれ》には鐘愛を忍んで手放しにくい。かと言ッて、暫時待てと賺かしてやるのも気にハ入らぬ、その件に於ても己ハ劣る。一方《いつはう》の義仲ハ既に世に無い。が、掛念、範頼に兎角人気が多い。

（「第一の中」）

ここで頼朝の一人称によって語られているのは、義仲や範頼に対して持つ強い劣等感である。頼朝は義仲に対して、「腕押しで来られたら中々頼朝吾ながら及ぶ処では無い」（「第一の中」）という自覚を持っているだけでなく、義仲が武将たちに対して「どんな鐘愛でも遣れずには居られなかッた」（「第一の中」）ことで、たとえ一時期であったとはいえ人望を集めていたことを認めている。また範頼についても、「物やさしい」（「第一の中」）人格と「暫時を賺《す》かすやうな気質」（「第一の中」）とによって武将たちから人気を集めており、頼朝はその点で自身は劣るという自覚を持っている。したがって、引用箇所で「両人が短所とする其短所を両つともに持つ」とあるのは、義仲や範頼が人望を集める理由となったそれらの要素を頼朝は持っていないことを自覚しており、そのために二人に向けていた羨望のまなざしを自虐的に語り出した表現だといえる。

このとき「寝惚け」という頼朝あり方は、義仲や範頼に対してそれらの点で劣っていた「短所」を、彼が権力を握るための戦略へと転換していく論理だったのであり、同時に、彼らに対する劣等感を隠し通すための振る舞いだったことになる。

義仲や範頼に対するこのような態度に較べ、義経に対して、頼朝はより強い警戒心と自尊心とを併せ持っている。

> 形《なり》からして第一小癪にさハる。瓜実顔《うりさねかほ》が薄白く、目ハ細くて凄味も無く、それに反歯《そつぱ》で歯根《はぐき》が紅《あか》く、笑はれて見れバどれ程根性が図太いか、奸々《こすく》して居るか分からぬ程の気色《けしき》も見えて兄ながらも薄気味わるい。いやに奸《こす》い、始終人の景気を嗅ぐ、人が何か噺し掛けれバ知って居さうな事に空《そら》とぼけ、或は知つて居ぬかと思へバ猛然とすッぱ抜いて、吃驚する相手の顔をじッと見つめる――どうしても食《く》へぬ奴。争ハれぬもので下司《げす》の常盤の腹にやどッただけに針の音《おと》までに細かく気を附けて――まづ比へれバ朽木の洞《うろ》に空寝入《そらねいり》して居る木鼠《りす》か、それだけに容易な事でハ籠絡も出来ぬ。併《しか》し笑止！　それでもまだ此自分頼朝には図太い処に於て劣ッて居る。
>
> （「第一の下」）

頼朝が義経から感じ取っていたのは、ある種の不気味さだった。『平家物語』や『源平盛衰記』で記述されたことに基づくと考えられる容姿についての評価が前景化して見えてしまうが、頼朝が恐れていたのは、義経の態度に掴《つか》みどころがなく、「食《く》へぬ奴」であったことだろう。なぜならこのような義経のあり方は、「寝惚け」ることで周囲の人間を欺き、それによって権力を握ろうとする自分自身と、少なからず重なってしまうからである。しかし「図太い処に於て劣ッて居る」というように、頼朝は同じ土俵で勝負をすれば義経に負けることはないという自負を持っている。この自信の根拠や「図太」さの具体的な内実は、頼朝による一人称の語りでは語られない。だが三人称の語り手によれば、「寝惚け」たように見える頼朝の態度が、周囲にいる武将たちの「欲」を駆り立てたのだという。

つまりは義仲や義経ハ欲よりは愛で人気を攬る、で、自分は何うかと言へバ、さすが鉄石の胸にも動悸は打ち出す、全く欲での人気でした。

（「第一の下」）

頼朝の「寝惚け」た態度は、周囲にいる武将たちにとっては、付け入る隙があるように見えた。そのため、「ぐづ〳〵したら頼朝の跡釜《あとがま》を」（「第一の下」）ともくろむ武将たちが従ったのだという。しかしそのような主従関係は、「鉄石の胸にも動悸は打ち出す」というように、いつ寝首をかかれるかわからない。それでも頼朝はそのような状況にも屈することなく、権力を手に入れた。したがって頼朝の「図太」さとは、義仲や範頼に対して抱いていた劣等感、義経に対して内に秘めていた自尊心を隠し通し、あくまで能力のない人間として他者から評価されることを受け入れる覚悟を指していたのである。

このように「笹りんだう」で描かれた頼朝は、自らの内部にある自尊心や劣等感をひた隠しにすることで武将たちの欲望を駆り立て、彼らの力を利用して自らの権勢を手に入れたという人物である。言い換えれば「笹りんだう」は、頼朝の在り方を「寝惚け」として意味づけ、頼朝という人物が権力を手にする宿望を内に秘めながら隠し通した人物として解釈している。その結果、頼朝が権力を握る過程を描いた『平家物語』や『源平盛衰記』『吾妻鏡』などでは決して描かれなかった源頼朝という一人の人間の内実を、一人称で語る頼朝と三人称の語り手とが、相互に補完し合いながら暴き出すという小説として成立したのである。

4　源頼朝の人物様式と「笹りんだう」

それでは、このように語られた「笹りんだう」における頼朝像は、どのように位置づけられるものなのだろうか。

明治以前の史料や物語で語られる源頼朝は、その人物像が必ずしも一定しない。それは、『平家物語』の中であくまで脇役として語られているように、この時代の英雄といえばまずは義経であり、木曽義仲であり、あるいは平家の敦盛といった人物だったためであろう。しかしその中でも、明治期以前に流通していた文献からいくつかの類型化された頼朝像を見いだすことは、充分に可能だと思われる。

たとえば『曽我物語』では頼朝をめぐる物語が曽我兄弟の物語と平行して語られ、曽我兄弟を武人の鑑として賞賛しながらも秩序を守るために処刑を言い渡す、厳格な為政者としての人物像が示されている。また『吾妻鏡』では、比較的源氏に対しては厳しい評価が行われる中でも、一一八〇（治承四）年の富士川の合戦の後、一一月二六日に山口経俊を「募先祖之労功忽被宥梟罪」として許し、あるいは一一八二（養和二／治承六）年二月一五日に伊藤祐親が自害した際に後悔した様子を見せるなど、慈悲深い人物としてその行動を正統化する論理が見て取られる。

また、史論における同様の評価としては、慈円の『愚管抄』で「イカニモイカニモ末代ノ将軍ニアリガタシヌケタル器量ノ人」というものが見られるほか、「ミズカラモ権ヲホシキマ、ニス」と権力への執着を指摘した北畠親房『神皇正統記』、さらに時代を下って頼朝を「能く人望を集め」た人物とした頼山陽『日本外史』などがある。明治初期に刊行されていた頼朝を描いた物語は、栄泉堂が出していた編集人不詳の『参考／源平盛衰記』（明治一六）、『隠顕曽我物語』（明治一七）、福井淳『絵本／鎌倉北条九代記』（明治一九）、戯笑散人『鎌倉三代記』（明治二〇）をはじめとして基本的に『曽我物語』や『源平盛衰記』、あるいは『北条九代記』を下敷きとした絵本や実録体小説が多く、情け深い人格者としての頼朝像は、その中で基本的に受け継がれていたと考えてよい。

一方で注目されるのは、新井白石が『読史余論』で示した頼朝に対する評価であろう。

其人極て残忍の性ありて猜疑の心深く〻その子孫を保せむことを謀るかために〻親しき兄弟一族を多く殺し〻わか妻党に倚て其孤を託し〻遂にそれかために其後を滅されき〻天の報応あやまらすといへとも抑又ミつから作れるの孽なり

（新井白石『読史余論』。引用は山城屋佐兵衛、和泉屋金右衛門（万延元年版）刊の版本による）

ここで示された頼朝が「残忍」だという評価は、兄弟や従兄弟たちを次々と討ち滅ぼしたことを、儒学の枠組みから批判したものである。頼朝がその「残忍」さを持つに至った要因を、白石は「猜疑ノ心」を持っていたためだと規定する。このような「猜疑」を持つ頼朝像は、たとえば司馬遼太郎『義経』（昭和四一～四三）などによって現代でも少なからず定着しているように思われるが、このことは「笹りんだう」が書かれた明治期半ばにおいても例外ではなかった。

頼朝聡明《よりともそうめい》にして天下《てんか》の乱《らん》を鎮《しづ》め。武将《ぶしやう》の権輿《けんよ》と仰《あふ》がれ給ふこと。古今《こゝん》に卓越《たくゑつ》すといへども。孤疑深《こぎふかく》して佞者《ねいしや》を信《しん》じ。自《みづか》ら枝葉《しえふ》を裁《たつ》により。三代《さんだい》に及《およ》びて孑遺《けつゐ》なし吁惜《あゝをしい》かな歎《たん》ずべき哉《かな》

（松亭金水『日本百将伝一夕話』、嘉永七年自序）

金水の記述は明らかに、『読史余論』を参照し、引き写したものであろう。こうした言説が明治期に活版本として流通していたほかにも、「猜忌ノ心アリテ、弟範頼義経等其他功臣ノ殺サル、アリ」（大槻文彦『校正／日本小史　中』、明治一八）、「性猜忌ニシテ恩寡ク。骨肉功臣。殺戮セラル、者多シ。」（吉田利行『日本略史』巻二上、明治二〇）、「頼朝、性猜忍ナリ」（文部省編『高等小学歴史』、明治二四）などをはじめ、「笹りんだう」が書かれた同時代において特に歴史を論じ、あるいは解説する言説では、『読史余論』の枠組みが強固に引き継がれていた。

このように頼朝を批判的に語る枠組みは、物語作品においても取り入れられている。そのもっとも典型的なものとして挙げられるのが、曲亭馬琴『頼豪《らいごう》阿闍梨《あじゃり》怪鼠伝《かいそでん》』（文化五）であろう。

抑《そもそく》木曽義仲《きそよしなか》と聞《きこ》えしハ。清和天皇《せいわてんわう》の後胤《こういん》。六条判官為義《ろくぢふのはんぐわんためよし》には孫《まご》。帯刀先生義賢《たてはきぜんじようよしかた》の孤《みなしご》にて。頼朝《よりとも》とハ正《たゞし》き従弟《いとこ》どちなりけり。しかるに兵衛佐頼朝《ひやうゑのすけよりとも》ハ。思量余《しりやうあまり》あつて嫌忌《けんぎ》ふかく。一族《いちぞく》たりとも雋《すぐれ》たる人をハ終《つひ》にわが仇《あた》となりもやせんとて。妬《ねた》く思ひ給ふなれバ。今義仲《いまよしなか》の武威盛《ぶゐさかん》なるをもて。心の中《うち》のどやかならず。

（曲亭馬琴『頼豪阿闍梨怪鼠伝』「第一套　天野岡鷺木曽殿の陣に使す／覚明叡山に頼豪の故事を説」、文化五）

頼朝は、たとえ親族であったとしてもいつかは自分を裏切るかもしれないという猜疑心を強く持ち、そのために自分の親族を次々に殺していったという。このような頼朝の描き方は、「原来佐殿《くわんらいすけとの》ハ天性讒言《てんせいさんげん》を好《この》む癖《くせ》ある大将なれバ。大いにおどろき心中義仲を忌憎《いみにくむ》の心出来《いでき》ける」（好花堂主人『木曽義仲勲功図会』、天保三年序）、「元来《もとより》頼朝卿は臣下《しんか》の諫《いさむ》をそむかざる大将《たいせう》なれバ」（岡本仙助『熊谷蓮生一代記』、明治一九）などに見られ、特に明治期において『曽我物語』や『源平盛衰記』を典拠としない物語で様式化し、流通していた。

美妙の「笹りんだう」をこのような同時代の物語文化の中に布置したとき、猜疑心を働かせていたのではなく、権力を手に入れるために戦略的に振る舞うというあり方は、少なからず従来とは異なる頼朝像を示していたといえる。美妙は「笹りんだう」を書くにあたってさまざまな史料を参照しながら、頼朝という一人の人間を物語として描くという位相においては、従来の物語様式を解体し、既存の物語とは異なる新しさを提示しようとしていたのである。

また、このように歴史上の人物を解釈し、再編成するという時代小説の方法は、吉川英治や司馬遼太郎を経た現在では当然のように採られているものの、当時としては非常に斬新なものだった。

5　「英雄」の再編成

問題は、このような時代小説の書き方が、きわめて自覚的に取り入れられたものだったことにある。この問題について考える端緒となるのは、「笹りんだう」に登場する三人称の語りの中に表れる次の一節である。

> 才子と英雄とハ才の使ひ方に於て違ふもの、其才は同じです。英雄ハ才を貯へて得て示さず、才子は才を養つて常に用ゐる。それ故に英雄ハ見た処で或ハ才の点に於て間《ま》々抜けた処が一つあるやう、才子ハ全く抜け目の無いやう。只此一点、こゝに人の懐くのと懐かぬとの相違が有るのです。
>
> （「第一の上」）

語り手はこの小説を、「才子」に対して「英雄」を描いたものだと規定している。語り手が明治期に存在していると考えれば、ここで「才子」と述べた際に意識していたのは、花笠文京『才子佳人／蛍雪美談』（明治一七）、三木愛花『情天比翼縁』（明治一七）、東海散士『佳人之奇遇』（明治一八〜三〇）などをはじめとした、同時代のいわゆる「才子佳人小説」であろう。

中国唐代の六朝志怪のあとに登場した「才子佳人小説」の特徴は、市井の人間を理想化した男女を主人公に据えて、一組の望ましい関係を描くことにあった。明治期の作品では、たとえば『佳人之奇遇』でヨーロッパ列強に虐げられる少数民族が問題化されるという変容を示してはいるものの、男女の関係をめぐる基本的な様式や作中人物のあり方は引き継がれている。したがって、語り手がここで問題とした「才子」が持つ「才」とは、たとえば東海散士が時事を的確に捉えて論じ、批判していたような聡明さや、刻々と変化する世界情勢に対応していく要領のよさを指すものだったと考えられる。

「笹りんだう」の語り手はこのような「才子」と「英雄」とを較べ、双方が持っている「才は同じ」だという。しかし、「才子」が自らの才能を「常に用ゐる」ことができるのに対し、「英雄」の場合はそうではない。「間々抜けた処が一つある」というように、どこか自分自身の「才」を充分に使いこなせず、欠点や落ち度がある。頼朝の場合は、義仲や範頼に才能では劣っており、周囲からは軽視されていたことを指している。言い換えれば、「才子」はたとえ市井の人物を描いた主人公であってもあくまで理想化された人間であり、現実の世界には存在しえない架空の作中人物である。これに対し「英雄」は、「才子」に較べて人間くさく、より語り手や読者と近い位置にいるのである。

語り手は以上のような問題意識のもとで、「英雄」である源頼朝を語り出している。すなわち「笹りんだう」は、語り手が持つこのような「英雄」観の枠組みにしたがって、歴史上の人物である源頼朝を再検討していく物語だと読むことができる。猜疑心にあふれた頼朝や、よく人望を集めた頼朝といったように旧来の物語で様式化、典型化、抽象化されてしまった歴史上の人物を、「英雄」という枠組みをひとつの起点として、より具体的な一人の人間として書き換えようというのが「笹りんだう」という小説における語り手の試みだったのであり、その際に方法として選び取られたのが、「己《おれ》」を自称する頼朝による一人称の語りだったのである。

しかし、このような「英雄」についての考え方は、同時代の読者に少なからず反発を招くことになった。「笹りんだう」に直接その批判が向けられることはなかったものの、同じ方法によってかかれた「猿面冠者」に対しては、次のような同時代評がある。

美妙斎《ビミヤウサイ》主人《しゆじん》近頃《ちかご》ろ切《しき》りに解剖的《かいはうてき》小説《しやうせつ》を著《あら》はす、此度《こた》び春陽堂《しゆんやうどう》より出版《しつぱん》したる猿面冠者《さるめんかんじや》の如《ごと》き又其一《またそのひと》つにてあるべし、左《さ》れど此《こ》は余《あま》りに浅々《あさく》し。先《ま》づ秀吉独語《ヒデヨシひとりごと》の句調《くちやう》としては何如《いか》にも力弱《ちからよわ》く、断《た》えて豁達《くわつたつ》のあと見《み》へず。且《か》つ彼《かれ》は如何《いか》にも狡猾《かうかつ》なるに相違《さうひ》なし、左《さ》れど亦《ま》た中々《なかく》に真実《しんじつ》なる所《とこ》ろあり、其《そ》の長《ちやう》上《じやう》に仕《つか》へたる覚悟《かくご》必《かな》らずしも陰険《いんけん》のみにあらず、下々《しもぐ》に与《あた》ふるの覚悟《かくご》尚更《なほさら》に心広《こゝろひろ》き所《とこ》ろはあるなり。

（無象子「猿面冠者」、『女学雑誌』二六三号、明治二四・五・二）

無象子は巖本善治の別号である。ここでは、美妙の「解剖的小説」としての「猿面冠者」に対し、秀吉が英雄である以上はこの作品で描かれたような「狡猾《かうかつ》」で「陰険《いんけん》」な人間であるはずがなく、心が広く器量の大きな人物であったはずだと述べる。これは頼山陽『日本外史』（文政一二）に基づく秀吉像であり、その意味では『読史余論』によって頼朝が猜疑心の強い人物であるということが定着したのと同じように、同時代においてひとつの典型的な枠組みであった。したがってここで示されているのは、時代小説という分野で小説を書く以上、あくまでその分野が持っている様式制の枠組みの中に収まらなくてはならないという、いわば読者の側からの物語に対する素朴な欲望の表出ともいえる。

しかし、このように様式化された「英雄」像こそ「笹りんだう」が対峙していたものである。

有るか無いか他人の心ゆゑ吾々には知れず、が、しかし其前後から推せは或ハ無からうと推測される、思へは情無い限りてす。万能と言はれる沙翁でさへ多少の瑕は免れぬに、まして況や其他などが。長所短所相並んで存在するとは只理からして言へるもの、それを微塵一点もそれら信仰者の口に限り其長は言つても短を言つた事が無いとは事実まことに怪しい沙汰の限りです。

（美妙「文学界の英雄崇拝」、『日本評論』二四号、明治二四・二・二五）

美妙はここで、シェイクスピアのほかにも芭蕉や西鶴を例に挙げ、歴史化された人々を英雄視し、「長所」ばかりを記述しようするという同時代言説のあり方を批判している。それに対し、歴史上の人物も人間である以上「短所」を抱えているはずであり、その双方について言及することにこそ文学の役割があるということを主張しているのである。

ここでの美妙の発言は、一見、坪内逍遙が『小説神髄』で示した枠組みをたどっただけのものにも見える。

彼《か》の曲亭《きよくてい》の傑作《けつさく》なりける八犬伝中《はつけんでんちう》の八士《はつし》の如《ごと》きハ仁義八行《じんぎはつかう》の化物《ばけもの》にて決《けつ》して人間《にんげん》とハいひ難《がた》かり作者《さくしや》の本意《ほんい》ももとよりして彼《か》の八行《はつかう》を人《ひと》に擬《ぎ》して小説《せうせつ》をなすべき心得《こゝろえ》なるからあくまで八士《はつし》の行《おこなひ》をバ完全無《くわんぜんむ》欠《けつ》の者《もの》となして勧懲《くわんちやう》の意《い》を寓《ぐう》せしなり

（坪内逍遙『小説神髄』「小説の主眼」、明治一八）

逍遙が批判したのは必ずしも『八犬伝』そのものではなく、馬琴の小説を模した同時代の粗悪な小説群であったわけだが、そこに表れる作中人物があまりに現実離れした架空の存在であることを問題視している。このような状況に対し、『小説神髄』後半で小説作法を解説した部分では「主人公の設置」を扱っており、作中人物としての「男本尊《をほんぞん》」と「女本尊《めほんぞん》」とは、「主公《しゆこう》の性質《せいしつ》に注意《ちうい》するを常《つね》とする」必要があり、「ありのまゝの人情《にんじやう》をバ写しいだす」ことができる為永春水のような「現実派《げんじつは》」でなくてはならないと位置づけていくことになる。すなわち、現実に在る人間と同じような内面を与えることで、物語の作中人物をよりリアリスティックに描き出そうということが、逍遙の「主公《しゆこう》」論であった。

美妙の小説作品は、逍遙が「細君」（明治二三）で小説の筆を折ったことで小説改良が世話物に終始してしまったのに対し、時代物においても『小説神髄』の枠組みを実行していこうとする方向性を少なからず持っている。したがって、そのような視点から「笹りんだう」や「猿面冠者」を見れば、美妙はこれらの作品で、『小説神髄』の問題意識をより深化させたと考えることができるのであり、それを実行する上でもっとも重要な役割を果たしたのが、様式化、典型化された歴史上の「英雄」が持つ様式そのものを解体し、再編成していくという小説の方法だったといえる。

6　言文一致との接続

しかしより重要なのは、美妙がこのような方法によって「英雄」を扱った小説を書いたことで、『小説神髄』とは異なる位相の問題に関与していったことである。そしてその問題こそが、美妙のいわゆる言文一致についての問題意識と接続している。

「高潔な言語は古代の物に限る」と迷信する崇拝家を美妙ハ不可としたバかり、ところで雲峯氏は何と無く、「吾人ハ古語を可とし、古代の著作を貴ぶ。されど古語なるが故に可とし、古代の著作を貴ぶに非ず。（後略）

（美妙「日本評論の雲峯氏」、『日本評論』二六号、明治二四・三・二五）

これは前掲の「文学界の英雄崇拝」を受け、磯貝雲峰が「長所と共に欠点を学ぶが如きは一個人の過失にして之を改めしむる亦難きに非る可し、其長所を崇拝するに至つては益之を奨励して崇拝心を興起せしむ可し」（雲峯生「文学界の進歩主義」、『日本評論』二五号、明治二四・三・一四）と論じた文章に対して、美妙が反論したものである。

雲峰が示したのは、読者がそれに触れることで教訓を得るという教育効果を、小説というメディアに期待するという程度のものだった。このとき、物語で描かれた英雄の「長所」は読者の模倣するべき部分であり、それを描くことをむしろ積極的に行わなければならないというのである。この発言自体は、『女学雑誌』をはじめとして、同時代の教育雑誌などに見られる典型的な小説観にすぎない。

しかし美妙はこのような雲峰の発言に対し、「英雄」をめぐる問題は単に物語内容の問題や、人々が歴史上の人物をどのように捉えるかというものではなく、歴史というものをどのように考えるか、さらには歴史的に用いられてきた言葉をどう考えるかという問題と接続していると位置づける。「笹りんだう」や「猿面冠者」は、小説を書くことを通してそのような歴史と物語との関係という問題そのものを扱った、きわめてメタフィクショナルな作品だったのである。

美妙にとって「英雄」をめぐる言説は「言語の発達に従つて文を行ふといふ事ハ忘れ、言語の根原に遡ッて文を固め付け」（「文学界の英雄崇拝」、前掲）たものであり、過去の英雄を崇拝することは、過去の言葉によって物語を語ることにほかならなかった。歴史上の人物を美化して捉えてしまう人々の思考のあり方は、「古語」で書かれた文章や物語を美化する思考に通じているというのである。それに対してより現実に近い人間を描くためには、雅語としての「古語」ではなく、「俗語」を用いた言文一致文体によらなくてはならない。だからこそ美妙は、雲峰に対し、「『高潔な言語は古代の物に限る』と迷信する崇拝家」の一人だとして批判の矛先を向けなければならなかったのである。

ここで重要なのは、このような古語をめぐる議論こそ、美妙が言文一致の問題を論じるようになって以降、繰り返し主張してきたものだったことである。

是ハ何から出るかと言ふと唯一の以まじねヱしよん、即ち想像の力に駆られて、実際が卑しくなるのです。好古の癖の生ずる原因も其一点ハ是でして、兎角後の世になればなる程往古の物が貴くなります。

（「言文一致論概略」、『学海之指針』八〜九号、明治二一・二・二五〜三・二五）

歌語を基本として編成された古語においては、言葉そのものに多様な観念的様式美が附随している。そのような様式美に対し、同時代の読者は「想像の力」を働かせてしまうため、古語によって表現されたものからは、実際に言葉が表現しているもの以上の意味を見いだしてしまう。このような言葉そのものに附随する観念そのものを解体し、「想像」の部分をいかに言葉に置き換えて、より厳密に表現していくかということが、美妙の言文一致においては重要だったのである。

こうした言葉が持つ意味の厳密さという問題は、美妙の言文一致についての模索おいて、きわめて特徴的な問題点を生み出すことになったと考えられる。そこで第5節では、以上のような議論を踏まえて、美妙の言文一致について再考するためのひとつの視点を示していきたい。

【注】


［1］本間久雄『明治文学史　上／下』、東京堂、昭和一〇、一二年。

［2］塩田良平『山田美妙研究』、人文書院、昭和一三年。

［3］山田有策『幻想の近代　逍遙・美妙・柳浪』、おうふう、平成一三年。

［4］山田美妙作・十川信介校訂（福井辰彦・大橋崇行注釈）『いちご姫・蝴蝶　他二篇』、岩波書店（岩波文庫）、平成二三年。

［5］注［4］に同じ。

［6］注［3］に同じ。

第5節

言文一致論と「思想」の表現

これまで第2章では、山田美妙の小説作品や、それ以外のさまざまな文章を通して、そこに見られる「文法」「文体」の問題を扱ってきた。その上で、それらの文章に表れた「文法」「文体」に関わるさまざまな問題が、同時代に編成されていた言説で触れられていた同じような問題系とどのように接続し、広がりを持っていたのかという点について考えてきた。

しかし、やはり山田美妙といえば、同時代においても、これまでの研究史においても、いわゆる言文一致の問題をめぐって語られてきた人物である。

それでは、これまで考えてきたような問題点を踏まえた場合、山田美妙の言文一致論はどのように捉えられるのか。本節では、本書のまとめとして美妙の言文一致について考え直していくための、ひとつの視座を示していくこととする。

1　美妙の言文一致における問題意識

山田美妙が主宰していた雑誌『以良都女』に、次のような文章が載せられている。

花英好子――言文一致体の文章と一口に言つた所で猶それを書く人は其俗言中の野卑な言語を避ける心掛が第一の肝要です。次の注意はなるべく語句を簡略にして済ませる事です。其次の注意は平常の語と成るべく相違させぬ事です。今日の言文一致家は当初試験の犠牲に為つたため随分其等の人の以前の文には悪い処も有ります。が、実の所美妙わたくし自身の上で言へバ少し練れて成たのはいちご姫以後の文ぐらゐなものです。もし御学びなら是を御参考に為されたく、其他は目下此雑誌に出してある炭ぐろの文で、是等になつて過去未来業《ママ》の書き分けが余程定まりました。通信問答欄は挟《ママ》い事ゆゑ委しい所も言へませんが、貴娘のミか諸方からの御尋ねも有りますから次号辺から荒増の其心得を此雑誌に掲げましやう。猶しかし其間御意見の在る所は直接に御尋ね下さい又小説作法をも御尋ねでしたが、小説は別に作法と言つて他の芸術のやうに固実してある物で無く、元々社会人事の画ですから何か無し其事実思想等を思ひの侭に記し、そして其事が読者にも分かれバそれで宜しいので、只其所に文章とか配置とかの助けを以て読者に与へる感動が或は深くも浅くも為る物です。何にしろ小説を御作りなら然るべき世の名作をよく読み味はつて見るのが専一です。是も咄嗟に言ひ過せバ過せるものゝ矢張り随分混入つても居ます。只小説の作り方と言へバ前言つただけの事。其他は作者の熟練にある事です。（右美妙齋答）

（『以良都女』「通信問答」五五号、明治二三・五・二五）

これは、『以良都女』の読者が編集部に質問の手紙を送り、それに対して編集部が誌上で返答をするという、「通信問答」欄に載せられた文章である。

ここには、美妙が主張していた言文一致論の問題について考える上で重要な問題が、簡潔な形でいくつも示唆されている。

第一に、「其俗言中の野卑な言語を避け」、「語句を簡略に」して、「平常の語と成るべく相違させぬ」というように、美妙が言文一致の問題を、基本的には「語」の問題、すなわち言文一致文体の中で用いられる語彙の問題として認識していたことである。

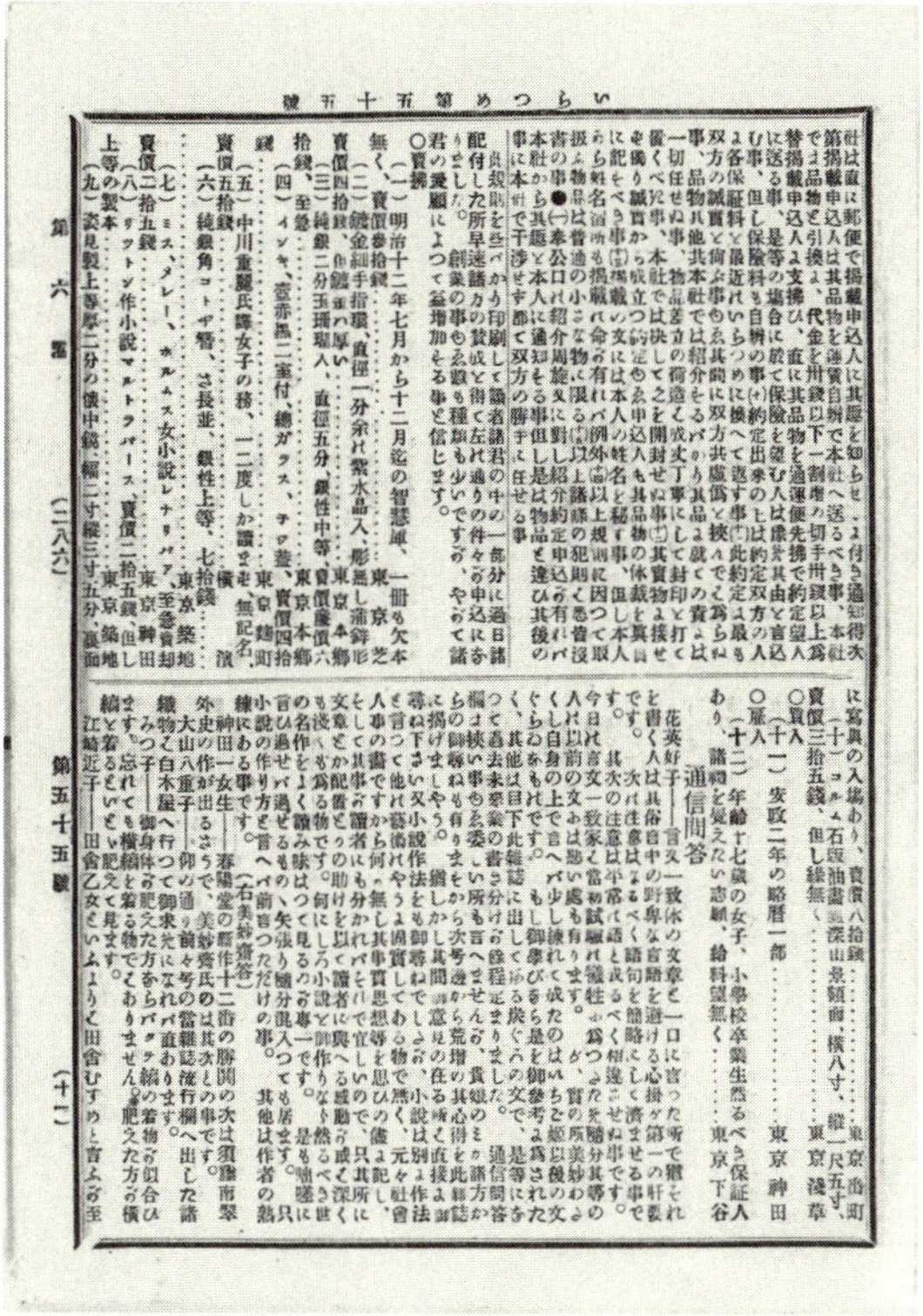

「通信問答」、『以良都女』55号（明治23・5・25）明治新聞雑誌文庫所蔵。請求記号 Z90:I63。

従来の研究において、美妙の言文一致といえば「です」を貴重とした文末の待遇表現に、その中心的な問題があると論じられてきた。たとえば山本正秀は美妙の文体について、『竪琴草紙』に代表される言文一致以前の文体、「嘲戒小説天狗」（明治一九・一一）以降の「だ」調を採用していた時期、「空行く月」（明治二一・三）以降の「です」調丁寧体専用の時期、「無名姫」（明治二五・一一）以降の四期に分類している。▼注[1]これは、「文末表現」として「です」を用いた敬体の文体こそが美妙による言文一致の特徴だという枠組みを反映しているものにほかならない。

こうした枠組みは国語学、日本語学の文脈で現在においても色濃く引き継がれており、近年の言文一致をめぐる言説にも反映されている。▼注[2]またその中で、敬体を用いた文末表現が、言文一致が「野卑」であるという当時の見方に対して、聞き手としての読者に対し語り手が待遇表現を用いることによって、その批判を避けようという発想だったと意味づけられてきた。

しかし、明治二〇年前後の時期に美妙が「です」を基調とした文末表現について論じた文章はほとんどない。この問題に触れていると思われる数少ない文章として、『以良都女』第三六号（明治二二・一二・二二）の雑報欄に掲載された「普通語「です」、「ございます」、及び「であります。」」と、同誌第五六号（明治二三・六・一〇）に掲載された「言文一致を学ぶ心得」が挙げられる。しかし、「普通語「です」、「ございます」、及び「であります。」」は『以良都女』における無署名の記事であるため、美妙による筆ではないと考えるのが妥当であろう。

したがって、問題は「言文一致を学ぶ心得」のほうである。ここではたしかに「下流」が「だ」を基調とした「言文一致」、「上流」「中流」が「です」を基調とした「言文一致」だったと読むことができる。しかし、美妙の論点は、こうした「上流」「中流」「下流」の問題に焦点化されているわけではなかった。

つまりは言文一致《げんぶんいつち》と言《い》へバ、其出来得《そのできう》る処《ところ》までは言《げん》と一致《いつち》させ、其間《そのあひだ》始終作者《しゞふさくしや》の修辞上文法上《しうじゞやうぶんはふじやう》の目《め》を以《もつ》て言語々法《げんごゞはふ》の善良《ぜんりよう》なのを選《えら》んで行《ゆ》くべきこと、是《これ》が心得《こころえ》るべき点《てん》の第一《だいいち》です。

（山田美妙「言文一致体を学ぶ心得」、『以良都女』五六号、明治二三・六・一〇）

引用箇所に見られるように、美妙の「言文一致」についての問題意識の中心はあくまで「言語《げんご》」「語法《ごはふ》」にあり、それをどのように「選《えら》」び、「語法《ごはふ》」を確立させていくかというところにあった。ここでは「語」ではなく「言語《げんご》」の語が用いられており、この問題については後で触れるが、こうした「言語《げんご》」「語」についての問題意識は、美妙が明治二〇年代に主張していた言文一致論としては、むしろ文末の問題よりも重要視されていた。第3節で触れたように、言文一致をめぐって文末の待遇表現を取り上げようとする方向性は、主に明治三〇年代から四〇年代にかけて立ち上がった問題意識だったのである。

第二に、言文一致について「少し練れて成たのはいちご姫以後の文ぐらいなものです。もし御学びなら是を御参考に為されたく、其他は目下此雑誌に出してある炭ぐろの文で、是等になつて過去未来等の書き分けが余程定まりました。」としている点であろう。ここには二つの問題がある。

まず、「いちご姫」（明治二二・七・二一～二三・五・一八）や「炭ぐろ」（明治二三・五・一～七・五）を、自身の言文一致文体としてひとつの達成として位置づけている点である。従来の研究史においてはどうしても、「武蔵野」（明治二〇・一一・二〇～一二・六）をはじめとした『夏木立』（明治二一）所収の作品群や、美妙が最初に言文一致文体を試みた「嘲戒小説天狗」（明治一九・一一・一～二〇・七）、「風琴調一節《ふうきんしらべのひとふし》」（明治二〇・七・九～九・一〇）など、二葉亭四迷の『浮雲』（明治二〇～二二）と前後して発表された早い時期の作品に焦点が当てられてきた。しかしここで示されている認識は、美妙の言文一致は必ずしもそうした早い時期の試みだけで捉えられるものではないことを示している。むしろ、「いちご姫」や「炭ぐろ」など、明治二三年から二四年にかけて書かれた文章にこそ、美妙の言文一致について考えるための手がかりがある可能性は、少なからず想定しておくべきである。このように考えると、第4節で扱った「笹りんだう」（明治二四・一・一〇〜二・一〇）「猿面冠者」（明治二四）といった「解剖的小説」は、まさにこの時期に当たるものだといえる。

そしてもう一つ、「過去未来等の書き分けが余程定まりました」とあるように、美妙にとっては第2章第3節で考えてきたような「文法」として言文一致文体が整備されているかどうかという問題が、やはり非常に重要視されていた点が挙げられる。これは前掲の「言文一致を学ぶ心得」でも示されているほか、雑誌『文』誌上で展開された児島献吉との論争においても、『文』第二巻第七号（明治二二・四・一五）の「言文一致小言」、同誌第二巻第九号（明治二二・五・一五）の「言文一致ニ付キ児島献吉氏ノ駁撃ニ答ヘテ」で、繰り返し言及されている。

以上のように、明治二〇年前後の時期における美妙の言文一致についての問題意識は、従来の研究で論じられてきた「です」を基調とする敬体の問題とは少なからず異なるところに、その中心があったと考えられる。それでは、こうした問題意識はより具体的にどのようなものであり、それらは同時代の文体の問題から考えたときにどう位置づけられるのか。また、こうした美妙の言文一致の試みは、近代文学成立期における日本語による文章表現としてどのような意味があったのだろうか。

本節では以上の問題について、美妙による発言を確認していきたい。

2 文語文の「美」と「俗語」の「美」

まず、美妙が掲げた言文一致における「語」の問題に注目する。具体的には、美妙が言文一致における「語」を主張するとき、どのような問題が想定されていたのかという点である。

第一に考えられるのは、前節の最後で触れた、「言文一致論概略」における「想像」をめぐる議論である。

是ハ何から出るかと言ふと唯一の以まじねヱしよん、即ち想像の力に駆られて、実際が卑しくなるのです。好古の癖の生ずる原因も其一点ハ是でして、兎角後の世になれバなる程往古の物が貴くなります。

(「言文一致論概略」、『学海之指針』八〜九号、明治二一・二・二五〜三・二五)

こうした歴史的な言葉からは実際に言葉が表現しているもの以上の意味を読み取ってしまうという「想像」力の問題に加え、もう一つ美妙が挙げているのが、文語文における「音調」の問題だった。

音調の好い文ハ文の上乗だといふ考ハ人々の脳に住んで居ます。それで俗語の文章は最も卑しく聞えるのです。たとひその実卑しいにもせよ、自由に考を述べる事が出来れバそれで文の務ハ済んで、其中におのづから「美」といふ色彩ハ成立ちます。まして其実ハ卑しくないです物を。

(同)

美妙の認識によれば、「俗語」が「卑し」く聞こえ、文語文が「美」だと感じられるのは、声に出して読んだときの「音調」が、「古文」があたかも「好い文」であるかのような幻想を生み出すためだという。したがって文語文における「音調」の問題は、歴史をめぐる想像力の問題と接続し、過去を美化して捉えようとする人間の認識のあり方として位置づけられている。

一方で、文語文をめぐるこうした「美」に対し、「俗語」においては「自由に考を述べる事」ができれば「美」は成立するのだと主張する。これは、音声の問題や歴史性の問題とは異なる位相、すなわち言語によって示される表現の内実に言葉を評価する軸を移すことで価値観そのものの転換を図り、それによって「美」であると位置づけようとする議論だといえる。古文が持つ「美」と対照されていることから、このように表現の内実として「美」を創り出すことが、「野卑な言語を避け」るという枠組みにつながっていたと考えられる。

それでは、こうした「音調」の問題と、言葉によって表現される内実の問題とは、どのように接続するのか。「言文一致論概略」ではさらに次のように議論を展開している。

畢竟文章と詩歌とハどの点に於て違ひますか。音調を主眼とするのが詩歌の性質で、それで無いのが文章の性質です。詩歌で音調を主眼と為ず、又ハ文章で音調を主眼と為るならバ詩歌も文章も無くなッて仕舞ひましやう。実に詩歌ハ謡ふ物です。実に文章ハ謡ふものでハありません。謡ふ物にハ其為めに必要の音調を是非とも与へるのが当然です。謡ふ物で無いものに音調の添物ハ無駄でしやう。慨かハしい事にハ此一点の考が馬琴翁にさへ欠けて居ました。院本から色彩を伝染して七五の文さへ世に出ました。そこで殆ど無くなりました、文章と詩歌との区別が。

（同）

美妙の認識では、「詩歌」において「主眼」とされるのが「音調」である。これは、坪内逍遙が『小説神髄』で論じた「小説《せうせつ》の主眼《しゆがん》」が「人情《にんじやう》」であるという主張を意識した表現であろう。一方で、こうした「音調」という部分の差異さえなければ、「文章と詩歌との区別」はなくなってしまう。また、「七五の文」で書かれていれば、馬琴の文章であっても「詩歌」の言葉によって書かれるものだという。ここには、古語が歌語と結び付いているために、五音、七音になるようにできていることが多いことも、念頭に置かれているものと思われる。

こうした議論は「日本韻文論」（明治二三・一〇・三〜二四・一・二三）に持ち越され、「ならば思想に至つてはどうかと云ふに、吾々は別段に是が韻文の思想即ち詩思といふ物をまだ見たことがありません。」という論理に結実していくこととなる。美妙は、「音調」の問題だけでなく言葉によって表現される内実という点においても、「詩歌」と「文章」とのあいだに違いはないという考え方を持っていたのである。

3　「Word」と「Speech」

こうした言葉による「思想」という問題設定をすることによって、美妙は「語」と「言語」とについて、「日本韻文論」でひとつの独特な枠組みを示していくことになる。

語（Word の仮訳）が有つて言語（Speech の仮訳）が有り、節奏をこの言が帯びて、従ッて節奏に応ずる文度の出来たのが俗に言ふ広い意味のうた、或は呼び変へて韻文、もしも韻文から節奏を取り除くことが出来ると仮定すれば、さて其節奏の無くなつた物は果してどの点に於て散文と逕庭が有りますか

（「日本韻文論（一）」、『国民之友』九六号、明治二三・一〇・三）

ここでは「語」と「言語」が、散文と韻文との差異にかかわらず、ともに「思想」を表現するものだという主張が繰り返される。その中で、「語」に対しては「Word」、それを文章として構造化したものが「Speech」だという概念規定が成されていくことになる。この「Word」と「Speech」との問題は、「日本韻文論」の別の箇所で、次のように論じられている。

語と言語――英語のウヲルドを語、スピーチを言語と吾々は前段で仮りに訳しました。之を語と言との二様に訳しても宜しいです。が、支那ではいはゆる言及び語の意味は迚もウヲルド又はスピーチに配せるものでは無く、其証は或は直言曰言論難曰語と云ひ、或は発端曰言答述曰語などゝと言ひました。前後ともに之を評すれば言は発言で語は答辞です、所謂言語学上の分類ではありません。二つ又は二つ以上の音か《[ママ]》結合して一つの意味を成しに《[ママ]》のが「コトバ」即ちウヲルド、発音幷びに語法の違ふ事柄ゆゑ仕方も有りませんが、兎に角此解釈は支那に於て適用は出来ません。仍つて今専断を以て一方に於て使用の便利を考へ、ウヲルドをばたゞ語、又二つ又は二つ以上の語が結合して一つの意味を来したもの即ちスピーチを仮りに言語と訳しました。ウヲルドとスピーチの着目は日本語の研究に於て第一の重要事

件、全体是は他日著す日本散文論に於て言ふつもりですか[ママ]、一寸こゝにも参考のため併せて言ひました。
今後使用する語及び言語の意味は右の通り、之を総称して「コトバ」と命じ、これの活用を語法と云ふ、それらの区別を読者も御承知下さい。 （同）

ここには「言語」（Speech）をめぐって、二つの枠組みが示されている。「ウヲルドをばたゞ語、又二つ又は二つ以上の語が結合して一つの意味を来したもの即ちスピーチを仮りに言語と訳しました」というように、「語」（Word）を二つ以上用いて構造化したものが「言語」（Speech）であり、そのときに機能するのが「語法」だという。

その上で、「これの活用を語法と云ふ」という表現が示すように、このときに美妙が「語法」としてまず念頭においていたのは、第2章第3節で触れた「日本文法草稿」（明治一九）で示されたような用言の「活用」を中心とするものだった。したがって問題は、このときの「語法」に主語と述語とによる文（Sentence）の構造化と統語論（Syntax）の問題が、はたして「語法」の中に含まれていたのかどうかになる。

また、「語」（Word）と「言語」（Speech）を、「之を語と言との二様に訳しても宜しいです」と述べている点は看過できない。なぜなら、この論理では、「語」を「語法」によって構造化したものが「言」であり、一方で「日本散文論」において論じられるはずだった「文」（文章語）の問題があって、双方が接続することになるためである。

結局、「日本散文論」が書かれることはなかった。しかし、「語」を「語法」によって配列するという発想は、美妙が「言文一致論概略」をはじめとした言文一致に関わる発言で繰り返し述べてきた問題意識である。また、「言語」(Speech)という用語が、通常であれば文章語ではなく口頭語としての意味合いを少なからず含んでいることを考えれば、美妙の言文一致論における問題の中心は、こうした「語」「語法」「言語」「文」の関係をどのように論理化していたのかということにあったことになる。

そこで、まず「Speech」という語について同時代の主な英和辞書類を確認してみると、『和英語林集成』(英和の部、慶應三)で「Kotoba; minoi; hanashi」、柴田昌吉・子安峻編『附音挿図／英和辞彙』(明治六)で「説話《ハナシ》〻言語《ゲンゴ》〻国語《クニコトバ》〻言葉《コトノハ》〻公言《コウ》〻演述《ノベタテ》〻口演《コウジヤウ》」、青木輔清『英和掌中字典』(明治六)で「ハナシ〇クニコトバ」、ウエブストル『英和対訳辞典』(明治一八)が「説話、言語、演述、公言」、イーストレーキ・棚橋一郎訳『ウェブスター氏新刊大辞書／和訳字彙』(明治二二)が「発言力、説話力、言語、国語、言葉、方言、俗語、演説、議論、講、公論、公言」、島田豊『附音挿図／和訳英字彙』(明治二一)で「発言力、説話力、話、言語、国語、方言、俗語、公言、演説、議論、講、公論」となっており、「Speech」に「言語」という訳を当てはめること自体は、当時の翻訳語としては充分に起こりうるものだった。しかし、「発言」や「方言」「俗語」「演説」という翻訳語が示すように、やはり基本的には口頭語が念頭に置かれた語であると理解されていたようである。

一方で注意したいのは、同じように「言語」と翻訳される可能性があった「Language」の捉え方である。『和英語林集成』(和英編)で「Language」が「Kotoba; monoii《〔ママ〕》」と「hanashi」が宛てられていないことを除けばほぼ同じ記述になっているほか、柴田昌吉・子安峻編『附音挿図／英和辞彙』では「語《ゴ》〻言葉《コトバ》〻話《ハナシ》〻国語《コクゴ》〻話法《カタ》〻民《タミ》」とあり、青木輔清『英和掌中字典』で「コトバ〇クニコトバ」、ウエブストル『英和対訳辞典』で「話、語、言葉、国語、言語、法」、イーストレーキ・棚橋一郎訳『ウェブスター氏新刊大辞書／和訳字彙』では「語、言葉、話、国語、話法、話風、国民」、島田豊『附音挿図／和訳英字彙』で「言、語、話、言語、国語、話法、話風、国民」とあるように、口頭語や、国家における公用語としての「国語」という概念を含みつつ、より広汎に言語一般を示す概念であり、ここに「言語」という翻訳語が用いられうることは認知されていた。

このとき、美妙が「Language」という概念を知らなかったとは考えがたい。したがって、「Word」を「語法」に基づいて配列することを「Speech」と規定した発想には、何らかの意図や、こうした主張をした際に参照した文章があったと考えるべきであろう。

また、「Word」を「語法」に基づいて配列するのであれば、当然「sentence」も問題になったはずである。しかし「sentence」は、『和英語林集成』（和英編）で「Ku; i-tszke; mōshitszke; mōshiwatashi; kiyōjyō」、青木輔清『英和掌中字典』で「ケツダン〇ク〇ゾクゴ〇イミ」とあり「Ku」や「ク」（句）という翻訳語がかろうじて宛てられているものの、柴田昌吉・子安峻編『附音挿図／英和辞彙』で「判断《ハンダン》、審断《サバキ》、意見《ソンジヨリ》、意思《オモヒ》、説案《セツアン》、格《カク》言《ゲン》、裁判書《サイバンガキ》、文章《ブンシヤウ》」、ウエブストル『英和対訳辞典』で「判断、審断、裁判書、格言、文章、意見」と、「文章」の翻訳語は残るものの、現代語でいう「文」なのか「文章」なのかが曖昧な状態になる。その後、イーストレーキ・棚橋一郎訳『ウェブスター氏新刊大辞書／和訳字彙』の頃になってようやく「説、判断、哲学上或ハ神学上ノ説、意見、私見、〔法〕判決、宣告、審判、意味；短き諺〔道義上ノ〕訓言、格言；〔文〕文章、章句」と詳細に記述され、島田豊『附音挿図／和訳英字彙』で「論、弁、説；〔法〕宣告、裁判、判決；格言；文、章」と、ようやく「文」という翻訳語が「章」と区分けされて示されている。

もちろん、同時代に輸入されていた英文典では、その巻頭で「sentence」の概念を学ぶのが通常である。

したがって、英語では「文」を単位に記述することは当たり前のように行われていたものの日本語で「文」を単位として言葉を構造化する文意識は、特に文語文においてはきわめて稀薄だった。したがって、「sentence」という概念の翻訳は非常に困難だったのだと考えられる。

美妙が「日本韻文論」を書いた時点では、「Word」を「語法」に基づいて並べたものを「章句」「文」と規定することも可能だったと思われる。特に『以良都女』の三四号（明治二三・一二・八）には「文章符号の解釈」という記事が掲載されており、日本語におけるパンクチュエーションの問題が列挙されていた。この文章自体は無署名であり、美妙のことを「美妙齋氏」と呼称していることから、美妙が書いたものだとは考えがたい。しかし、その中で「、」（読点）と「。」（句点）との使い分けは、「金港堂の理科読本。美妙齋氏の新体詩。」が初めて日本語に取り入れられたものだとされていることからも、美妙が句読法や文を単位として言葉を構造化していくということに少なからず問題意識があったことは明らかであろう。したがって、美妙が「sentence」という問題をどのように考えていたのか、その中で「Speech」、「言語」という問題を掲げたことにどのような意味があったのかということは、大きな問題となるはずである。

4　修辞学における「Speech」の位置

それでは、音声が「結合」して「意味」を成したものが「語（Word）」であり、それを「語法」によって配列したものが「言語（Speech）」だという発想は、同時代の枠組みの中でどのように位置づけられるのだろうか。

まず想起されるのは同時代に英語圏から入ってきていた文法書や修辞学のテキストである。たとえば文法書（Grammar）において、語（Word）の配列に関わる問題は、次のように記述されている。

Syntax is that division of grammar which treats of the relations of words in sentence.

（William Swinton, *A Grammar Containing the Eymology and Syntax of the English Language*, 1885）

In the frequently been states that words are classified according too their use in an sentence. We now proceed to consider more minutely the nature of a sentence as a whole; its component parts; and the relation of sentences to one another; —a part of Grammar called Syntax.

（W.D.Cox, *A Grammar of the English Language for Japanese Students Part II*, 1881）

コックスの文法書は（W.D.Cox, 1844-1905）は大学予備門で自身が英語を教えていたときの教科書であり、スウィントン（William Swinton, 1833-1892）の文法書は当時、日本の学校で用いるために、東京で出し直されていたものである。

しかしこうした文法書では、「Word」が文法、美妙の用語でいう「語法」によって配列されるとき、主語と述語、目的語などによって構造化される統語論の枠組みが「syntax」であり、その結果として作られるものは「sentence」だと説明されることが、やはり一般的である。

したがって、「Speech」という問題により密接に関わるとすれば、文法書（Grammar）を学び終えたあとの修辞学（Rhetoric）になる。しかしこの時期の修辞学は、日本に受容されるとき、位置づけが非常に不安定な学問領域だった。

早く佐藤信夫や速水博司が指摘したように、修辞学は明治期の日本において、まずは自由民権運動が展開する中で流行した「雄弁法」として輸入されることになった。▼注[3] 具体的には、カルドウェルの演説法（Merritt Caldwell, *A Practical Manual of Elocution embracing Voice and Gesture*, 1845）をもとにした尾崎行雄『公会演説法』（明治一〇）と、クワッケンボスの修辞学（G.P.Quackenbos, *Advanced Course of Composition and Rhetoric*, 1875）を抄訳した黒岩大『雄弁美辞法』（明治一五）、アレクサンダー・ベルの演説法（Alexander M.Bell, *The Elocutionary Manual; the Principles of Articulations and Orthoepy; the Art of Reading Gesture*, 1859）に基づいた富岡政矩著訳『弁士必読演説学』などであり、その後も馬場辰猪『雄弁法』（明治一八）、沢田誠武『雄弁秘術／演説美辞法』（明治二〇）、湯浅誠作『演舌自在／雄弁新法』（明治二二）と、演説をより上手にこなすための実用書として次々に出版されている。

カルドウェルやベルの朗読法や、西洋哲学史として輸入されていたアリストテレスの『詩学』『弁論術』の枠組みから考えれば、演説法、弁論術という枠組みで修辞学が輸入されるのは充分に想定される事態である。

しかし、後の黒岩涙香である黒岩大が『雄弁美辞法』を翻訳するとき、クワッケンボスの修辞学のうち第三章「Rhetoric」だけを中心に翻訳したのは、同時代に輸入されていた英語圏の修辞学を、かなり強引に弁論術の枠組みに落とし込んだものだった。なぜなら、クワッケンボスの修辞学は、文法書（G.P.Quackenbos, *First Book in English Grammar*, 1867）で統語論による文の構造化について学んだ上で、言語の起源から英語の誕生、「Sentence」の成立などを論じた「History of the English Language」にはじまり、「Period」や「Comma」「Colon」

「Semicolon」などの文章符号を扱う「Punctuation」、文彩の問題を扱う「Rhetoric」、より具体的な品詞論としての「Part of speech」、「Criticism」「Letters」「Fictions」などさまざまな文章ジャンルとその様式や書き方を扱った「Prose Composition」、最後に特に詩の問題を扱った「Poetical Composition」を学ぶという、英語学習のプログラムの中に位置づけられるものだったためである。このようにクワッケンボスの修辞学は演説としての「Speech」の問題を論じたものでなく、文法（Grammar）の次の段階として文章構成法を体系的に学ぶ領域であり、同時代に英語圏から入ってきた修辞学は基本的にこの枠組みのもとで編纂されていたのである。

こうした状況を考えた場合、ひとつの可能性として、英語圏から入ってきていた修辞学を、明治初期に入ってきた古典的な修辞学と混同し、「文」（sentence）について学ぶことが、文章構成法を学ぶ「Rhetoric」ではなく、「Speech」について学ぶ「Rhetoric」につながるという錯誤を生み出した可能性はある。しかし、たとえば黒岩大『雄弁美辞法』がこうした錯誤のもとで翻訳されていたとは考えがたい。

> 言語ノ必要ナル今更ヲ須タズ是ヲ以テ西洋諸国ニ於テハ既ニ語辞ヲ修スルノ学課アリ然ルニ我国ニ於テハ未タ之レ有ルヲ見ズ豈ニ盛時ノ欠点ニ非ラスヤ有識ノ士茲ニ憾ムヤ久矣然シテ近時演説討論等ノ業盛ニ行ハレ世人ノ語辞ニ必要ナルノ書ヲ需ムルヤ甚タ急ナリ是ニ於テ平俗間儘マ西洋ノ討論演説ノ筆記或ハ其法方ヲ記スル者等ヲ訳スル尠カラズ然レドモ専ラ語言ノ用法ヲ主トシテ論スル者ニ至リテハ絶テ之ナキ者ノ如シ是レ焉ンゾ識者ヲシテ憾ナホラシムルニ足ランヤ予私ニ茲ニ慨ナキ能ハズ遂ニ米国法律博士クワツケンブス氏著言語ノ用法ヲ論述セシノ書ヲ取リ之ヲ我国ノ言語ニ照ラシ其ノ最モ当時ニ切ナル者ヲ訳述ス

（黒岩大『雄弁美辞法』緒言、明治一五）

『雄弁美辞法』の緒言によれば、若き日の涙香は修辞学が「語辞ヲ修スルノ学課」であることを自覚した上で、クワッケンボスの修辞学のうち「当時ニ切ナル者ヲ訳述」した結果、第三章のみを抄訳して「演説討論」を学ぶための実用書として『雄弁美辞法』を出版したことになる。言い換えれば、同時代の修辞学が文章構成法を体系的に扱う領域だということは少なからず理解した上で、この修辞学をあえて雄弁法の枠組みで翻訳、刊行したのである。

大学予備門でコックスの英文法と修辞学を学んでいたと考えられる美妙の場合も、涙香と状況は同じであろう。大学予備門で使われていたコックスの修辞学（W.D.Cox, *The Principals of Rhetoric and English Composition for Japanese Students*, 1882）では、そもそも演説としての「Speech」をめぐる枠組みに言及していない。これは、コックスの修辞学の種本であるベインの修辞学（Alexander Bain, *English Composition and Rhetoric. A Manual*, 1877）や、坪内逍遙が『小説神髄』を書くときにたびたび参照していたと考えられるハートの修辞学（J.S.Hart, *A Manual of Composition and Rhetoric*, 1872）でも同様である。したがって、これらの修辞学が美妙の論じた「Speech」に関与していたとは考えがたい。

5　スペンサー『文体の哲学』における「Speech」

これらの修辞学に対し、「Speech」と「sentence」との接続について、特に詩（Poetry）の問題と関係づけて言及していたのが、スペンサー『文体の哲学』（Herbert Spencer, *Philosophy of Style —an essay*, 1852）だった。この本は磯部弥一郎校閲・鶴田久作訳述『修辞論全　一名スペンサー文体論』（明治二八）で「修辞論」として扱われていたことから、同時代においては修辞学の一種として受け取られていたことが窺われる。

この『文体の哲学』では、特に詩（Poetry）について論じる中で、「Speech」の概念について言及されている。

Thus poetry, regarded as a vehicle of thought, is especially impressive partly because it obeys all the laws of effective speech, and partly because in so doing it imitates the natural utterances of excitement. While the matter I embodied is idealized emotion, the vehicle is the idealized language of emotion. As the musical composer catches the cadences in which our feelings of joy and sympathy, grief and despair, vent themselves, and out of these germs evolves melodies suggesting higher phases of these feelings; so, the poet developes〔ママ〕 from the typical expressions in which men utter passion and sentiment, those choice forms of verbal combination in which concentrated passion and sentiment may be fitly presented.

（Herbert Spencer, *Philosophy of Style —an essay*, 1852. 引用は一八七二年版。）

「laws of effective speech」とあるように、ここでは詩（Poetry）について、より効果的な言葉の法則を用いることによって、理想化された感情を表現することが可能になると述べられている。この「effective speech」は、『修辞論全　一名スペンサー文体論』でも「感情の言語」と翻訳されており、ここで論じられた「Speech」に対して「言語」という翻訳語をあてることが、当時の枠組みのひとつとしてあったことが示唆されている。

さらに、この「Speech」を規定する言葉の法則としての「laws」が問題となるわけだが、これは言葉を「vehicle of thought」として位置づけていることから読み取ることができる。

Hence, carrying out the metaphor that language is the vehicle of thought, there seems reason to think that in all cases the friction and inertia of the vehicle deduct from its efficiency; and that in composition, the chief, if not the sole thing to be done, is, to reduce this friction and inertia to the smallest possible amount. Let us then inquire whether economy of the recipient's attention is not the secret of effect, alike in the right choice and collocation of words, in the best arrangement of clauses in a sentence, in the proper order of its principal and subordinate propositions, in the judicious use of simile, metaphor, and other figures of speech, and even in the rhythmical sequence of syllables.

（同）

『文体の哲学』ではこのように、言葉を「思想を運搬する車両（vehicle of thought）」という比喩によって捉えようとしていた。このときに必要なのが、文（Sentence）を構造化するときの適切な語（Word）の選択、および配列（choice and collocation）である。こうした言葉の構造化はここでは「arrangement of clauses」（節の配列）という表現が用いられているが、引用部分以外の本文ではこれが「Composition」だと規定されている。したがってスペンサーの文体論では、口頭語と文章語との接続と、そこでの語の配列、さらにそれが思想をどのように読者に伝えるかという問題が論じられていた。このとき、語（Word）を配列した結果として作られるものが、「Speech」という用語で規定されていたのである。

このように、同時代に日本に輸入されていた修辞学関連の書籍においては語（Word）の配列を論じるときに「Speech」という用語を用いておらず、スペンサーがほとんど唯一この用語を用いたものであること、また、スペンサー『文体の哲学』がこの問題に触れているのが詩（Poetry）を論じた部分であり、その論旨が美妙の「日本韻文論」と少なからず共通性を持っていることを考えれば、美妙の「日本韻文論」は、スペンサーの『文体の哲学』を参照したものと考えてほぼ間違いないであろう。

特にスペンサーの『文体の哲学』では、作り手による語の運用が、「thought」（思想）をいかにして効率的に受信者に思想を伝えるか（recipient's attention）という発想に基づいている。先述のように、美妙は「言文一致論概略」で「自由に考を述べる事」を論じ、「日本韻文論」では「散文」と「韻文」による「思想」の表現を論じていた。この点においても、美妙の言文一致や「言語」をめぐる発言とスペンサーの『文体の哲学』は共通している。

さらにいえば、引用部分における「recipient」は、前掲の鶴田訳では「読者或は聴者」とされている。これは、『文体の哲学』の別の箇所で、この「recipient」が「hearer or reader」という表現に置き換えられているためであろう。その意味でスペンサーの論理は、「Word」を配列した結果として作られた「Speech」について、文章語と口頭語との差異と接続とを論じるものでもあった。この場合、美妙の「日本韻文論」が「言文一致論概略」などで行われた「語法」をめぐる言文一致論と接続しているのも、スペンサーの『文体の哲学』がその媒介としての役割を果たしていたと考えられるのである。

6　言文一致と「語」の概念

しかし、美妙の言文一致論や「言語」をめぐる枠組みは、以上のようなスペンサーの『文体の哲学』を引き継ぐだけでなく、言文一致体において用いられる「語」(Word)、「言語」(Speech)によって表現される内容の「精密」さ、それをどのように「教育」に持ち込むかという問題に踏み込んでいくことになる。

どの様な方案で普通文論者ハ言を文に近づけますか、小生ハまだ知りません。なる程文法を正しくし、言語を精密にするなどハ無論必要な手段です。が、其前に、文法を正しくし、言語をバ精密にするための階梯の手段はありますか。どの様な教育を施して、それを奨励させますか。

（「言文一致論概略」）

まず、この語の「精密」さという問題については、「日本韻文論」で展開された「余情」論にその一端を見ることができる。

余情が実際有つてさて言出したものならば充分に其余情が人にも通じ得るやうに作るのが作者の任、実に義務です。

（「日本韻文論（二）」『国民之友』九八号、明治二三・一〇・二三）

「日本韻文論」で展開されている論理と、「言文一致論概略」における議論は、美妙が文語文における「語」を歌語を基盤にしたものだと考えていたことを前提としている。文語文の語彙は歌語を基盤としているために、そもそもが「詩歌」の言葉であり、だからこそ文語文は「音調」を伴い、「音調」の「好い文」として聞こえてしまうということを美妙は論じている。

その上で、美妙が「韻文」においてもっとも強く批判したのが、こうした歌語が用いられたときに、その「語」によって示される「余情」の問題だった。

美妙の批判は、「韻文」において用いられる「語」には「余情」が常に附随しており、「語」によって表現される概念のほかに、俳諧や和歌に関与してきた「当局者」が歴史的に編成した観念的様式美がまとわりついているという点に向けられている。そうした様式美は、たとえば和歌であれば「当局者」である歌人たちが「注釈」として作りあげ、知識として身につけているからこそ、たとえその「注釈」が言葉によって記述されていなくても読み取られるものである。

こうした「余情」のあり方に対し、たとえば美妙は「田子の浦に」という歌枕を取り上げて、次のように述べている。

「田子の浦に」。たゞし是は観察したゞけです。なる程、前面には白雪皚々たる富士を眺め、其前は一面切り開けた青海原、言ふ迄も無く其景色は壮観です。其場処に立ち臨んで「あゝ素晴らしい」と心に感ずる、そも〳〵其処が歌となる境の場所、それだけは宜しいです。が、歌に因つて考へれば、風情は唯々それだけです、大きいと感じただけです。

（同）

歌枕としての「田子の浦に」という表現には、言外の意味としての「余情」として「白雪皚々たる富士を眺め、其前は一面切り開けた青海原」という景色と、それを愛でる情感とが附随している。しかし美妙によれば、これは「田子の浦」という場にある語り手による「観察」を表現しただけだという。すなわち、「田子の浦」という言葉は「田子の浦」という場所そのものを表すべきであり、それ以上の意味を与えるべきではないという主張がなされているのである。

　こうした歌語に見られる「余情」に対して美妙が求めたのが、「人にも通じ得るやうにして作る」という主張だった。すなわち、「余情」のように注釈的に積み重ねられ、様式化された言外の表現に頼るのではなく、言葉と思考とをできる限りすりあわせ、ひとつの「語」によって表現される概念をできるだけ限定していこうとする発想である。そのためには、「哲学と韻文の関係」が「軽薄」であったという現状を打破し、「新語」を創らなければならない。こうして再編成された「語」を「語法」によって構造化した「言語」による日本語表現が、美妙の「日本韻文論」や言文一致論において示された主張だったのである。

「日本韻文論」において展開された「余情」論は、石橋忍月が「美天狗」を名乗って『しがらみ草紙』第一四号（明治二三・一一・二五）に掲載した「韻文論を嘲る」において、「氏は自ら勝手に薄弱なる反対者を製造して縷々之を弁解す、(例之は余情の一段の如き是なり、是れ氏の製造したる所謂余情論者にして、真に存在したる反対論者に非らず、自ら薄弱なる反対者を作りて自ら之を駁撃するは、頗る重宝のことなり、)」と、こうした「余情」をめぐる発想そのものが根拠のないものだと批判されることになる。しかし、美妙は同誌に掲載された「美天狗氏に」

において、これを意に介することなく退けている。

その上で、「語」とそれによって示される概念をめぐる問題は、『日本大辞書』(明治二五)に持ち越されていくことになる。

(一)其国ノ語法ニ拠ツテ其語ヲ用ヰ、少ナクモ其鑑識ヲ有ツダケノ人ニ意味ノ理解ノ出来ルベキ語ヲ其国ノ語トイフ。ソレ故ニ日本語トハ日本国ノ語法ニ拠ツテソレヲ用ヰ、少ナクモ其鑑識ヲ有ツダケノ人ニ意味ガ理解サレ得ルモノニ限ル。此日本大辞書ニハ此種類ノ日本語ニ限ツテ採ル。

ヨシヤらんぷトイフ語ガ英国語ニシロ、之ヲ日本ノ語法ニ拠ツテ用ヰテ、前言フダケノ人ニ理解ノ出来ルカラニハ充分コレヲ日本語ト看做セル。モシモ日本ノ語法ニヨラズ、却ツテ他ノ国ノ語法ニ拠ツタガ最期、日本ノ語法ニ鑑識ヲ有ツ人ニ其意味ノ理解ハ出来ヌ、斯ウナレバ最早ソノ語ハ日本語ト言ヘヌ。

(「日本辞書編纂法私見」。引用は『日本大辞書』)

「日本辞書編纂法私見」は、美妙が『日本大辞書』を独力で編むに当たり、『国民新聞』の明治二五年六月一二日、一九日、七月一〇日に掲載され、辞書の序文として掲載されることになった。ここでは、「語」を「語法」にしたがって配列したものが「其国ノ語」であり、それが「日本国」においては「日本語」になると規定している。したがって、同じように「語」という用語を用いているものの、「語」といった場合は「語法」によって配列される語彙(Word)を指し、それに対して「語」が配列されたあとの言語体系が「日本語」と称されるというように、概念の差異化が行われている。そして、このときの「日本語」として定着している「語」を収録したのが、『日本大辞書』だと位置づけられている。

また、「少ナクモ其鑑識ヲ有ツダケノ人ニ意味ノ理解ノ出来ルベキ語」という発想は、「日本韻文論」と矛盾しているように見える。なぜなら、「余情」への批判は俳諧や和歌に関与してきた「当局者」が注釈として歴史的に編成した観念的様式美に対する批判だったからだ。しかし直後にある「らんぷ」という外来語の輸入についての考え方を見ると、ここで述べられた「鑑識ヲ有ツダケノ人」というのは、日本語を読み書きすることができる人という程度で捉えるべきであろう。

こうした前提に立ち、美妙は『日本大辞書』において記述される語義を、次のように位置づける。

日本語デ日本語ヲ解釈シタノヲ日本辞書トイフ。此日本大辞書デハ日本語ニ日本語ヲ当テテ解ク。
（「日本辞書編纂法私見」）

ここで述べられた「日本語」の「解釈」とは、具体的に次のようなものだった。

解釈ハソノ儘ヲ原語ニ代用シテ成ルベク適当スルヤウナノヲ尚ブ。言海ニ「気にあたる」トイフ句ヲ「怒ル」ト解釈シタノハ正ニ此規則ニ外レタ。「気ニアタル」ノ間接ノ意味コソ「怒ル」デモアラウ、「気ニアタル」ソレガ直チニ「怒ル」デハ無イ。試ミニ「先方ノ言ヒグサガ気ニアタル」ノ文ニ此「怒ル」ヲ代用シテ見テ、果タシテウマクハマルデアラウカ？「先方ノ言ヒグサガ怒ル」、コレデハ意味モ何モ通ゼヌ。「気ニアタル」ノ解釈ハ「感情ヲソコナフ」デ無ケレバナラヌ。

（「日本辞書編纂法私見」）

美妙は「日本辞書編纂法私見」において、『言海』に対し「欧州ノ辞書ヲ模型トシテココニ始メテ完全ナ形チガ出来カケタモノノ、猶マダ物足ラヌ所ガ多イ」という認識を示している。したがって、それを補うための辞書として、『日本大辞書』を位置づけていた。

ここでは、特に語義の「解釈」をめぐる不満を、「気にあたる」という具体的な例を挙げて示している。『言海』では「気にあたる」が「怒る」ことだとして記述されていたが、美妙は「先方ノ言ヒグサガ気ニアタル」という例文を示し、ここでは「怒る」という意味では成立しないとした上で、「感情ヲソコナフ」という語義を示している。

このように、日本語における用例とそこで用いられる「語」とを実際の文脈から判断し、できるだけ日常的に用いる枠組みに沿って概念規定しようというのが、『日本大辞書』における語義の「解釈」だったのである。

7 「解剖的」小説と言文一致

これまで述べてきたように、美妙の言文一致論は「日本韻文論」や『日本大辞書』へと接続し、日本語の「語法」とそこで用いられる語彙の概念、それによって表現される「思想」を論じるという方向に展開していった。

それでは、こうした言文一致論の方向性は、小説を書き、日本語表現を実践していく場においてどのように運用されたのか。その一端が表れているのが、美妙の「笹りんだう」や「猿面冠者」における表現と、それをめぐるやりとりだったものと思われる。

「笹りんだう」「猿面冠者」といった小説で用いられた作中人物による独白を用いた小説は、雑誌『日本評論』誌上において、美妙の言語改良と言文一致とについての問題意識を小説作品として実践した、実験的作品であることが明らかにされていく。

文学世界の第二として小生ハ「猿面冠者」といふを書き、覚束なくも古英雄豊太閤の心中を記しもしました。世の中は之を何と言ふか知らず、しかし作者に於てはいくらか又思案も有ッての事―久しく拝唔せぬかはりこゝに手紙を以て胸中を御聞きに入れたいです。

つらくゝ思へば世に言ふ英雄ほど一種毛なみの変ッた奇妙なものはなし、そもくゝ愚者か、それとも知者か、乃至ハ狂人か、大山師か、一念こゝに考へ至ると茫として津を問ひたくなりました。

（「「猿面冠者」についての感懐　植村正久氏へ」、『日本評論』二九号、明治二四・五・九）

この文章は、植村正久が『日本評論』の同号に掲載した評論「猿面冠者」を予《あらかじ》め美妙に送ったらしく、それに対する美妙の書簡を同誌上に掲載したものである。ここで美妙は、「猿面冠者」について、「いくらか又思案も有ッて」書いた作品だと述べる。

この「思案」の内容は明らかでないが、「つらくゝ思へば」以下の文脈から考えれば、「英雄」を現実離れした崇拝されるべき人物として描くのではなく、言文一致文体によって、いかに一人の人間の「胸中」を具体的に再現していくかという問題意識だったと考えられる。

また、植村正久が予め送った書簡では、こうした表現の具体化こそが言文一致の問題であることが指摘されている。

唯英雄ありて、英雄を知るべきのみ。英雄を知ることまた難からずや。美妙齋主人曩に解剖的批評を頼朝の身上に試み、今また其の技能を豊太閤の上に演せんとせられたり。余輩は氏が頭脳のインヴエレチブなるに驚ろく、言文一致の声価は近来大いに下落したるに相違なしと雖も、其のうちに一種の妙味あることハ疑ふべきに非ず、独語《ソリロウエー》なとを写すに至りてハ、特に精細周到なることを得、文字の鋒鋩当るべからざるの勢あるが若きハ、美妙齋氏が言文一致の長技なるか。

（「猿面冠者」、『日本評論』二九号、明治二四・五・九）

植村によれば、「解剖的」小説というのは、「笹りんだう」と「猿面冠者」とを指している。したがって、この「解剖的」小説という用語は美妙と植村とのあいだで共有されており、美妙が植村に対して「猿面冠者」について語るときには、少なからず「笹りんだう」のことも念頭に置いていたことを窺い知ることができる。

植村は前節で引用した撫象子（巌本善治）「猿面冠者」（『女学雑誌』二六三号、明治二四・五・二）と同じように、「猿面冠者」で秀吉があまりにも露悪的に書かれている点を批判的に捉えている部分も少なくない。しかし言文一致の問題については、明治二四年のはじめにおいてはすでに「羅馬字会」や「かなのくわい」の活動が衰退し、言文一致の社会的な評価が「下落したる」ものとなっているとしながらも、美妙の言文一致小説は作中人物の「独語」を用いることで「精細周到なること」ができるとし、その試みを高く評価している。

このように、「余情」への批判が示したような、様式化された言外の意味に頼るのではなく、できるだけ言葉によって表現される内容を限定し、それを具体的かつ「精細」に記述していこうという方向性は、美妙が「日本評論の雲峯氏」や「文学界の英雄崇拝」など『日本評論』誌上で繰り返し論じていた問題だった。同時に、このような発想は同誌上において、編者である植村正久を中心に、これこそが美妙の言語改良、言文一致の方向性だとして認識されていた枠組みだったのである。

8　おわりに

以上考えてきたように、美妙の言文一致論は、「です」を基調とした文末表現の問題以上に、日本語を歌語、古語の持つ様式性と語彙そのものが持つ観念的様式美から切り離し、新しい日本語表現の語彙、文法をどのように再編成していくかという問題に重点が置かれていた。

その中で、「余情」のように一部の人間だけが理解できる表現ではなく、より一般の人々にも理解できるように言葉の概念を限定し、『日本大辞書』によってそうした語彙のより広汎な普及を図り、日本語の文法について言及しながら、一方でできるだけ説明を尽くして日本語を具体的に記述していくための具体的実践として「解剖的」小説を書いていたと考えられる。たとえば、同じ時期に書かれた「戸隠山紀行」(明治二三・七〜九)が、同時代に書かれていた紀行文とどのように差異化されていたかという点も、同じ問題系の中で考えることができるだろう。

その意味で美妙の日本語改良と言文一致は、「知」がある程度限られていた人々に限定されていた江戸期から、活字の普及と近代的教育制度の成立とによってより多くの人に共有されるようになった明治期において、必然的に目指されるべき方向性を持っていた。特に美妙と行動をともにした新保磐次の存在と『以良都女』の創刊とによって、同時代に言文一致に携わった作家の中でもっとも言語教育に接近しうる状況にあったことも、大きく作用していたといえるだろう。

第1章で触れたように、美妙は明治一九年に書いた草稿の時点ですでに「日本文法」を編むことによって「日本文」を改良することや、日本の歴史を編むこと、また、「日本語の大辞彙」を作ることの必要性を論じていた。このように考えた場合、『日本大辞書』の編纂やそこに収められた文法論である「語法摘要」は、たとえば嵐山光三郎が繰り返し主張するような小説家が糊口をしのぐために片手間にやったような仕事では決してなく、▼注[4]むしろ一貫した日本語改良の試みだったと位置づけるべきなのである。

こうした言語改良すべてを独力で行うというのは、たとえばドン・キホーテが風車に戦いを挑むかのような、無謀な試みであったかもしれない。しかし、晩年の二葉亭四迷が『世界語読本』（明治三九）、『教科用独習用／世界語』（明治三九）とエスペラント語に没入していったように、語彙、文法を独力で整備して体系的に言語を把握し、それを普及していこうとする志向は、ある意味において非常に一九世紀的な発想だった。たとえばソシュールが一般言語学講義（Ferdinand de Saussure, *Cours de linguistique générale*, 1916）で論じたようなあらゆる言語に「一般」的に共有される普遍的法則性の探究も、こうした文脈のひとつだったといえる。なぜなら、美妙が言文一致論で論じた「語法」は中根淑の『日本文典』（明治九）と、そこで参照された英文典に由来するものであり、英語と日本語との「文法」に共通性を見いだそうという枠組みが、こうした言語改良の土台として横たわっていたからである。

その意味で山田美妙の言文一致の試みは、単純に坪内逍遙の『小説神髄』に基づいた小説改良の視点や、「です」を基調とした独特な言語表現としてではなく、同時代における日本語や西洋諸国の多様な言語、さらには高第丕・張儒珍著、大槻文彦編訳『支那文典』（明治一〇）などアジア圏も含めた言語のあり方全体に関わる多様な問題系の中において初めて、その具体的な内実を読み解くことができるといえよう。また、そのように考えたときに初めて、明治三〇年代の言文一致会との関係や、雑誌『以良都女』『都の花』の編集者として美妙と行動を共にした新保磐次の編纂による金港堂の教科書、それを介した言文一致と「談話体」教育への接続といった、明治二〇年代から三〇年代にかけての日本語表現全体の問題系の中に、美妙による言文一致の試みを位置づけることができるのである。

【注】

［1］　山本正秀『近代文体発生の史的研究』、岩波書店、昭和四〇。

［2］　野村剛史『日本語スタンダードの歴史　ミヤコ言葉から言文一致まで』、岩波書店、平成二五年。橋本治『失われた近代を求めてⅠ　言文一致の誕生』、朝日新聞出版、平成二二年など。これ以前の言文一致に関する研究においても、尾崎知光、林巨樹、森岡健二、飛田良文、田中章夫、木坂基、服部隆などによる研究をはじめ、特に日本語学、国語学の研究において、このような視点は言文一致について考える際のひとつの起点として重要視されてきた。

［3］　佐藤信夫『レトリック感覚』、講談社、昭和五三。および、速水博司『近代日本修辞学誌』、友朋堂、昭和六三年。

［4］　嵐山光三郎「解説」、『山田美妙』（明治の文学第一〇巻）、筑摩書房、平成一三年。ほかに、『美妙、消えた。』、朝日新聞社、平成一三年。（後、『書斎は戦場なり　小説・山田美妙』（中公文庫、平成二六年）と改題）。

初出一覧

本書の各章の初出は以下のとおりである。なお、単行本にまとめるに当たり、それぞれ加筆、修正を施している。

序　章　明治期の多様な「知」と日本の〈近代〉
（※本書のための書き下ろし）

第1章　美妙にとっての「詩」と「小説」――「知」と「情」との関わり

第1節　明治期の「詩」と「小説」――山田美妙の初期草稿
（「山田美妙初期草稿の問題（2）――「智」と「情」の言説と「詩」の位置づけ」、『東海学園　言語・文学・文化』第一五集、平成二八年三月）

第2節　美妙にとっての「小説」――「蝴蝶」
（「「小説」の位置　――山田美妙「蝴蝶」と『国民之友』における「文学」「詩」「小説」」、『東海学園大学研究紀要　人文科学研究編』第二二集、平成二九年三月）

第3節　『女学雑誌』の小説観――清水紫琴「こわれ指環」
（「「実際的小説」の方法　――清水紫琴「こわれ指環」と『女学雑誌』の小説観」、『日本近代文学』第八二集、平成二二年五月）

第4節　「知」としてのゾライズム――「いちご姫」
（「淫婦の「境遇」――山田美妙「いちご姫」における〈ゾライズム〉の理解と受容」、『上智大学国文学論集』第四二集、平成二一年一月）
第5節　江戸の「知」と西欧の『知』との融合――「武蔵野」
（「明治の知と時代小説――山田美妙「武蔵野」における物語の造形」、『国語と国文学』第八九巻七号、平成二四年七月）
第2章　言文一致再考――「文体」「文法」と「思想」の表現
第1節　「翻訳文」という文体――初期草稿から
（「山田美妙初期草稿の問題――「翻訳文」をめぐって」、『上智大学国文学論集』第三八集、平成一七年一月）
第2節　美妙の〈翻訳〉――「骨は独逸肉は美妙／花の茨、茨の花」
（「美妙の〈翻訳〉――「骨は独逸肉は美妙／花の茨、茨の花」の試み」、『文学・語学』第二〇六集、平成二五年七月）
第3節　美妙の「文法」
（「美妙の文法」」、立命館大学・国文学研究資料館編『近代文献調査研究論集』、平成二八年三月）
第4節　歴史と想像力――「笹りんだう」
（「「英雄」の再編成――山田美妙「笹りんだう」における言文一致の機能」、『岐阜工業高等専門学校紀要』、第五〇集、平成二七年三月）
第5節　言文一致と「思想」の表現
（※本書のための書き下ろし）

あとがき

本書は、二〇〇五年以降学会誌等で発表してきた初期の山田美妙とその周辺についての論文を元に改稿し、書き下ろしを加えて、単著としてまとめたものである。また、二〇一一年三月に総合研究大学院大学に提出した博士学位論文『近代文学成立期における山田美妙についての研究』も一部含まれている。

小説家としての活動や、ライトノベル、アニメーションについての研究、評論など、これまでさまざまな文章を書く機会を頂いてきた。しかし、他の原稿を書いているときでも常に傍らに置き、自身の立ち返るところとしてきたのは、明治期の文学、思想、言語についての研究だった。この点については、今後も変わることがないように思う。

学部生時代には「武蔵野」「蝴蝶」しか読んだことがなかった私が、美妙を扱うことになったきっかけは、本当に単純なものだった。二〇〇二年に大学院へ入学し、修士論文を書くための研究計画を立てなくてはならなくなったとき、たまたま柳田泉・塩田良平・小泉苳三編『美妙選集』(立命館大学出版部、昭和一〇)で「いちご姫」を読んで、これはすごい作家だと思ってしまった。江戸期以来の読本的なストーリーを持ちながら、どこか戯作とは異なる雰囲気を持っている。エミール・ゾラの『ナナ』(*Nana*)と『ムーレ神父のあやまち』(*La Faute de l'Abbé Mouret*)とを翻案したものだとは言われているが、どうにもそれが信じられない。そこで、まずはこの小説がどのようにして書かれたのかの謎を解こうという、ほとんどミステリ読者のような興味から手を出した領域だった。

しかし、こうした素朴な動機から始めた作業に、泥沼のようにはまり込むことになった。今でこそ、十川信介先生が校訂され、福井辰彦先生とともに註釈に参加させて頂いた岩波文庫版の『いちご姫・蝴蝶 他二篇』があり、『山田美妙集』の刊行が進んでいるため、美妙の文章を手軽に手に取ることができるようになった。しかし当時は本文のデジタル化も進んでいなかった上、『美妙選集』の本文も非常に危うい部分が多かったため、まずは毎日のように図書館に通ってコピーを集めるところから始めるしかなかった。塩田良平と本間久雄、山田有策先生、宇佐美毅先生のお仕事の他には、美妙についてのまとまった研究もない。そのような状態で、手探りで始めたのである。

ようやく美妙についての調査を続けていこうと心に決めたのは、それから六年も経った二〇〇八年になってからだった。Vizetelly 社が刊行していたゾラの英訳本を通読し、明治期のゾラ受容をめぐる重要な問題に触れることができたのである。

一八八六（明治一九）年から刊行開始となった英訳版のルーゴン・マッカール叢書は、一八八八（明治二一）年に第一五冊目の『大地』（*La terre*）を出したところで、ヴィクトリア朝による出版統制のために全冊が発禁となっている。一八九八（明治三一）年に Vizetelly 社は叢書の刊行を再開しているが、発禁前の本文とは大きく異なっている。後者の本文は、性にかかわる描写やその前後の場面が、ほぼすべて削除されているのである。

美妙が坪内逍遙から借覧したのは発禁前の本文であり、近代文学史で前期自然主義（ゾライズム）と呼ばれてきた小杉天外「はつ姿」（明治三三）、「はやり唄」（明治三五）が書かれたときに読まれていたものは発禁後の再刊本だと考えられる。すなわち、美妙がゾラの小説からヒントを得ていちご姫を「淫婦」と規定したときのゾラ受容と、天外の「ゾライズム」小説とでは、参照した本文がまったく異なっていた。フランス語の原書を読むことができた永井荷風はさておき、明治三〇年代の「自然主義」に携わったほとんどの作家たちは、ゾラ、あるいは自然主義小説をある種の誤解を伴った状態で読んでいたのである。

このように地道な調査を進めていくことで、本文を読む上での前提そのものが変わっていくという体験は、研究の方向性を大きく変えるものとなった。目の前にあるテクストだけをどんなに精読していても読み取ることのできない領域が、言葉には張り巡らされている。それを調べ、言葉のひとつひとつが持っている具体的な手触りをたしかめた上でなければ、テクストを「読む」ことにはならないのではないか。

本書のタイトルは『言語と思想の言説（ディスクール）』としたが、いわゆる言説（ディスクール）研究と呼ばれている分析の理論と、以上のような本書で用いている考え方とは、少なからず異なっている。一方で、文化研究や言説研究の方法を受け入れてきた近年の日本近代文学研究が、ただその方法だけからテクストを切り取るのでは、特に資料の扱いという点で非常に多くの読み落としが生じてしまう。それを乗り越えていくためには、かつての日本近代文学研究、あるいは日本の古典文学や漢文学の研究がこれまで持っていた考え方と、現在取り入れられている研究のあり方とをどのように接続し、今後の研究を探っていくのかという視点が必要である。このように現在の言説研究のあり方を捉え直すという問題意識を含めて、あえて表題に「言説（ディスクール）」という言葉を用いることとした。もちろん、本書で行った考察には、方法の面でも具体的な分析の部分にも、まだまだ検討の余地が残されている。これらの点については、今後の研究課題としていきたい。

　最後に、本書を成すにあたっては、非常に多くのご教示、ご支援を賜っている。すべての方のお名前を挙げることはできないが、これまでお世話になった方々に、厚く感謝の意を表したい。なかでも、博士後期課程で右も左もわからない大学院生だった私を受け入れ、指導して下さった谷川惠一先生には、感謝の言葉もない。博士学位論文の主査をして下さった青田寿美先生、副査をして下さった十川信介先生、山田俊治先生、山田哲好先生、また、博士後期課程で副指導教員として指導して下さった大高洋司先生、山下則子先生、博士前期課程で指導して下さった小林幸夫先生、高橋修先生に改めて御礼申し上げたい。

　また、本書の出版を快く引き受けて下さった笠間書院の岡田圭介さん、校閲・校正をお引き受け下さった福ヶ迫昌信さんに、深く感謝申し上げる。

　なお本書は、東海学園大学の出版助成を受けて刊行される。日頃たいへん良くして下さっている同僚たちにも、記して感謝する次第である。

二〇一七年九月

大橋　崇行

■書名・作品名索引

【さ】

【た】

【な】

【は】

Cours de linguistique générale（一般言語学講義）
267
De la Terre à la Lune（月世界旅行、月世界一周）
184
English Composition and Rhetoric a manual　41, 155, 200
Essay on Milton　53
Essays in Criticism　52
First Book in English Grammar　201, 252
George Eliot（ジョージ・エリオット）　106, 107
George Eliot, A Critical Study of the Life, Writings and Philosophy　107
L'œuvre（His masterpiece、制作）　113, 114, 129, 176
La faute de Abbé Mouret（ムーレ神父のあやまち）
113
La fortune des rougon（ルーゴン家の運命）　128
Le roman experimental（実験小説論）　128, 130
Lectures on the History of Literature, Ancient and Modern　50
Les Aventures de Télémaque（テレマコスの冒険）
183, 184
Lord Ullin's Daughter（アリンスダーター）　176
Modern Philosophy　35, 65
Nana（ナナ）　113, 114, 131, 176
Noli me tangere（我に触れるな、小説／血の涙）
177
Paradise Lost（失楽園）　53
Philosophy of Style（文体の哲学、修辞論全　一名スペンサー文体論）　254〜258
Pinneo's Primary Grammar of the English Language, for Beginners　200
Raphael Santi: His Life and His Works　66
Rienzi　185
Rienzi（リエンツィ）　185〜186
Sa majesté l'Amour（御婦人殿下）　177
The Canterbury tales（カンタベリー物語）　144
The Phisiciens Tale（医師の話）　144
The Subjection of Women（男女同権論、女性の隷属）　101
『女性の隷属』（The Subjection of Women）　101〜102
The Tragedy of Hamlet（ハムレット、正本はむれッと）　176, 187
The Canterbury Tales　144
The Drawings by Michel Angelo and Raffaello in the University Gallaries　67
The Elocutionary Manual; the Principles of Articulations and Orthoepy; the Art of Reading Gesture　252
The Phisiciens Tale（医師の話）　144
The principles of Rhetoric and English Composition for Japanese Students　40, 155, 200
The Shepherd and the Prince　178〜181, 189, 191

■人名索引

【あ】

【か】

■その他事項索引

【あ】

【か】

【さ】

【た】

【な】

【は】

【ま】

【や】

【アルファベット】

言語と思想の言説《ディスクール》

近代文学成立期における山田美妙とその周辺

著者

大橋崇行

（おおはし・たかゆき）

1978年生。作家、国文学者。上智大学大学院修了（修士）後、総合研究大学院大学修了。博士（文学）。国文学研究資料館博士研究員、岐阜工業高等専門学校一般科目（人文）科助教を経て、現在、東海学園大学人文学部人文学科講師。
小説に『妹がスーパー戦隊に就職しました』（スマッシュ文庫（PHP 研究所）、2012年）、『桜坂恵理朱と 13番目の魔女』（彩流社、2014年）、『大正月光綺譚 魔術少女あやね 1 月光遊技場の地下室に罪人は棲む』（T-LINE NOVELS（辰巳出版）、2015年）、『レムリアの女神』（未知谷、2016年）、『ライトノベルは好きですか？　～ようこそ！ラノベ研究会』（雷鳥社、2013年）。評論に『ライトノベルから見た少女／少年小説史　現代日本の物語文化を見直すために』（笠間書院、2014年）、『ライトノベル研究序説』（青弓社、2009年、共著）、『ライトノベル・スタディーズ』（青弓社、2013年、共著）、『ライトノベル・フロントライン 1～ 3』（青弓社、2015～ 16年、共編）。全国大学国語国文学会平成 25（2013）年度「文学・語学」賞。

平成 29（2017）年 10 月 31 日　初版第 1 刷発行

ISBN978-4-305-70853-3 C0095

発行者

池田圭子

発行所

〒 101-0064

東京都千代田区猿楽町 2-2-3

笠間書院

電話 03-3295-1331 Fax 03-3294-0996

web :http://kasamashoin.jp/　mail:info@kasamashoin.co.jp

装丁 笠間書院装幀室　印刷・製本 モリモト印刷